MW01639896

Grandi Tascabili Economici

116

In copertina: «Pittore di Pronomo» *Attori con maschera*, particolare di un cratere a volute (Napoli, Museo Nazionale)

Traduzione di: Enzo Mandruzzato, Leone Traverso, Manara Valgimigli
Le traduzioni di *I sette a Tebe*, *Prometeo Incatenato*, sono pubblicate su licenza temporanea per gentile concessione rispettivamente di Le lettere, Firenze; R.C.S. Rizzoli Libri, edizione BUR

Seconda edizione: marzo 1994
Grandi Tascabili Economici Newton
Divisione della Newton Compton editori s.r.l.

Roma Casella postale 6214

ISBN 88-7983-428-2

Stampato su carta Tamcreamy della Cartiera di Anjala
distribuita dalla Fennocarta s.r.l., Milano
Copertina stampata su cartoncino Fine Art Board della Cartiera di Aanekoski

Eschilo

Tutte le tragedie

I Persiani, I Sette a Tebe, Le supplici, Prometeo incatenato, Agamennone, Le Coefore, Le Eumenidi

Edizioni integrali

Grandi Tascabili Economici
Newton

Nota biobibliografica

Eschilo nacque nel 525 a.C. da una ricca famiglia di Eleusi. Lo si volle per questo adepto dei misteri eleusini, per la violazione inconsapevole dei quali pare sia stato processato e assolto. Trasferitosi ad Atene, si cimentò ben presto negli agoni drammatici. Fu anche attore e musicista. Partecipò alle guerre persiane, traendone profondi insegnamenti relativi alla storia e alla cultura ateniese. Abbandonò la città solo nel periodo della maturità, quando si recò in Sicilia alla corte di Gerone di Siracusa per rappresentarvi *I Persiani*. Gerone sperava in realtà che Eschilo potesse celebrare in una nuova tragedia la vittoria di Imera (480) da lui riportata contro i Cartaginesi, così come aveva celebrato nei *Persiani* la battaglia di Salamina e Temistocle. Il sovrano si considerava infatti il paladino dei Greci occidentali per aver fondato Etna nel 476, che sarà poi celebrata da Pindaro nella *Pitica I* (470) e da Eschilo stesso nelle *Etnee*, di cui ci sono giunti però solo pochi versi. Pare che in Sicilia Eschilo entrasse in contatto con i circoli pitagorici. Tornato ad Atene nel 468 conseguì il primo premio con la trilogia tebana e nel 458 con l'*Orestea*. Poi si recò nuovamente in Sicilia probabilmente perché, da conservatore, non accettava gli ultimi sviluppi democratici della società ateniese. Morì a Gela nel 456.

Delle numerose tragedie scritte da Eschilo – qualcuno parla di oltre 70, altri di 90 – ce ne sono giunte solo 7. L'unico esempio completo della tipica trilogia eschilea è l'*Orestea* (*Agamennone*, *Coefore*, *Eumenidi*). Quale sia tra quelli pervenutici, il più antico è tuttora incerto. La prima tragedia sarebbe stata il *Prometeo incatenato*, la seconda *I Sette a Tebe*, la terza *I Persiani*, la quarta *Agamennone*, la quinta *Le Coefore*, la sesta *Le Eumenidi*, la settima *Le supplici*. Altri invece ritengono che la prima sia *I Persiani* del 472, compresa nella tetralogia costituita da *Fineo*, *Glauco Potnieo* e dal dramma satiresco *Prometeo Pyrkaeus*. Ora si tende a spostare questa data dopo la trilogia tebana (468), intorno al 463, sulla base del ritrovamento di un nuovo papiro. Siamo quindi propensi a credere *I Persiani* la prima tragedia (472), seguita dalle altre in questo ordine: *I Sette a Tebe* (467), *Le supplici* (463), *Agamennone*, *Coefore*, *Eumenidi* (458). Incertissima è la datazione del *Prometeo incatenato*. Tutte le tragedie rivelano comunque una concezione etica e religiosa profondamente vissuta. Eschilo vive in un periodo di continui cambiamenti storici: la Grecia arcaica, dominata dal fato e dalla giustizia divina sta cedendo il passo ad una nuova organizzazione statale, con forme di partecipazione politica più ampie e una progressiva razionalizzazione dell'apparato giudiziario, ora affidato a strutture pubbliche. Il protagonista delle tragedie eschilee vive intensamente questo contrasto tra il vecchio e il nuovo: da una parte è uomo cosciente e responsabile, dall'altra è ancora sottoposto alla necessità divina. Il suo è un dramma etico che Eschilo cerca disperatamente di risolvere attraverso un recupero del passato e una riconciliazione dei due punti di vista. Nel mondo di Eschilo non c'è posto per la violenza, dal momento che per ogni delitto non solo paga il suo colpevole, ma molto spesso la discendenza ne accusa le conseguenze. È un cammino doloroso che la stirpe compie verso la sua purificazione, finché il male non cessa di produrre altro male.

Studi su Eschilo

PAUL DE SAINT-VICTOR, *Les deux masques*, I, *Eschyle*, Paris, s. d., ma 1881; M. VALGIMIGLI, *La trilogia di Prometeo*, Bologna, 1900; U. WILAMOWITZ-MOELLENDORF, *Aischylos Interpretationen*, Berlin, 1914; M. BOCK, *De Aeschylo poëta orphico et orpheopithagoreo*, Weidae Thuringiorum, 1914; H. W. SMYTH, *Aeschylean tragedy*, Berkeley, 1924; A. BLUMENTHAL, *Aischylos*, Stuttgart, 1924; W. PORZIG, *Die attische Tragödie des Aeschylos*, Leipzig, 1926; M. VALGIMIGLI, *Le Coèfore*, trad. e commentario, Bari, 1926; V. ERRANTE, *Prometeo incatenato*, trad. e introd., Milano, 1926; G. CAPOVILLA, *L'«Orestea» di Eschilo*, Milano, 1926; M. CROISET, *Eschyle. Études sur l'invention dramatique dans son théâtre*, Paris, 1928; J. COMAN, *L'idée de la Némésis chez Eschyle*, Paris, 1931; W. NESTLE, *Menschliche Existenz und politische Erziehung in der Tragödie des Aischilos' Agamennon*, Stuttgart-Berlin, 1934; A. SETTI, *L'«Orestea» di Eschilo*, Firenze, 1935; J. DUMORTIER, *Les images dans la poésie d'Eschyle*, Paris, 1935; G. MÉAUTIS, *Eschyle et la trilogie*, Paris, 1936; W. JAEGER, *Paideia*, vol. I, Firenze, 1936, pp. 359-399; F. STOESSL, *Die Trilogie des Aischylos*, Baden bei Wien, 1937; W. A. VAN OTTERLO, *Beschouwingen over het archaïsch element in den styl van Aeschylos*, Utrecht, 1937; W. FERRARI, «La parados dell'"Agamennone"», in *Annali della Scuola Normale di Pisa*, 1938, pp. 335-390; B. DAUBE, *Zu d. Rechtsproblemen in Aischylos' «Agamennon»*, Diss. Basel, 1939; G. MURRAY, *Aeschylus, the creator of tragedy*, Oxford, 1940; G. DE SANCTIS, *Storia dei Greci*, II, Firenze, 1940[3], pp. 74-93 («Il tardo arcaismo: Pindaro ed Eschilo»); R. CANTARELLA, *Eschilo*, I, Firenze, 1941; A. DE PROPRIS, *Eschilo nella critica dei Greci*, Torino, 1941; G. THOMSON, *Aeschylus and Athens*, London, 1941; trad. it., Torino, 1949; F. VIAN, «Le conflit entre Zeus et la destinée dans Eschyle», in *Revue des études grecques*, 1942, pp. 120-216; W. B. STANFORD, *Aeschylus in his style*, Dublino, 1942; M. UNTERSTEINER, *Eschilo. Le «Coefore»*, introd. testo, trad., Milano, 1946; A. ARDIZZONI, *Studi eschilei*, Catania, 1946; R. CANTARELLA, *I nuovi frammenti eschilei di Ossirinco*, Napoli, 1947; F. R. EARP, *The style of Aeschylus*, Cambridge, 1948; A. SETTI, «Eschilo satirico», in *Ann. Scuola Norm. di Pisa*, 1948, pp. 1-36; F. SOLMSEN, *Hesiod and Aeschylus*, Ithaca, New York, 1949; K. REINHARDT, *Aischylos als Regisseur und Theologe*, Bern, 1949; G. THOMSON, *Eschilo e Atene*, Torino, Einaudi, 1949, pp. 380-384 e 406-407, trad. di Laura Fuà; AESCHYLUS, *Agamennon*, ed. comm., a cura di E. FRAENKEL, vol. 2, Oxford, 1950; A. PERETTI, «Religiosità eschilea nel Prometeo», in *Maia*, IV, 1951, pp. 14-23; A. MADDALENA, *Interpretazioni eschilee*, Torino, 1953 (rist.); A. LESKY, in *Hermes*, 1954, pp. 1-13; D. DEL CORNO, in *Dioniso*, 1956, pp. 277-287 (sulla datazione delle *Supplici*, in base alla didascalia del Pap. Oxyrh. 2256, 3); H. LLOYD-JONES, «The Supplices of Aeschylus: the new date and old problems», in *L'antiquité classique*, 1964; H. J. METTE, *Die Fragmente der Tragödien des Aischylos*, Berlin, 1959; G. PERROTTA, *I tragici greci*, G. D'Anna, Messina-Firenze, rist. 1966, pp. 13-18; M. GAGARIN, *Aescylean Drama*, Berkeley, Los Angeles, London, 1976; A. WARTELLE, *Bibliographie historique et critique d'Eschyle*, Paris, 1978; TH. G. ROSENMEYER, *The art of Aeschylus*, Berkeley, Los Angeles, London, 1982; R. P. WINNINGTON INGRAM, *Studies in Aeschylus*, Cambridge, 1983; A. MOREAU, *Eschyle. La violence et la chaos*, Paris, 1985.

I Persiani

Tragedia
Traduzione di Enzo Mandruzzato

I Persiani *faceva parte originariamente di una trilogia costituita da due drammi di argomento mitologico purtroppo perduti, il* Fineo *e il* Glauco Potnieo, *ma non aveva alcuna precisa relazione con essi. Rappresentata per la prima volta nel 472, questa tragedia fu concepita da Eschilo soprattutto per portare sulla scena i vinti della battaglia di Salamina.*

La non appartenenza ad una composizione trilogica per quanto concerne il tema trattato gli conferisce una certa unicità e compattezza contenutistica, anche in virtù del fatto che Eschilo si interessa per la prima volta di un soggetto storico e mitico.

L'azione si svolge a Susa, alla corte del Gran Re di Persia. L'inizio è affidato a un canto corale di vecchi persiani preoccupati per la sorte di Serse, partito per la Grecia con un esercito immenso al suo seguito e più di milleduecento navi. Di loro non si è avuta alcuna notizia. I vecchi consigliano ad Atossa, madre di Serse e vedova di Dario, in preda alla disperazione a causa di terribili e funesti presagi avuti in sogno, di fare dei sacrifici per propiziarsi gli dèi. Ma ecco sopraggiungere un messo a confermare i timori generali: egli descrive con viva partecipazione e coinvolgendo lo spettatore le successive fasi della disfatta persiana a Salamina, la distruzione della flotta e la concitata ritirata della cavalleria.

Atossa e il coro invocano allora l'ombra di Dario, divenuto simbolo di saggezza dopo la sua morte: questi individua nella smodata ambizione della dinastia persiana la causa di tutti i mali e del castigo inflitto dagli dèi. Dario predice inoltre una nuova drammatica sconfitta, quella di Platea.

Segue un canto nostalgico del coro che evoca i tempi felici del regno di Dario.

L'ultima parte della tragedia è occupata dagli alterni lamenti del coro e di Serse, giunto sulla scena con i segni della umiliazione subita.

Nei Persiani *l'azione è molto semplice, la tecnica, anche quella della parti corali, primitiva.*

Lo spettatore è immediatamente preso dall'attesa incombente di un destino fatale che Eschilo comunque presuppone come punizione divina dell'infinita debolezza umana. È proprio il riconoscimento dei limiti e della caducità degli uomini che il poeta intende evidenziare, attraverso il lento e drammatico sviluppo di un'esperienza dolorosa. La vendetta degli dèi si propone più che altro come un'opera di conclusiva e inevitabile giustizia: in tal senso assumono il medesimo umanissimo valore la sconfitta dei persiani e la vittoria dei greci, entrambi ignare pedine di un volere e di una morale divina che non possono tollerare la presunzione dell'uomo.

Sebbene Eschilo non rinunci ad esaltare il valore bellico dei greci, ciò non vuol essere indice di patriottismo, tanto è vero che ben altra importanza assume nel contesto della narrazione il dramma dei persiani sconfitti. D'altra parte quel che interessa ad Eschilo non è tanto l'esistenza del singolo, quanto il destino che governa il suo cammino e quello della sua stirpe. L'individuo non viene quindi mai considerato nella sua particolarità, ma in rapporto al comportamento dei suoi avi e della futura discendenza.

Personaggi

Coro di anziani
La Regina, Atossa
Messaggero
Spettro di Dario
Serse

A Susa, di fronte alla reggia di Serse. A un lato, la tomba del Re Dario, padre di Serse.

Entra il coro dei maggiorenti, i «Fedeli» del Re, e si dispone nell'«orchestra».

PARODO

CORO: Ci chiamano i Fedeli,
noi fra tutti i Persiani che partirono
per la terra dei Greci:
vegliamo sulla sede
del Re, felice e aurea,
prescelti fra gli anziani
a guardargli la terra
dal Re in persona, dal Signore, Serse,
che Dario generava:
ma il cuore nel profondo ci sussulta
d'orribili presagi
sul ritorno del Re,
per quell'armata d'oro
che è tutta la potenza
generata dall'Asia che partiva,
e il cuore agogna di sapere nuove.
Ma non un messo, non un cavaliere
giunge ancora alla rocca dei Persiani.
Partirono da Ecbàtana e da Susa,
lasciarono la cerchia
antica della Cissia,
partirono a cavallo e sulle navi,
mentre gli uomini a piedi
formano il vasto nerbo della guerra:
Amistra, Artaferne, Megàbate, Astaspe,
condottieri di Persia,
i re vassalli del Re grande, guide
di vasti eserciti,

e quelli che si battono con l'arco,
e gli uomini a cavallo
dall'aspetto pauroso,
terribili in battaglia,
cuori pieni di forza e di pensiero:
Artèmbare, cavalcatore ardente,
Masistre, Imèo
il buon saettatore, Farandace,
Sostane, spossatore di cavalli.
Altri mandò il grande
Nilo che tanti nutre,
Susiscane, Pegastagone
generato da Egitto, Arsame grande
sovrano in Menfi sacra, Ariomardo
che regna in Tebe antica, e i lagunari,
tremendi al remo,
infiniti nel numero.
Segue lo stuolo lidio
dall'elegante vivere,
che hanno signoria su tutto il popolo
nato sul continente, e li hanno mossi
il buono Arcteo e Metrògate,
ispettori del Re, e Sardi la ricchissima,
montati sopra carri numerosi,
lanciati a doppio tiro e triplo tiro,
visione di terrore. E si pensavano,
quelli che stanno presso il sacro Tmolo,
e Mardone e Tarbi cuspidi di lancia
e Misi saettatore, di gettare
il giogo della schiavitù sui Greci:
e Babilonia dal molto oro manda
una folla di popoli promiscua,
gente di mare e uomini fidati
di buona mano nel tirare d'arco:
poi, armato di daga, tutto il popolo
d'Asia, marcia al comando
terribile del Re.
E tale fiore della Persia andava
e tutta l'Asia che li ha nutriti
piange d'amara nostalgia per loro,
figlie e spose, tremando per il tempo
che indugia teso giorno dopo giorno.
[*Nella pausa, grandi notizie sono pervenute.*]

strofe

È passato
l'esercito del Re,
il distruttore di città, è passato
nella terra vicina all'altra sponda,
ha varcato su barche bene avvinte
il traghetto di Elle di Atamàntide,
e gettò un giogo sul collo del mare,
la via fissata a mille e mille chiodi,
e l'animoso condottiero d'Asia
dai mille e mille uomini
spinge contro la terra intera un gregge
divino e dipartito,

antistrofe

i fanti e i trasportati sulle navi,
coi forti comandanti di cui fida,
il Generato dalla pioggia d'oro,
divina Luce:

strofe

e con lo sguardo azzurro
del drago sanguinoso
passa sul carro assiro,
e conduce la guerra
degli archi contro gli uomini di lancia:

antistrofe

e nessuno può opporsi
al grande flusso d'uomini,
né fermare con salde
dighe l'onda invincibile del mare:
armata insostenibile di Persia,
popolo del valore!

strofe

All'inganno abilissimo d'un dio
può sfuggire un mortale?
balzerà mai con piede così pronto,
con balzo così alato?

antistrofe

Ate adula amica
il mortale alle sue reti da cui
non può balzare, non può fuggire.

strofe

– Il destino che vollero gli dèi
da tempo antico, esige dai Persiani
guerre distruggitrici di fortezze,
cariche di cavalli

ebbri, distruggitrici di città:

antistrofe

appresero a guardare
la selva sacra delle acque,
il mare
imbiancato dal vento rapinoso,
fidando nelle esili dimore
di gomene, nelle opere dell'arte
su cui viaggiano popoli:

strofe

di tanto trema e si dilania
la nostra mente in lutto
– ahi, ahi, esercito di Persia! –
che la città, la rocca alta di Susa,

antistrofe

la fortezza di Cissia,
non faccia eco – ahi, ahi! –
fitta folla di donne non dica
queste parole mai,
non si strappino il loro manto di lino!

strofe

Tutto l'immenso stuolo
che conduce cavalli
e che marcia appiedato
ci lasciava seguendo la sua guida
come uno sciame d'api,
e ha varcato le coste
d'una terra riunita
sotto un unico giogo:
ma i letti dei guerrieri

antistrofe

sono pieni di pianto e nostalgia:
ma ogni donna di Persia
che salutò l'animoso
compagno con amante nostalgia
è rimasta da sola, dispaiata.
Ma ora sì, Persiani,
prendiamo posto nell'antica sala:
ora si deve
deliberare, e sia consiglio saggio
e degno, sulla situazione
del Re, di Serse che è figlio di Dario,
sangue nostro, che a noi
diede il nome dell'Avo.

Vince il tiro dell'arco
o ha prevalso la forza della lancia
dalla punta di ferro?
Ma ecco viene una luce che è la luce
degli occhi degli dèi, è la madre del Re,
è la nostra regina, e ci prostriamo.
Tutti si deve
rivolgerle parola riverente.
[*È entrata Atossa.*]

I EPISODIO

CORO: O altissima Signora dei Persiani altocinti,
madre di Serse antica, sposa di Dario, salve!
Donna d'un dio dei Persi, sei la madre di un dio,
se una Potenza antica non mutò di bandiera.
REGINA: Sì, ho lasciato ora il palazzo dorato,
le stanze mie che ebbi in comune con Dario,
e un pensiero mi morde il cuore, e da voi chiedo
amici, una parola: Sì, ho spavento per me,
che la grande ricchezza rovesci con un calcio
la fortuna che Dario ha eretto con un dio:
ho una pena nel cuore indicibile, incerta:
oro senza il Signore la folla non lo venera,
come la forza senza l'oro non ha splendore.
Sì, la ricchezza è indenne. Ma temo per la vista:
la presenza sovrana è l'occhio della casa.
È questa la realtà. Consigliatemi voi,
Persiani, vecchi cuori fedeli, sui miei detti.
Per me ogni saggezza sta nei vostri consigli.
CORO: Detti e azioni, di cui tu ci voglia per guida,
non li dirai due volte: sappi questo, o Sovrana.
Ti appelli a consiglieri che ti sono devoti.
REGINA: Vivo sempre coi sogni della notte,
tanti sogni, dal giorno che mio figlio
è partito alla guida di un'armata
per ardere la terra degli Ioni.
Ma mai ne vidi uno tanto chiaro
come fu l'altra notte, e vi dirò.
Mi apparvero due donne, in belle vesti,
una ornata di pepli alla persiana,
l'altra di quelli dorici, e avanzavano
verso i miei occhi, molto più vistose

per grandezza di come sono oggi le donne,
di bellezza perfetta, due sorelle
di sangue: a una la sorte aveva dato
di abitare la terra dei suoi padri,
la Grecia, all'altra un paese straniero.
E, mi pareva di vedere, avevano
non so quale contesa fra di loro:
mio figlio lo capiva e si sforzava
di reggerle e placarle sotto un solo
giogo, di imporre ai colli le sue briglie:
e l'una, fiera della bardatura,
offriva il morso ad una buona guida,
l'altra recalcitrava, lacerava
e strappava violenta con le mani
gli arnesi, e infine senza giogo e morso
sfasciava il carro. E il mio ragazzo cadde.
E Dario padre suo gli andò da presso
sollecito, dolente: Serse, come
lo scorse, si stracciò tutte le vesti.
Ecco, questo ho veduto nella notte.
Poi mi levai, immersi le mie mani
in una fonte pura d'acqua viva,
mi accostai all'altare con le mani
offerenti, intendendo consacrare
alle divinità deprecatorie
la libagione che a loro è dovuta,
ed ecco, vedo un'aquila fuggire
verso l'ara di Febo. Mi fermai
senza parola, piena di spavento,
amici. Allora vedo in alto un nibbio
calare a volo rapido sul capo
dell'aquila e spennarla con gli artigli,
e quella non agiva, prona, esposta.
Vedere questo era per me tremendo,
come per voi sentirlo. Il figlio mio,
voi lo sapete, nella buona sorte
sarà fra tutti gli uomini ammirato,
nella cattiva non pagherà pena;
purché si salvi, sarà sempre il Re.

CORO: Noi non vogliamo, Madre, né troppo spaventarti
né troppo incoraggiarti. Rivolgiti agli dèi,
supplicando. Se vana è la visione, chiedi
che venga scongiurata, e si compia ogni bene
per te, e chi è nato da te, e la Città e gli amici.

Ma per seconda cosa bisogna che tu offra
le sacre libagioni alla terra e agli estinti,
e poi prega col cuore lo sposo tuo Dario
che hai visto, come dici, perché ti mandi gioia,
e bene al figlio tuo dalla terra alla luce,
e ogni male all'opposto seppellisca nel buio.
Lo spirito indovino questo esorta col cuore.
Giudichiamo che questo pienamente s'avveri.
REGINA: Ma certo il primo giudice del sogno è il cuore buono
verso mio figlio e la casa, e fa il profeta.
E che il bene si avveri! Quanto tu suggerisci
per gli dèi ed i cari di laggiù, lo faremo,
ritornando al Palazzo. Ma io vorrei sapere,
amici, dove, al mondo, si trova questa Atene?
CORO: Lontano, tra i tramonti, le scomparse del sole.
REGINA: Ma quale voglia ha spinto mio figlio a darle caccia?
CORO: L'Ellade intera avrebbe avuto in sudditanza.
REGINA: Hanno quelli una grande armata, fitta d'uomini?
CORO: Un'armata che ai Medi ha dato grandi guai.
REGINA: E poi, che hanno ancora? Ricchezza nelle case?
CORO: Una vena d'argento, un tesoro terrestre.
REGINA: La cuspide dell'arco brilla tra quelle mani?
CORO: Oh no: hanno spada per la lotta ferma e scudo.
REGINA: Chi è il pastore, il Signore dell'armata?
CORO: Non si dicono servi di nessuno né sudditi.
REGINA: Come reggono allora ai nemici invasori?
CORO: Annientarono già la grande armata di Dario.
REGINA: Per le madri di quelli che sono là, è orribile.
CORO: Ma presto, credo, avrai notizie certe:
la corsa di quell'uomo lo rivela persiano,
sapremo chiaramente il fatto, buono o triste.
[*Irrompe l'araldo, ansimando.*]
ARALDO: Cittadelle di tutta l'Asia, terra
di Persia, porto immenso di ricchezza,
un'immensa fortuna un colpo solo
ha annientato! Il fiore dei Persiani
non è più, è caduto. È già dolore
annunciare i dolori. Ma bisogna
che apra, Persiani, tutta la sventura:
l'intera armata barbara è perita.

strofe

CORO: Ahi dolore dolore
che taglia, ignoto! Ahi,
ascoltate e soffrite,

gente di Persia, la nostra sventura!
ARALDO: Tutto laggiù è compiuto, e io stesso
non speravo la luce del ritorno.

antistrofe

CORO: A questi vecchi come si è svelato
il tempo della vita troppo lungo,
a udire una sventura mai pensata.
ARALDO: Ero presente, e i mali che vi dico,
che ci accaddero, non li udii da altri.

strofe

CORO: Ahi, ahi, per nulla
tante armi commiste
passarono dall'Asia a quella terra
straniera, nel paese degli Elleni.
ARALDO: Sono piene di morti sventurati
le coste a Salamina e i luoghi intorno.

antistrofe

CORO: Ahi corpi amati
travolti in mare, tanto tempo immersi
portati senza vita
negli ampi manti doppi alla deriva.
ARALDO: L'arco là non bastò, tutta l'armata
perì negli urti e scontri delle navi.

strofe

CORO: Levate alto l'urlo
della nostra sventura,
della nostra miseria!
Tutto il male gli Dei
hanno dato ai Persiani:
ahi, ahi nostro esercito distrutto!
ARALDO: Ahi Salamina, suono di dolore
ahi Atene, ricordo di lamento!

antistrofe

CORO: Atene, maledetta ai dolorosi!
Come non ricordare
a quante spose di Persia
— e tutto è stato vano —
ha tolto il loro uomo!
REGINA [*Dopo una pausa.*]: Da tempo sto in silenzio, sventurata,
attonita. Va oltre la sventura
alla voglia di dire e domandare.
Ma bisogna soffrire le disgrazie
che gli Dei danno. Apri il tuo soffrire,
tutto, e racconta, anche se gemi, in ordine.

E dì chi non è morto e chi è da piangere
dei condottieri, a cui lo scettro dava
un posto che la morte lascia vuoto.
ARALDO: Serse vede la luce, Serse vive.
REGINA: La tua parola è luce a me e alla casa,
dopo il buio notturno, è l'alba bianca.
ARALDO: Artèmbare, che guidava diecimila
cavalieri, è sbattuto fra le aspre
coste Silenie. Dadace, il chiliarco,
cadde d'un balzo breve dalla nave,
per un colpo di lancia. Il buon Tenago,
dei Battriani, l'eroe di sangue antico,
s'aggira presso l'isola d'Aiace
che le onde percuotono. Lilèo
e Arsame, e terzo Argeste, vinti
all'isola che nutre le colombe
ora picchiano quelle coste dure.
E i tre vicini delle scaturigini
del Nilo, là in Egitto, Arcteo, Adèue
e per terzo Farnuco lo scudato,
caddero insieme dalla stessa nave.
Matallo, capo d'infinita gente,
mutò il colore della fulva, piena,
ombrosa barba in un bagno di porpora.
Arabo il mago, e Artame il battriano,
capo dei trentamila cavalieri
in veste nera, sono ospiti di quella
terra asciutta su cui furono spenti.
Amestri e Anfistreo, che brandiva un'asta
di gran travaglio, e il buono Ariomardo
che procurò tanto dolore in Sardi,
e Seisame di Misia, e Tarivide,
capo di cinque volte le cinquanta
navi, stirpe di Lirna, bello e forte,
giace morto, infelice e senza gloria.
E Suènnesi, di tutti il più animoso,
il capo dei Cilici, che produsse
tante pene ai nemici, è morto bene.
Questo dei comandanti mi ricordo:
ma fra tante sventure, di poche do notizia.
REGINA: Ahi culmine che ascolto d'ogni male,
sventura dei Persiani, o disperato pianto!
– Ma torna indietro col racconto, dimmi
quale massa di navi era la greca,

se osò affrontare la flotta persiana
ed attaccarci nave contro nave.
ARALDO: Come massa di navi, hai da sapere,
era più forte il barbaro. La conta
di quelle greche era di trecento,
e una decina a parte, di riserva.
Ma Serse, che io sappia, conduceva
una massa di mille navi, e in più
le veloci, duecentosette. Questo
era il numero. Pensi tu che noi
si rimaneva indietro, in questo scontro?
No, fu un dio a disperdere l'armata,
reggendo una bilancia diseguale.
Gli Dei vogliono salva quella città di Pallade.
REGINA: Atene è dunque ancora inespugnata?
ARALDO: Una muraglia d'uomini non cade.
REGINA: Lo scontro, dimmi, come ebbe l'inizio?
Chi cominciò? I Greci, o fu mio figlio,
superbo del gran numero di navi?
ARALDO: Inizio fu, Signora, d'ogni male
l'apparizione d'un Vendicatore,
o spirito maligno, chissà come.
Un greco, dell'esercito ateniese,
venne ed al figlio tuo Serse diceva
che nella nube della nera notte
i Greci non sarebbero rimasti,
sarebbero balzati ai loro scalmi
per salvare la vita con la fuga
celatamente in ogni direzione.
Ma non intese subito l'inganno
dell'uomo né l'invidia degli Dei,
e a tutti i navarchi ordinò alto
che appena il sole fiammeo sospendesse
le frecce dei suoi raggi sulla terra
ed invadesse l'ombra il suo tempio celeste,
la flotta si schierasse per tre file,
custodisse gli sbocchi ed i passaggi
fragorosi del mare e veleggiasse
intorno intorno l'isola d'Aiace:
e se i Greci sfuggivano alla morte
trovando qualche scampo con il buio,
il taglio della testa li aspettava.
In buon ordine quelli ed obbedienti
fecero dare il rancio. Il marinaio

annodò bene il remo nel suo scalmo.
Poi la vampa del sole si consunse.
Avanzava la notte. Salì a bordo
ogni uomo signore del suo remo,
ogni uomo padrone d'armatura:
di banco in banco ci si dava voce
dalle alte navi. Si filava in squadra.
Animoso parlava e non sapeva
che futuro veniva dagli Dei.
Tutta la notte, la flotta al completo,
gli ammiragli incrociarono sul mare:
la notte andava ma la flotta greca
non si metteva in mare di nascosto.
Poi venne il giorno coi cavalli candidi,
invase il mondo, chiaro e luminoso
e cominciò dal campo greco un suono
alto ma modulato come un canto,
e acuta rispondeva dalle rocce
dell'isola la eco come un grido
di guerra: traditi nelle previsioni
ebbero tutti i barbari spavento.
No, il peana sacro di quei greci
non si cantava per la ritirata,
ma attaccavano, duri ed animosi,
e il suono delle trombe li infiammava.
Univoco, improvviso, fragoroso
il moto dei remeggi batté il mare
fondo, in cadenza: rapidi apparirono
ben visibili, tutti: l'ala destra
in perfetta ordinanza, era la prima:
in ordine seguiva tutta intera
la flotta, procedeva, e si poteva udire
una voce infinita che diceva:
«O ragazzi di Grecia, liberate
la patria, liberate figli e donne
e le dimore degli Dei aviti
e le urne dei padri: per tutto ora si lotta».
Tra i nostri rispondeva un cupo suono
in persiano: «non è l'ora d'attendere».
Presto urtò nave contro nave i bronzei
rostri: una nave greca che tranciò
l'aplustro a una fenicia, aprì l'attacco.
Poi l'un l'altra si tesero le lance.
Il flusso della flotta dei Persiani

reggeva, da principio: poi la massa
delle navi, convulsa in breve spazio,
l'una all'altra impediva ogni soccorso:
urtavano tra loro i musi bronzei,
spaccavano i remeggi e quelle greche
con non poca perizia le avvolgevano,
speronavano i fianchi, rovesciavano
gli scafi: il mare, a perdita di vista,
era pieno di navi infrante e strage,
le rive e scogli bassi di cadaveri,
e quante erano navi dell'armata
barbarica, fuggivano in disordine:
e gli altri, come tonni, come branchi
di pesci, con i remi ci picchiavano,
ferivano, straziavano, ammazzavano,
ed era tutto un urlo ed un lamento
sul mare aperto fino a che la notte
ci tolse con le tenebre la vista.
Ma tanti orrori non li finirei
a raccontarli dieci giorni in fila.
Solo sappi che mai un giorno solo
ha veduto morire tanta gente.

REGINA: Che mare di sventure irruppe, grande,
sui Persiani e su tutti quanti i barbari!

ARALDO: E siamo a mezzo ancora, hai da saperlo.
Dopo di questa avvenne una sciagura
che pesa il doppio sopra l'altro piatto.

REGINA: E può esserci sorte più dolente?
Dimmi questa sciagura che è venuta
a far precipitare la bilancia.

ARALDO: Quello che era il fiore dei Persiani,
i più animosi e nobili per sangue,
i primi per fedeltà al loro Principe,
sono morti di morte amara e senza gloria.

REGINA: Oh me infelice e sventurata, amici,
per quale sorte quelli son finiti?

ARALDO: C'è un'isola, davanti a Salamina,
esigua, senza approdo per le navi,
dove l'amico delle danze, Pan,
va camminando lungo la marina.
Qui li mandò, perché quando il nemico
disperso trasbordasse dalle navi
nell'isola, potesse massacrare
facilmente l'esercito dei Greci,

salvando i loro su quel mare angusto.
Male studiò il futuro. Poi che la dea
diede la gloria alle navi dei Greci,
lo stesso giorno con tutta l'armatura,
balzando dalle navi circondarono
tutta l'isola, bloccando i movimenti
degli occupanti: i sassi che lanciavano
colpivano se stessi, le saette
vibrate dai loro archi li uccidevano:
e dopo si gettarono d'un solo
balzo, picchiando e macellando corpi,
finché spensero tutte quelle vite.
A quell'immenso orrore Serse urlò:
sedeva in vista dell'intera armata,
su un colle arduo presso il fondo mare:
con un lamento acuto stracciò il manto,
e subito comandò a tutti i fanti
di cedere e ritirarsi alla rinfusa.
Questa fu la sciagura che s'aggiunse
all'altra che ti ho detto, e di cui piangere.

REGINA: O dea nemica, come l'hai ingannata
la mente dei Persiani! Amara fu
la punizione che mio figlio ebbe
dalla gloriosa Atene! Non bastarono
quelli che prima uccise Maratona!
Credendo il figlio mio di vendicarli
ne trasse questa folla di sventure.
E dimmi tu, le navi che fuggirono
la mala sorte, dove le hai lasciate?
Tu lo sai indicare esattamente?

ARALDO: Le navi sopravvissute si lanciarono
alla fuga col vento favorevole.
Il resto dell'armata fu disperso
in terra di Beozia: e molti torturava
la sete intorno alle sorgenti chiare,
o [marciavano avanti] senza fiato:
noi passammo il paese dei Focesi
e la terra dei Dori, e lungo il golfo
Malìaco, dove lo Sperchèo ristora
la piana e dà benefico da bere.
Poi ci accolse la piana dell'Acaide
e città di Tessaglia, ormai sprovvisti
di cibo. E là moltissimi perirono
di fame e sete. C'era l'una e l'altra.

Pervenimmo in Magnesia e in Macedonia
e al guado dell'Axios, alla palude
e ai canneti di Bolbe ed al Pangèo,
la terra degli Edòni. Quella notte
suscitò un dio un freddo fuori tempo
e tutta la corrente dello Strìmone
ne fu gelata. Allora anche chi mai
credette che ci fossero gli dèi
pregò, adorò prostrato, cielo e terra:
terminate le suppliche devote,
l'esercito s'avviò sul ghiaccio vitreo,
e chi di noi passò prima che i raggi
del dio si diffondessero, fu salvo:
quando il disco del sole luminoso
fu a metà del passaggio le sue fiamme
lo scaldarono, e gli uomini piombarono
gli uni sugli altri, ed era un privilegio
perdere presto il fiato della vita.
Gli altri, che si salvarono, percorsa
la Tracia con infinita pena, giunsero
alla terra dei loro focolari
fuggiaschi, in pochi, a piangere la patria
e tanta amata gioventù infelice.
Questa è la verità. Molto tralascio
dei mali che ai Persiani inflisse un dio.
CORO: Dio di mala ventura, fu pesante
il calcio che abbatteva la razza dei Persiani!
REGINA: Me infelice, l'armata non è più.
O chiare mie visioni della notte,
molto bene svelaste i nostri mali.
[*Rivolta al coro:*]
E voi, troppo leggeri giudicaste.
Pure, se tale è stato il vostro detto,
innanzi tutto pregherò gli dèi,
poi porgerò alla terra ed agli estinti
la sacra offerta delle nostre case.
Lo so bene che tutto è consumato,
ma forse meglio porterà il futuro:
e voi dovete a questi eventi aggiungere
fedeli volontà con chi è fedele.
Mio figlio, se verrà prima che io torni,
soccorretelo voi, siategli scorta
fino al Palazzo, e non si debba mai
unire ai nostri mali un altro male.

CORO: O Zeus sovrano,
ecco l'ora
in cui tu distruggendo
l'armata dei Persiani
di grande orgoglio e d'infiniti uomini
immergi le città
di Ecbàtana e di Susa
nel buio del dolore.
O delicate mani
che lacerano il velo
del capo, oh lacrime
di cui ogni grembo è intriso!
come sanno il dolore!
Tenero pianto
delle donne di Persia dolorose,
per le loro giovani unioni
per i talami morbidi che lasciano
per la tenera gioia
dei giovani anni:
gemono nella pena
senza saziarsi mai.
E anche a noi la sorte di chi è partito
sveglia certezze di grande dolore.

strofe

Ora tutto il paese
dell'Asia spopolata si lamenta.
Serse guidava, ahi!
Serse li distruggeva, ahi!
Serse ordinava tutto senza senno:
ahi navigli sul mare!
Perché Dario,
il re degli archi,
non comandò con danno i propri sudditi,
fu amato condottiero in Susa?
Navi
di prora azzurra, di remeggio uguale,

antistrofe

conducevano fanti marinai,
le navi li distrussero,
ahi! le navi che piombavano
e recavano morte,
col braccio degli Ioni!
Il Signore
udiamo che a stento

fuggì sulle pianure
di Tracia e su gelide vie.

strofe

E i primi che il destino
rapiva nella morte
danzano sulle punte
dell'isola di Cìcreo,
ahi! ahi! gemete, mordetevi,
levate al cielo l'urlo
profondo dell'angoscia,
tendete l'urlo
lamentoso che è voce del dolore.
Percossi dal mare, orrore!
rósi dai muti figli
del mare immarcescibile!
la casa vedovata
lamenta il proprio uomo:
genitori senza più figli
sanno il male che viene dagli Dei,
vecchi dolenti l'ultimo dolore.

strofe

E quelli d'Asia a lungo
non più obbediranno
alle leggi persiane,
non recheranno più
i tributi dovuti a chi è sovrano,
non si genufletteranno in obbedienza,
la potenza del Re è perita.
La lingua degli uomini
non sarà incatenata,
un popolo slegato
che parla in libertà,
come fu slegato
il giogo della forza:
o isola d'Aiace,
o terra insanguinata,
tieni in pugno la Persia.

REGINA: Amici, chi ha esperienza del dolore
sa che finché lo batte l'onda amara
tende a temere d'ogni cosa, e invece
se la divinità spira serena
si convince che la divinità
gli rechi sempre vento di fortuna.
Per me ora tutto è pieno di terrore.

Ho negli occhi il diniego degli Dei,
nelle orecchie un fragore non di festa,
la percossa atterrisce la mia mente.
Per questo ripercorro il mio cammino,
dal Palazzo, senza cocchio e senza il lusso
d'un tempo, e reco al padre di mio figlio
le offerte ai morti che li fanno miti,
il latte della mucca immacolata,
bianco e gustoso, il miele nitidissimo
che è stillato dai fiori laboriosi,
il getto d'acqua di sorgente vergine,
bevanda pura di madre selvaggia,
luce di antica vigna, che vedete:
e il frutto profumato dell'olivo
rossastro, dalle foglie sempre floride,
e fiori che la terra sempre dona.
Dunque amici, su queste offerte ai morti,
innalzate inni buoni, richiamate
l'ombra sacra di Dario, mentre mando
questi segni d'amore per gli Dei
di laggiù, sulla terra che li beve.

CORO: Donna, Regina, culto dei Persiani,
manda tu alle stanze di laggiù
le offerte sacre, e noi
chiederemo alle guide degli estinti
di esserci benigni, sotto terra.
[*Con un grido altissimo:*]
Così così
potenze pure
sotterranee, Terra,
Ermete dio dei morti,
fate che quella vita
salga ancora alla luce!
se egli più di noi
sa il rimedio dei mali, solo lui
fra tutti i morti, ne dirà il termine.

strofe

Ascolta
il Beato, il Re
che è nel Divino,
sente queste barbare chiare
voci che noi muoviamo
danzanti mortali dolenti?
Urlo di pena vogliamo

urlare: di laggiù
ci ode?

antistrofe

Terra e voi Potenze
del mondo di sotterra
concedete a quella
sacra essenza orgogliosa,
al Dio dei Persiani
che nacque in Susa,
di uscire dalle vostre
dimore: nessuno come lui
coprì la terra di Persia:
fate che ci risalga!

strofe

Amato è l'uomo,
amato è il tumulo,
amato l'essere
che in sé celava:
mondo dell'Invisibile
affrancalo
mondo dell'Invisibile,
tale principe è Dario.

antistrofe

Mai la sua gente
distrusse con vendette rovinose:
i Persiani lo chiamavano
l'ispirato dagli Dei,
e ispirato dagli Dei
fu guidando l'armata.
[*Con un grido ardente*:]

strofe

Monarca antico, vieni, vieni
sull'alta cima del tumulo,
leva il calzare di croco
con cui fosti sepolto,
fa che appaia la punta
della tiara regale!
Cammina Padre
o buono o Dario!

antistrofe

Senti nuovi dolori
gli ultimi, Signore
del nostro Signore
mòstrati! Intorno alita

una nebbia di morte,
tutta la giovinezza
è morta! Cammina
o Padre o buono o Dario!

EPODO

Ahi, ahi, ahi!
o pianto fra tutti i morti!
perché furono possibili,
su ciò che è tuo, le due
colpe e a tutta questa terra
navi dai triplici scalmi
scomparvero, navi – quali ormai navi!
[*Il parossismo dell'invocazione è*
interrotto dall'apparizione del morto.]
DARIO: O miei fedeli fra i fedeli, anziani
di Persia, coetanei degli anni giovani,
di che dolore la città è dolente?
Geme, si batte il petto, apre la terra.
Vedo la sposa presso la mia tomba,
e ne sono turbato. Con affetto
ricevo le sue offerte. E voi piangete
ritti presso il sepolcro e mi chiamate,
pietosamente, con lamenti acuti,
che giungono alle vite di laggiù:
e di laggiù non c'è un buon ritorno,
e davvero gli Dei di sottoterra
meglio accolgono di quanto non rilascino.
Ma io fui sempre Principe per loro,
e vengo a voi. Ma voi siate veloci,
che io non sia in difetto per il tempo.
Che male nuovo pesa sui Persiani?

strofe

CORO: Tremo a levare gli occhi,
tremo a parlare come non vorresti,
tremo di te, di devozione antica.
DARIO: Venni di là vinto dal vostro pianto:
parlate non a lungo, mozzate la parola,
dite tutto, lasciate la devozione antica.

antistrofe

CORO: Temiamo a compiacerti
temiamo a contrariarti

dicendo ciò che male si dice a chi si ama.
DARIO: Se l'antico timore vi ostacola il pensiero,
tu, l'antica compagna del talamo, mia nobile
sposa, cessando il pianto e il lamento, parla chiaro.
Sciagure umane possono cadere sui mortali,
vengono molti mali dal mare e dalla terra
per il mortale, quando prolunga la sua vita.
REGINA: Tu, fra tutti i mortali il più prospero e felice,
o tu sempre invidiato finché vedesti il sole,
e vivesti sereno come un dio fra i Persiani,
ora ti invidio morto prima d'avere visto
abissi di dolore: udrai tutto in poche parole:
Dario, la Persia, posso dirlo, è annientata.
DARIO: E come? Una bufera di peste? Una rivolta?
REGINA: No, no. Tutta l'armata fu dispersa presso Atene.
DARIO: Chi dei miei figli la spinse laggiù? Rispondi.
REGINA: Il folle Serse, che spopolò il continente.
DARIO: Coi fanti o con le navi tentò la pazza impresa?
REGINA: Con fanti e navi, due armate, con due volti.
DARIO: Ma un'armata di fanti come riuscì a passare?
REGINA: Con un giogo d'ordigni dove Elle passò.
DARIO: E questo ha osato fare, ha chiuso il grande Bosforo?
REGINA: Un'entità divina gli ha toccato il pensiero.
DARIO: Una grande potenza, se gli deviò la mente.
REGINA: Il male che operò può rivelarne il fine.
DARIO: Dimmi bene che accadde a quelli per cui gemete.
REGINA: La flotta sventurata ha travolto anche i fanti.
DARIO: Il popolo dei fanti tutto perì di lancia?
REGINA: Tutta Susa ne piange, desolata di uomini.
DARIO: Ahi la buona difesa, soccorso dell'esercito!
REGINA: I Battriani periti, non restano che i vecchi.
DARIO: Ahi quale giovinezza alleata ha distrutto!
REGINA: Serse è solo, si dice, con pochi, abbandonato.
DARIO: Come e dove è finito? C'è salvezza per lui?
REGINA: È fortuna se giunge al ponte fra le due terre.
DARIO: Si è salvato? È già in Asia? È vera la notizia?
REGINA: Sì, è voce chiara, forte, nessuno la contrasta.
DARIO: Ahi, troppo presto si è avverato l'oracolo
e Zeus lanciò l'evento su mio figlio! Speravo
che gli Dei lo compissero in un tempo più lungo.
Ma se l'uomo l'affretta anche il dio vi si unisce.
Ora sembra trovata la fonte d'ogni male
per la mia gente! E il mio ragazzo ha fatto questo,
tanto disavveduto, giovane e temerario!

Si pensò di fermare con catene da schiavi
il sacro corso dell'Ellesponto, quel Bosforo
che è il fluire d'un Dio, trasfigurò il passaggio,
aprì a un'immensa armata un immenso cammino
ribattuto di ceppi. Un mortale pensò
per suo malo consiglio d'essere più potente
di Posidone e tutti gli Dei: non lo teneva,
il mio ragazzo, dite, un male della mente?
E temo che il mio grande, faticoso potere
diventi preda del primo che lo colga.

REGINA: Imparò tutto questo da tristi compagnie.
Serse è irruente. Gli dicevano che tu
conquistavi per i figli una grande potenza
con la tua lancia, e lui usava la sua lancia
al chiuso, senza crescere la fortuna paterna.
Udendo spesso queste rampogne dei maligni
decise quel cammino, la guerra contro l'Ellade.

DARIO: Così allora operarono l'impresa
immensa, indimenticabile, quale
mai cadde sopra Susa a spopolarla,
da quando Zeus concesse a un uomo solo
la gloria di regnare tutta l'Asia
e le sue greggi, con scettro ordinatore.
Medo fu il primo a capo dell'armata.
Secondo, il figlio suo completò l'opera:
la mente era al timone del suo cuore.
E terzo venne il fortunato Ciro,
il cui comando portò ai suoi popoli
la pace, conquistò e Lidia e Frigia,
resse gli Ioni con la mano ferma.
Nessun dio l'avversò perché fu saggio.
Quarto suo figlio, a reggere l'armata;
quinto fu Mardi, obbrobrio della patria
e degli antichi troni: con l'inganno
lo uccise nel palazzo il buono Artàferne,
con quegli amici a cui fu dato il compito.
Poi ebbi in sorte io ciò che volevo,
e armai armate immense a molte imprese,
ma non diedi alla patria tanto male.
Mio figlio Serse è il nuovo e pensa nuove
cose, ma non rammenta i miei precetti.
Ma voi sappiate bene, miei coetanei:
noi tutti che già avemmo quel potere,
mai si pensi che abbiamo fatto questo.

CORO: Dunque, Signore? Dario, il tuo discorso
a che è rivolto? Dopo questi eventi
come meglio agirà, il popolo persiano?
DARIO: Non marcerete mai contro la Grecia,
fosse anche più grande il nostro esercito!
La loro terra stessa hanno alleata.
CORO: Che hai detto? E come è loro alleata?
DARIO: Con la fame, che uccide i molti e i troppi.
CORO: Armeremo un'armata agile e scelta.
DARIO: Ma neppure l'esercito rimasto
in Grecia, tornerà e sarà salvo.
CORO: Come? La nostra armata non ha tutta
varcato il passo d'Elle, dall'Europa?
DARIO: Pochi dei molti, se chi guarda i fatti
crederà nei responsi degli Dei.
Non s'avverano ora sì e ora no.
È così. Lui lascia in Grecia truppe scelte
persuaso da vuote previsioni.
Stanno nella pianura che l'Asopo
ristora con la sua corrente amata
che abbevera la terra di Beozia.
Laggiù li attende il culmine dei mali,
la punizione della Dismisura
e dei pensieri ignari degli Dei:
marciando sulla Grecia, non temettero
di spogliare le immagini divine,
di ardere i templi e togliere dagli occhi
gli altari e le dimore degli dèi,
sconvolgendole dalle fondamenta.
Soffriranno del male che hanno fatto
non meno e tra poco non molto: l'edificio
dei loro mali non è giunto al termine,
anzi viene crescendo, ed abbondante
libagione di sangue verseranno
sotto le lance doriche a Platea.
Mucchi di morti indicheranno muti
agli occhi dei mortali, anche alla terza
generazione che semineranno,
che chi muore non deve andare oltre
col suo pensiero a tutto ciò che muore.
La colpa cresce ed ha per frutto spiga
di pena e il suo raccolto è tutto lagrime.
Guardando ricompense come queste
ricordatevi di Atene e della Grecia,

perché sprezzando il bene che possiede
nessuno, desiderando quello d'altri,
non rovesci la sua prosperità.
Zeus sta come forte potatore
della troppa arroganza, duro giudice.
Se quell'uomo ha bisogno di saggezza
rinsavitelo voi con riflessioni sagge
e con saggia parola, che cessi la sua folle
temerità di offendere gli Dei.
E tu, madre di Serse, antica e cara,
va' al Palazzo, prendi i paramenti
più vistosi, va' incontro al figlio tuo:
le sue vesti smaglianti le ha strappate
nel dolore, e gli pendono a brandelli.
Ma parlagli benigna e mitemente,
te sola ormai sopporta di ascoltare.
Io vado, scendo al buio della terra.
Addio, vecchi signori. Anche nei mali
date al cuore la gioia d'ogni giorno,
perché tra i morti la potenza è nulla.

CORO: Ahi dolore di udire tante angosce
di oggi e di domani sopra i barbari!

REGINA: O Potenza divina, molti mali
cadono su di noi, ma più di tutti
mi morde quell'obbrobrio delle vesti
di cui dite, sul corpo di mio figlio!
Ma ora vado, prendo i paramenti
più belli e cercherò di andare incontro
al figlio mio: nessuno mi è più caro
e mai lo tradirò nella sventura.

strofe

CORO: O grande e bella vita cittadina
che si viveva quando ci regnava
l'onnipotente, il senza mali e guerre,
il pari al Divino, Dario.

antistrofe

Eserciti vagliati
che portammo alla luce,
costumanze come torri
che ogni cosa reggevano,
ritorni dalle imprese
senza pene e inquietudini,
in focolari lieti!

strofe

Città che prese
senza varcare l'Alis
né lasciare
il proprio focolare,
città basse sul mare
dello Strimone presso
gli stazzi traci:
e quelle fuori della palude,
in terraferma,

antistrofe

serrate intorno di torri,
obbedivano a questo Signore:
e le orgogliose
intorno al varco di Elle
e alle angustie della Propontide
o alle fauci del Ponto:

strofe

e le isole presso il promontorio,
dilavate dal mare,
di fronte alla terra,
Lesbo, Samo
coperta di olivi,
Chio, Paro, Nasso, Mìcono,
e quella che la tocca,
la sua vicina Andro:

antistrofe

e su altre regnava tra le coste,
Lemno, il luogo di Icaro,
Rodi, Cnido e le città di Cipro,
Pafo e Soli e Salamina
di cui fu città madre
quella che ora è cagione
dei nostri lai:

EPODO

e, col suo senno,
i copiosi numerosi popoli
dell'eredità ionia,
la loro forza inesausta
di uomini bene armati
e di promiscui ausiliari.
Ma ora siamo vinti.

Per volontà indubbia degli dèi,
immensamente vinti,
colpiti sul mare.
[*Appare Serse.*]
SERSE: Ahi,
oh me infelice,
destino di dolore,
che dèmone crudele
calava sulla razza dei Persiani!
Che faccio, sventurato?
Guardando i vostri anni, cittadini,
le mie membra si sciolgono.
Zeus, fra tanti scomparsi,
la morte anche me
doveva ricoprire.
CORIFEO: Ahi, ahi! o Re,
la nostra bella armata,
il grande onore della nostra Persia,
quanta bellezza d'uomini
un dèmone ha reciso!
Piange la terra
la giovinezza di questo paese
che Serse ha ucciso
e ha riempito l'Ade di Persiani.
Incamminàti verso l'Ade,
in molti, e sono il fiore del paese,
maestri d'arco, tutta una foresta
di uomini, infinita,
consunta. Ahi, valorosa difesa.
La terra d'Asia, o re di questa terra,
miseramente
miseramente
piega i ginocchi.

strofe

SERSE: Ohi me, oh pianto,
oh lamento, quanto male ho portato
io, alla mia gente, alla mia patria!
CORO: Triste voce triste grido
rivolgo al tuo ritorno,
lamentazioni della Mariandinia,
grida di lagrime.

antistrofe

SERSE: Date una nenia di molto dolore,
voce di lutto,

perché il Divino si è voltato
contro di me.
CORO: Darò la nenia di molto dolore,
venererò il peso ignoto amaro
di percosse e di mare,
della città, della stirpe dolente,
susciterò un lamento d'alto pianto.

strofe

SERSE: Ares degli Ioni,
Ares ci rapiva,
con un muro di navi,
difensore degli altri,
rase la piana oscura
e l'infelice riva.
CORO: Ahi, grida, conosci tutto!
Dov'è la folla degli amici tuoi?
I tuoi luogotenenti
Farandace, Susa, Pelagone,
Dotama e Agdabata, Susiscame
e Psammi, che partirono da Ecbàtana?

antistrofe

SERSE: Li abbandonai perduti
mentre da una nave di Tiro
vagavano lungo le coste
di Salamina, urtando
le rive dure.
CORO: Ahi! e dove è Farnuco,
il buono Ariomardo,
Seuace il principe,
il nobile Lilèo,
Menfi, Taribi,
Masistra, e Artèmbare
e Istaicma? Noi te lo chiediamo!

strofe

SERSE: Ahi, ahi, là,
in vista dell'antichissima
maledetta Atene
tutti, tutti in un colpo, gl'infelici,
boccheggiano all'asciutto.
CORO: E laggiù, c'è anche
l'occhio di noi Persiani, il fedelissimo,
che passava in rassegna le miriadi,
il figlio di Batanoco, Altisto!
e quello di Sesama, e quello di Magàbata

e il Parto grande e Oibare,
li lasciasti, li lasciasti laggiù...
poveri, poveri!
Ai nobili Persiani
mali racconti, mali sopra mali!

antistrofe

SERSE: Nostalgia
di quei buoni compagni che ricordi,
maledetti dolori,
come tu dici, mali sopra mali!
Il cuore urla,
dal profondo suo essere, urla.
CORO: E anche degli altri si piange,
Xanti capo dei diecimila Mardi,
il perfetto Arcare,
Diaissi, Arsame
signori di cavalieri,
Dadace, Litimna,
Tolmo, mai sazio di lancia!
Strano stupore
di non vederli al tuo seguito,
presso il carro velato!

strofe

SERSE: Sono andati quei capi del mio esercito.
CORO: Andati, e senza gloria.
SERSE: Ahi, ahi.
CORO: Ahi potenze divine
che recarono un male mai pensato.
Ineguagliabilmente ci guardò
l'Espiazione.

antistrofe

SERSE: Colpiti
da quale sorte per sempre.
CORO: Colpiti in piena luce.
SERSE: Da sventura mai vista mai saputa.
CORO: Male incontrammo
quegli Ioni imbarcati,
popolo dei Persiani,
in guerra sfortunati.

strofe

SERSE: Come non dirlo! infelice,
in quale armata sono stato colpito.
CORO: Chi non perì? E grande era
la potenza persiana.

SERSE: Vedi che cosa resta del mio esercito.
CORO: Lo vedo, lo vedo.
SERSE [*ostenta una faretra*]: Questa faretra –
CORO: Questo hai salvato?
SERSE: Uno scrigno di frecce.
CORO: Poco, di tanto!
SERSE: E ci troviamo senza difensori.
CORO: Non avete paura della lancia,
gente di Ionia!

antistrofe

SERSE: Troppo bravi. Il disastro
l'ho visto e mai pensato.
CORO: Densa flotta di navi rovesciata!
SERSE: Mi lacerai il mantello nel disastro.
CORO: Ahi, ahi!
SERSE: E non basta il lamento.
CORO: Moltiplico il lamento!
SERSE: Dolore a noi ed al nemico gioia.
CORO: La potenza spezzata.
SERSE: Sono spoglio di scorta.
CORO: Con la rovina dei nostri, sul mare.

strofe

SERSE: Piangete, piangete
la nostra pena.
Tornate alle case.
CORO: Ahi sventura, ahi sventura!
SERSE: Urlate, rispondete al mio lamento.
CORO: Oh povero dare di poveri ai poveri.
SERSE: Unitevi al canto di lutto.
[*Segue la lamentazione.*]
CORO: Pesante sciagura,
e doglia anche per noi.

antistrofe

SERSE: Picchiate picchiate gemete per me.
CORO: Inondati di pianto e di lagrime.
SERSE: Urlate, rispondete al lamento.
CORO: E c'è da servirti, Signore.
SERSE: Levate il vostro compianto.
[*Segue la lamentazione.*]
CORO: Le nere percosse
dolenti percosse
s'uniranno ai lamenti.

strofe

SERSE: Picchiatevi il petto

levate il compianto di Misia.
CORO: Guai guai –
SERSE: Devastate le candide barbe.
CORO: Sì sempre, gemendo.
SERSE: Urlate più alto più alto.
CORO: Sì più alto più alto.

antistrofe

SERSE: Stracciate i manti sul petto.
CORO: Guai guai –
SERSE: Tormentate le chiome,
lamentate l'armata –
CORO: Sì sempre sì sempre gemendo –
SERSE: Inondatevi gli occhi –
CORO: Bagnati di lacrime –

EPODO

SERSE: Urlate rispondete al lamento –
CORO: Ahi ahi ahi –
SERSE: In pianto muovete al Palazzo –
CORO: Ahi ahi –
SERSE: Il lamento attraverso le vie.
CORO: Sì in lamento in lamento.
SERSE: Gemendo con passo disfatto.
CORO: O terra persiana dai passi dolenti –
SERSE: O morti fra i triplici remi –
CORO: Oh lugubre scorta di pianto –
[*Le parole si fondono con la lamentazione.*]

I Sette a Tebe

Tragedia
Traduzione di Leone Traverso

Come il Prometeo incatenato, *anche questa tragedia è l'unica superstite di una trilogia di cui* Laio *era la prima e* Edipo *la terza. Venne rappresentata nel 467 a.C. durante l'arcontato di Teagene, in occasione della settantottesima Olimpiade.*

Narra le vicende dei due figli di Edipo, Eteocle e Polinice, in lotta fra loro per il possesso di Tebe. Tiresia ha previsto un imminente attacco degli Argivi alla città e Eteocle invoca l'aiuto di tutti i tebani. Il coro si dispera al pensiero dell'assalto e prega gli dèi affinché salvino Tebe. Anche Eteocle confida nell'aiuto divino, ma intanto ordina alle donne e al coro di ritirarsi in casa. Quindi procede alla scelta degli uomini più valorosi da porre a difesa della città.

A questo punto un esploratore inviato direttamente da Eteocle presenta i sette duci argivi; a ognuno di essi Eteocle fa seguire i nomi dei guerrieri che dovranno difendere Tebe. Il coro chiede invano a Eteocle di non combattere contro il fratello Polinice, eroe degli Argivi. Ma Eteocle è convinto che la maledizione degli dèi sulla stirpe di Laio, ucciso per errore dal figlio Edipo, continuerà comunque fino alla terza generazione.

Inizia la battaglia, gli assalitori vengono sconfitti, ma i due fratelli perdono tragicamente la vita l'uno per mano dell'altro.

Sopraggiungono sulla scena Antigone e Ismene in lacrime e il coro intona il canto funebre in onore dei due caduti. Tuttavia il senato ordina che solo Eteocle venga seppellito, mentre il corpo di Polinice verrà dato in pasto ai cani. Antigone si ribella e dichiara che seppellirà ugualmente Polinice.

Questa tragedia è l'epilogo di un dramma provocato dall'ereditarietà della colpa di Edipo che, avendo ucciso per errore il padre Laio e sposato la madre Giocasta, maledice i suoi due figli, condannati ad uccidersi l'un l'altro per il possesso di una città. Eteocle è dunque l'ultimo anello di questa maledizione: si riconferma la fede di Eschilo nel fatto che le colpe degli avi ricadono inevitabilmente sull'innocente discendenza.

Il fato è sì inesorabile per Eschilo, ma non casuale, perché è dettato dalla morale divina che deve comunque compiersi.

Eteocle è il personaggio centrale della tragedia: sebbene destinato a una terribile fine viene esaltato e glorificato da Eschilo in virtù del suo amor patrio e della sua profonda religiosità. Eteocle è infatti consapevole della necessità della fine della stirpe di Laio e per questo si avvia coraggiosamente verso il peggio, benché la sua fede negli dèi lo spinga ugualmente a compiere sacrifici propiziatori.

L'efficacia drammatica di questa tragedia pare dunque interamente affidata all'innocenza personale di Eteocle e alla ineluttabilità della catastrofe imminente.

Per il resto l'azione scarseggia nel dramma e la forte individualità del protagonista viene bilanciata dalla totale assenza di un carattere personale del coro, che rappresenta unicamente l'elemento tradizionale del compianto e dell'angoscia delle donne della città in pericolo.

Questa tragedia venne lodata da Gorgia e da Aristofane.

Personaggi

Eteocle
Messaggero
Coro di vergini
Altro messaggero

ETEOCLE: Cadmei, dirò quello che l'ora impone
chi governa il timone del paese,
né concede alle palpebre sopore.
Nella fortuna il merito è dei numi;
ma, piombasse sventura (e non accada!),
solo n'andrebbe Eteocle celebrato
per tutta la città da tristi note
e lamenti, da cui Giove difenda
– ch'è difensore – la città di Cadmo.
Ora a quanti di voi non ride ancora
il fiore della giovinezza, a quanti
sfiorì col tempo, al suo compito ognuno,
soccorrete questa città, gli altari
dei patrii dèi, cui non si spenga onore,
e i figli e la dolcissima nutrice,
la madre Terra, che voi tenerelli
malfermi sul benigno suolo, accolto
tutto il peso di crescervi, nutriva
cittadini fedeli nel frangente
a recare lo scudo in sua difesa.
E il dio finora inclina verso noi;
ché, se ci stringe assedio entro le torri,
fausta a noi volge dagli dèi la guerra.
Ma dice ora il pastore degli uccelli,
che, vigile d'orecchi e di pensiero,
senza tentare fiamma, intende ai segni
profetici con arte che non mente,
il signore di tali vaticinî
dice che a notte hanno gli Achei tramato
un fortissimo assalto alla città.
Balzate dunque a baluardi e porte
tutti, avventatevi con tutte le armi,
correte ai merli, riempite gli spalti,
e, piantati sui varchi delle porte
fate animo, né l'orda d'invasori

vi sgomenti: ché il dio ci assisterà.
Ho già mandato spie nel campo avverso
che non vorranno perdere i lor passi.
Ritornino, e non temo ormai d'agguati.
MESSAGGERO: Nobilissimo Eteocle, Signore
dei Cadmei, dall'esercito ti reco
notizie certe: ero presente ai fatti.
Sette feroci capitani, ucciso
in nero scudo un toro, brancolando
le mani nella strage, hanno giurato
per Ares, Enio e la cruenta Fuga
o saccheggiare rasa la città
di Cadmo a forza o, stesi nella morte,
intridere del sangue questa terra.
E appendevano al carro alto d'Adrasto
ricordi per i genitori a casa,
di propria mano, lacrime versando,
ma non uscì lamento dalle bocche:
ferreo l'animo spira audacia come
di leoni dagli occhi arsi di guerra.
Né tarderà conferma alla notizia:
li lasciai che traevano le sorti,
a che porta guidasse ognuno i suoi.
Tu poni dunque gli uomini migliori
della città sui varchi delle porte,
ché l'esercito d'Argo tutto in armi
avanza, leva polvere, e la schiuma
gocciando dai polmoni dei cavalli
spruzza di scie lucenti la pianura.
Da timoniere accorto tu raddobba
la città prima che s'avventi il nembo
d'Ares: ché mugghia ormai l'onda terrestre
d'armati. Quanto puoi rapido accorri.
Io serberò quest'occhio mio fedele
a vedetta nel giorno, e risapendo
tu da sicuri avvisi quanto accada
oltre le porte, ti mantieni illeso.
ETEOCLE: O Giove e Terra e dèi della città,
Anatema, del padre forte Erinni,
non estirpate, preda dei nemici,
quest'arce greca, focolari e case!
Libero il suolo e la città di Cadmo
mai non si pieghi a giogo di servaggio.
Proteggetela voi: comune è il frutto,

ché prospera città venera i numi.
CORO: Lamento mali tremendi:
abbandonato il campo, l'esercito incalza:
ecco la moltitudine dei cavalieri
dilaga contro di noi; nel cielo m'è apparsa
a persuadermi la polvere,
muta messaggera verace.
Ha invaso le pianure della mia terra
scàlpito cupo di zoccoli,
s'appressa, vola, romba pari al fragore
di fiumana che irresistibile batta le rocce montane.
Ahi dèi e dee, stornate
la sciagura che insorge!
Clamore sulle mura:
l'esercito dagli scudi bianchi
balza pronto a battaglia contro la città.
Chi ci difenderà?
Chi mai degli dèi, delle dee
viene a soccorso?
A quali statue di numi
mi devo prosternare?
Oh beati, voi dalle belle sedi,
ora è il tempo di stringere le vostre immagini.
Che tardiamo, gemendo?
Udite o non udite il fragore di scudi?
Quando offriremo in voto
se non ora pepli e corone?
Vedo un cozzo: strepito di molte lance.
Che farai dunque? Tradirai,
Ares, l'antica tua terra?
Guarda, dio dall'elmo d'oro,
guarda la città che ti fu cara!
Venite, dèi patroni
della terra, venite
tutti; guardate la schiera
delle vergini che atterrisce la schiavitù;
ché una marea di guerrieri dai cimieri frementi
ribolle intorno alla città,
gonfia dei soffi d'Ares.
Ma tu, padre Zeus, che tutto adempi,
storna da noi la cattura.
Gli Argivi verranno in cerchio alla rocca di Cadmo:
terrore di lance guerriere.
Tra le mascelle dei cavalli

fremono morte i morsi.
E sette capitani insigni
d'eserciti, agitando le armi,
secondo la sorte già premono
all'assalto delle sette porte.
E tu, forza guerriera nata da Giove, salva
la città da rovina,
Pallade tu con l'equestre
signore che domina il mare
vibrando sui pesci il tridente,
liberaci dal terrore.
E tu Ares, ahi, ahi,
veglia sulla città che trae nome da Cadmo,
risplenda a lei il tuo favore!
E Cipride, progenitrice
tu della stirpe, soccorri;
ché dal tuo sangue veniamo
e a te ci accostiamo levando
suppliche alla tua divinità.
E tu sterminatore di lupi,
stermina, Apollo signore, i nemici,
che scontino pianti con pianti;
e tu figlia di Leto,
tendi alle frecce l'arco.
Ahi, ahi, ahimè!
Io sento strepito di carri
intorno alla città.
O venerabile Era,
stridono gli assi gravati.
Artemide diletta,
lacero di lance
l'etere s'arrovella.
Che destino attende la nostra città?
A quale esito un dio la travolge?
Ahi, ahi, ahimè!
Grandinano di lontano i massi sugli spalti.
O caro Apollo,
strepitano alle porte gli scudi di bronzo.
Prole di Giove, che in battaglia
decidi il sacro esito delle guerre,
e tu, signora beata,
Onca, innanzi alla città
difendi le sette porte della tua sede.
Onnipotenti numi,

sovrani dèi e dee
a guardia delle torri di questa mia terra,
non abbandonate a una turba di lingua straniera
la città tempestata dalle lance.
Ascoltate le vergini, ascoltate,
come Giustizia reclama
le preghiere che tendono a voi le braccia.
Benigni numi che cingete
libera la città,
mostrate il vostro amore,
e vi prema dei riti che celebra a voi questo popolo,
e, se vi preme, difendetelo,
memori voi dei misteri
che allietano opimi sacrifizi.

ETEOCLE: Voi, greggia intollerabile, è mai questo,
chiedo a voi stesse, il più sicuro scampo
alla città, conforto a questo esercito
stretto d'assedio, prosternate innanzi
all'effigî dei numi della patria
stridere, urlare? Vi detesta il saggio.
E mai, si mostri livida o benigna
a me la sorte, mai divida il tetto
con genia femminile. Se comanda,
arroganza intrattabile; se teme,
iattura in casa e a tutta la città.
Ora fuggendo qua e là sbandate
nei cittadini seminate urlando
trista viltà; conforto a quei di fuori,
che noi qui ci prostriamo da noi stessi.
Tanto s'acquista a vivere con donna.
Ma se alcuno ormai infranga il mio comando,
femmina o maschio, o forma abbia di mezzo,
gli si decreterà voto di morte,
e dal popolo viene lapidato
senza scampo. Badano i maschi fuori,
la donna attenda a casa, e non dia avvisi.
Stàttene dentro e non filare guai.
Hai inteso o no? Forse ho parlato a sordi?

CORIFEA: Caro figlio di Edipo,
ho tremato sentendo il fragore dei carri
e stridere i mozzi turbinosi
e i freni insonni nelle bocche dei cavalli,
i morsi figli del fuoco.

ETEOCLE: Fuggendo forse dalla poppa a prora

manovra a salvamento il capitano
mentre i marosi squassano la nave?
CORIFEA: Io mi sono prostrata alle antiche
statue dei numi, fidente negli dèi,
sentendo scrosciare alle porte
il rombo della valanga devastatrice.
Allora m'ha volta la paura
a supplicare i beati,
che tendano la loro forza sulla città.
ETEOCLE: Che gli spalti resistano all'assalto
pregate! Giova anche agli dèi: non dice
che abbandonino le città perdute?
CORIFEA: Mai, fin ch'io viva, abbandoni
questo concilio di numi la nostra città!
Ch'io non veda mai squadre nemiche predare la terra
appiccando fiamme divoratrici!
ETEOCLE: Invoca i numi e non recarmi danno.
Obbedienza è madre di fortuna,
sposa di scampo, suona antico adagio.
CORIFEA: Sì, ma sovrana è la forza del dio,
e a volte colui che, sgomento nei mali
già nuvola torbida avvolge sospesa sugli occhi,
risolleva d'aspra sventura.
ETEOCLE: Spetta agli uomini offrire sacrifizi,
tentare auspicî, in vista del nemico;
a te tacere e startene entro in casa.
CORIFEA: Grazia degli dèi se abitiamo città mai domata
e le mura trattengono le orde nemiche:
quale sdegno s'adombra alle mie suppliche?
ETEOCLE: Io non ti vieto d'adorare i numi;
ma non seminerai fra i cittadini
viltà, sta' cheta e troppo non temere.
CORIFEA: Ho udito un nuovo confuso fragore
e son corsa tremante di paura
a questa rocca, sede venerata.
ETEOCLE: Se poi sentiate di feriti o morti
non vi gettate a lamentazioni:
Ares si nutre della strage umana.
CORIFEA: Odo improvvisi nitrire i cavalli.
ETEOCLE: E tu, se l'odi, non prestare orecchio.
CORIFEA: Tebe accerchiata geme dal profondo.
ETEOCLE: Non basto io solo a provvedere a questo?
CORIFEA: Ho paura, alle porte il rombo cresce.
ETEOCLE: Taci! Non ne farai parola in giro.

CORIFEA: Voi numi, non tradite queste mura!
ETEOCLE: Non vuoi startene cheta? Alla malora!
CORIFEA: Dèi, salvatemi dalla schiavitù!
ETEOCLE: Tu ti fai schiava, e tutta la città.
CORIFEA: Scaglia ai nemici la saetta, o Giove!
ETEOCLE: Giove, che razza ci hai dato? le donne!
CORIFEA: Misera, come gli uomini, se perda la sua patria.
ETEOCLE: Riparli di sciagure e ti abbracci alle statue?
CORIFEA: Mi trascina la lingua la paura.
ETEOCLE: Mi accorderesti un piccolo favore?
CORIFEA: Dimmi subito, e vedo se potrò.
ETEOCLE: Taci, infelice, non turbare i tuoi.
CORIFEA: Taccio, con gli altri reggerò la sorte.
ETEOCLE: Questa m'è cara più d'altre parole.
E, lasciate le immagini divine,
innalza la preghiera che più giova:
che alleati ci assistano gli dèi.
E, udite le mie suppliche, s'intoni
come un peana il sacro urlo che suole
tra i Greci salutare la caduta
delle vittime offerte sugli altari,
conforto ai nostri, e vinca la paura.
Agli dèi che governano il paese,
custodi delle piane e delle piazze,
alla fonte di Dirce e dell'Ismeno,
io giuro, se il buon esito ci arrida
e scampi la città, d'insanguinare
di agnelli i focolari degli dèi
in sacrifizi splendidi, e corono
quelle sante dimore delle spoglie
nemiche, prede làcere dall'asta.
Tali voti anche tu leva agli dèi,
senza selvaggi e sterili lamenti,
ché non ti scamperanno dal destino.
Io vado e pianto sei uomini contro
i nemici a vogare di gran lena
e me settimo sulle sette porte
prima che piombino rapidi messi,
voci in tumulto a suscitare il fuoco
mentre ci incalza la necessità.
CORO: M'arrendo, ma il cuore
spaurito non s'addormenta;
alle soglie dell'anima,
gli affanni accendono il terrore

dell'esercito intorno alle mura;
come tutta tremante
teme per i nidiaci
la colomba le serpi
che devastano i nidi.
A torme, in folla assalgono
i nemici le torri.
Che mai sarà di me?
Altri sui cittadini
scagliano crude pietre.
Figli di Giove, o dèi,
proteggete il popolo di Cadmo!
Quale pianura mai
vi si offrirà più grata,
se cedeste ai nemici questo suolo
dalle zolle profonde
e quest'acqua di Dirce,
la più ricca bevanda
tra quante Poseidone,
che agita la terra,
getti, e i figli di Teti?
Così, dèi cittadini,
scagliate nelle torme
che fan ressa alle mura
la viltà che perde
gli uomini, la rovina
che le armi abbandona, e donate
gloria a questi cittadini.
Difensori voi della città,
alle nostre dolenti preghiere
resistete, fedeli ai bei seggi!
Sventura, se antica città
si scagliasse nell'Ade,
schiava, preda di lance,
arida cenere,
espugnata dai numi,
a ignominia per mano d'Achei,
e le derelitte
– o giovani o anziane – le donne,
pei capelli si trascinassero come cavalle,
mentre urla deserta la città!
La torma schiava s'avvia fra strida a rovina:
già tremo a tremendi destini!
Degno di pianto è che vergini,

colto prima del rito
il fiore, violenza
tragga a cammino abborrito.
Ah! Migliore la sorte
dei già morti mi appare.
Ché molte sciagure,
ahimè, se cade domata
la città, piombano: l'uno
l'altro trascina, uccide;
fuoco divampa, acre nembo
contamina la città.
Ares che stermina popoli
vi soffia e appesta la pietà.
Clamori per la città, si leva
una rete di torri!
Guerriero piega il guerriero sotto la lancia.
Sanguinosi vagiti
tremano di poppanti.
Sorelle di scorrerie, le rapine:
chi arraffa incontra chi arraffa;
chiama il tapino il tapino,
bramoso di un complice;
né di meno s'appaga o d'eguale.
Che ne segua, chi non l'indovina?
Frutti al suolo caduti
d'ogni sorta t'affliggono il cuore.
È l'occhio delle ancelle amaro.
Confusi i doni della terra
scorrono in onde sterili.
E alle schiave novelle,
piegate a nuovi dolori,
porgerà forse il letto,
conquistato da lancia
di vincitore nemico,
notturna fine, a rimedio
di strazî inondati di lacrime.

SEMICORO A: Pare l'esploratore dell'esercito
quello e ci reca forse qualche nuova,
affrettandosi celere sui piedi.

SEMICORO B: E anche il re stesso accorre ad ascoltare
notizie fresche dal suo messaggero:
e l'ansia muove rapidi i suoi passi.

MESSAGGERO: Conosco i movimenti dei nemici
e dirò come ottenne dalla sorte

ognuno la sua porta a vigilare.
Tideo già freme accanto alle Pretidi,
ma non gli lascia il varco dell'Ismeno
il profeta: lo vietano gli auspicî.
Tideo smania e bramoso di battaglia
stride come un serpente a mezzogiorno
e rimbrotta l'Eclide di adulare
spaurito il destino e la battaglia.
Così gridando scuote le alte piume,
chioma ombrosa dell'elmo, e tre sonagli
squillano paurosi dallo scudo.
E sullo scudo reca altera insegna:
ché risfavilla il cielo alto di stelle
e nel suo colmo lucida la luna
domina, la pupilla della notte,
la regina degli astri. Delirando
così nelle superbe armi, egli grida
lungo le sponde dell'Ismeno, in ansia
della battaglia, simile a un cavallo
che esali sulle briglie il suo furore
e scalpiti in attesa della tromba.
Chi gli opporrai? Chi mai, frante le sbarre,
ci assicura difesa quella porta?

ETEOCLE: Io d'ornamenti non avrei paura:
insegne non infliggono ferite,
né sonagliere mordono o cimieri
senza lancia. E la notte che dipingi
risfavillante d'astri sullo scudo –
gli avrà predetto il vero la follia.
Se gli piombi sui morti occhi la notte,
l'altera insegna è giusta a chi la porta,
e su lui ricadrà l'auspicio folle.
Io contro lui porrò l'insigne figlio
d'Astaco, difensore della porta,
ch'è di nobile stirpe e onora il trono
del pudore e detesta gli empi vanti.
Nemico di bassezza, non costuma
viltà, disceso da quei seminati
già dai denti del drago, illesi d'Ares,
ramo di questo suolo, Melanippo.
Risolverà l'evento Ares coi dadi,
ma giustizia di sangue lui sospinge
scudo alla madre contro lance ostili.

CORO: Concedano a tale campione

benigna sorte gli dèi,
ché giustamente accorre
a difesa della città.
Ma tremo già di vedere
sanguinosi destini
di caduti per i parenti.
MESSAGGERO: Così gli dèi gli arridano fortuna!
A Capaneo toccò la porta Elettra –
nuovo gigante e grande più dell'altro,
teso nel vanto a imprese sovrumane,
scaglia alle torri tremende minacce
– che il cielo storni! – Abbatterà lui, grida,
il nume voglia o no, questa città,
né vale a trattenerlo ira di Giove
che piombi al suolo; e i lampi e le saette
irride: balenìo meridiano.
Agita per insegna un uomo nudo,
le mani armate di una torcia ardente,
e in segni d'oro alto proclama: «A fuoco
metterò la città». Contro costui
manda – ma chi mai gli resiste? Chi
senza tremare affronta tale sfida?
ETEOCLE: Qui da un vantaggio nasce altro vantaggio;
ché all'uomo è veritiera accusatrice
la lingua dei pensieri temerari.
Minaccia Capaneo, già pronto agli atti,
spregiando i numi, esercita la bocca
con folle gioia e scaglia, lui mortale,
marosi di parole a Giove in cielo.
Io spero scenda su di lui col fuoco
folgore di giustizia, in altro ardore
dal tremolare dei meriggi afosi.
E un uomo contro lui, tardo di lingua
ma di spirito ardente, è già piantato,
Polifonte, sicuro baluardo,
col favore d'Artemide che veglia
la città nostra, e gli altri numi. Passa
ad altri, cui toccasse un'altra porta.
CORO: Muoia chi minaccia rovina alla città;
l'arresti il dardo del fulmine
prima che irrompa a casa mia,
e mi predi, con lancia superba,
dalle mie stanze di vergine!
MESSAGGERO: Dirò quelli che il caso ha designato

alle altre porte. Dall'elmo di bronzo
rovesciato balzò terza la sorte
d'Eteoclo: muoverà contro le porte
Neiste, e volge intorno le cavalle
furenti sotto i frontali, bramose
già di prorompere contro le porte;
e squillano barbariche le sguance
gonfie d'un cupo fremito di froge.
E non reca lo scudo umile insegna:
armato un uomo balza dalla scala
contro torri nemiche, ad espugnarle;
grida anche lui in un motto inciso che Ares
stesso dal muro non lo scrollerà.
Anche a quest'uomo opponi uomo capace
d'allontanare il giogo dalla rocca.
ETEOCLE: Lo manderei se già, per avventura,
non l'avessi inviato, uno che solo
ha nelle braccia il vanto, Megareo,
il figlio di Creonte, della stirpe
del drago; e non diserterà le porte
atterrito a nitriti di cavalle,
ma pagherà morendo il suo tributo
alla terra nutrice, o, catturati
quei due e la città finta sullo scudo,
orna di spoglie l'atrio di suo padre.
Passa, ti prego, ai vanti d'altri eroi.
CORO: Agli uni invoco fortuna,
o difensore delle nostre case,
agli altri mortale sventura.
Come sulla città delirando
scagliano atroci parole,
Giove vendicatore li guardi adirato.
MESSAGGERO: Avanza, quarto, alle vicine porte
d'Atena Onca ululando, gigantesco
portamento e figura, Ippomedonte.
Rabbrividii, non vorrò negarlo,
mentre egli rotea, aia smisurata,
il cerchio dello scudo. E un gran maestro
raffigurò l'insegna sullo scudo:
Tifeo che versa dalla bocca ardente
di fuoco una caligine nerastra,
volubile sorella della fiamma;
e corrono serpigni intrecci intorno
saldando al disco concavo la piastra.

Ha scagliato egli stesso l'alalà
e, invaso d'Ares, delira battaglia
come Tiade, e spira alto terrore
dagli occhi. Ora ai cimenti di tal uomo
è da far buona guardia, ché terrore
già s'inalbera in vista delle porte.

ETEOCLE: E Pallade Onca prima, la vicina
di Tebe, stabilita alle sue porte,
detestando il furore empio dell'uomo,
lo stornerà come un tremendo drago
dalla nidiata. È già scelto a lottare,
uomo contr'uomo, Iperbio, il prode figlio
d'Enopo, che nell'ora del frangente
desidera saggiare la ventura:
né l'aspetto né l'animo né le armi
puoi biasimare. Li accoppiava Ermete
con atto degno del suo nome: l'uomo
affronterà qui l'uomo a lui nemico,
cozzando negli scudi avversi numi:
l'uno reca Tifeo spirante fuoco,
ma Giove padre sorge dallo scudo
d'Iperbio, accesa al fulmine la mano,
né mai nessuno vide Giove vinto.

CORO: Chi reca sullo scudo l'immagine
dell'avversario di Giove,
l'effigie del demone nato dal suolo
inviso a mortali e Immortali,
confido che abbatta contro le porte la fronte.

MESSAGGERO: E così avvenga. Ora dirò del quinto,
posto alla quinta porta, verso Borea,
presso la tomba del divino Anfione.
Per la lancia che impugna, a lui più cara
che Giove o il lume delle sue pupille,
giura di devastare la città
di Cadmo a gran dispetto anche di Giove.
Così grida lo splendido virgulto
d'una madre montana, un giovinetto
già maturo guerriero. Sulle guance
velurie dell'età primaverile
fiorita appena già folta accestisce.
Ma con animo fiero e sguardo cupo
smentendo il nome verginale, avanza
Partenopeo d'Arcadia. Forestiero,
per onorare Argo che lo nutrì,

non sembra voglia lesinare in guerra,
ma riscattare il lungo suo cammino.
Né senza vanto fa ressa alle porte:
ché nello scudo bronzeo, rotondo
baluardo al suo corpo, inalberava
infissa la vergogna della patria:
divoratrice d'uomini, la Sfinge
luminosa figura alto sbalzata,
e tiene sotto sé stretto un Cadmeo,
su cui più fitte volino le frecce.
ETEOCLE: Oh, su di loro ritorcesse un dio
i sogni della loro empia superbia!
Che perissero tutti sterminati.
Anche per questo Arcade è pronto un uomo,
schivo di vanto, provvido di braccia,
il fratello d'Iperbio, Attore; e mai
non lascerà parole senza gesta
gonfiare, trascorrendo entro le porte,
l'onda dei mali, e terrà chiuso il varco
a chi, recando su nemico scudo
la detestata immagine del mostro,
si ostini a penetrare nella rocca;
e, battuta da raffiche di colpi,
essa dovrà scornare il portatore.
Se agli dèi piace, avrò predetto il vero.
CORO: M'hanno penetrato il petto
quelle parole e si drizzano
i capelli, a udire i grandi vanti
di grandiloquenti empi guerrieri.
Oh gli dèi li distendano al suolo!
MESSAGGERO: Ora dirò del sesto: alta saggezza,
gagliardo braccio, il forte Anfiarao,
profeta, che s'accampa sulle porte
Omolee; tempesta d'invettive
Tideo: perturbatore di città,
assassino, maestro di malanni
ad Argo, banditore dell'Erinni,
sacerdote di strage, che fomenta
nell'animo d'Adrasto la sciagura.
Poi chiama quello ch'è, sì, tuo fratello,
ma solo per combatterti, il gagliardo
Polinice, levando gli occhi al cielo,
e alla fine divide il nome in due,
e riversa dal labbro le parole:

«Degna impresa, gratissima agli dèi,
bella a udire e ripetere ai nipoti,
la città patria e i numi del paese
sterminare, scagliando orde straniere!
Quale giustizia, estinguere la fonte
materna? E soggiogata dalla lancia
per tuo zelo, la terra dei tuoi padri
come potrà combattere per te?
Io questo suolo impinguerò, profeta
occulto sotto zolle ostili. Alle armi!
Spero morte non orfana di gloria».
Così diceva l'indovino, saldo
a uno scudo rotondo, tutto bronzo,
dove non campeggiava alcuna insegna,
ché non vuole apparire, essere vuole
egli prode, mietendo dal profondo
solco della sua mente ove germogliano
i nobili disegni. Ora, a costui
consiglio opporre uomini saggi e forti:
temibile è chi venera gli dèi.

ETEOCLE: Sorte, che scagli in mezzo agli empi un giusto!
In ogni impresa nulla di più triste
che trista compagnia – gèttane il frutto.
Se un uomo pio s'imbarchi su una nave
con marinai dediti a frode e forza,
perisce con la razza maledetta.
Smarrito il giusto tra concittadini
dimentichi dei numi, inospitali,
piomba a diritto nella stessa rete
e il dio lo doma sotto uguale sferza.
E il figlio d'Oicleo, l'indovino,
uomo pio, giusto e saggio, e alto profeta,
mescolato con gli empi temerari
in un cammino dal ritorno lungo
a suo malgrado, pel voler di Giove
sarà travolto nel comune abisso.
Nemmeno credo assalirà le porte:
non ch'egli sia d'animo fiacco o vile;
ma sa che combattendo ha da morire,
se dia frutto l'oracolo di Apollo;
e ama tacere o dire che conviene.
Contro quell'uomo tuttavia porremo,
portiere inospitale, il forte Làstene,
vecchio di senno, giovine di membra,

rapido l'occhio, né la mano è tarda
contro un fianco indifeso dallo scudo.
Dona agli uomini la vittoria un dio.
CORO: Udendo le nostre suppliche
giuste, o dèi, l'esaudite!
Che arrida vittoria alla città.
E stornate i travagli della guerra
sugli invasori. Li abbatta
fuor delle mura Giove,
inceneriti dal fulmine.
MESSAGGERO: Ora dirò del settimo avversario,
alla settima porta, tuo fratello,
quale sorte egli imprechi alla città:
salito sulle mura e dall'araldo
proclamato signore della terra,
dopo l'alto peana di trionfo,
con te scontrato, ucciderti, e morire
al tuo fianco, o, indulgendoti la vita,
ripagarti d'esilio pel suo bando.
Eleva tali augurî e invoca i numi
aviti della patria a compimento
delle preghiere il forte Polinice.
Regge uno scudo di fattura nuova,
rotondo, e reca duplice figura:
guida un guerriero cesellato in oro
una donna, e lo guida saggiamente.
Si dichiara Giustizia, nella scritta,
e proclama: «Ricondurrò quest'uomo
signore a Tebe e nelle patrie case».
Queste le fantasie degli avversari.
Né mi biasimerai pel mio messaggio.
Ora il timone a te della città.
ETEOCLE: Furiosa per empito dei numi,
abominio dei numi stirpe mia
d'Edipo, degna, ahimè, tutta di pianto!
Ora si compie quel ch'egli imprecava.
Ma non gemere o piangere conviene,
non ne germini più grave lamento.
A Polinice, degno del suo nome,
presto sapremo dove approderà
l'insegna, se le lettere nell'oro
deliranti gli schiudano le porte.
E se la figlia vergine di Giove
Giustizia fosse in opere e pensieri

con lui, l'augurio forse si compiva.
Ma né quando fuggì dal buio grembo
materno, o la nutrice lo cresceva,
né fanciullo, né poi che s'addensava
a ciocche la lanugine sul mento,
mai lo degnò Giustizia d'un saluto.
Né credo ora l'assista nel frangente
della patria, Giustizia, a rinnegare
il proprio nome, amica a un malfattore.
Fidando in questo, muovo ad affrontarlo
io stesso: – chi ne avrà mai più diritto?
Re contro re, fratello con fratello,
e nemico a nemico, m'opporrò.
Presto, soldato, a me gambiere e lancia
e le difese contro pietre e dardi.
CORIFEA: Figlio d'Edipo, caro sopra tutti,
non ti rendere simile all'infame!
Assai che Argivi vengano a battaglia
coi Tebani: espiabile quel sangue.
Ma se due nati d'uno stesso sangue
s'uccidano l'un l'altro, non matura
mai vecchiaia per tale sacrilegio.
ETEOCLE: Danno che soffri sia senza vergogna;
questo è il solo vantaggio dei defunti.
Ma gloria non dirai danno e vergogna.
CORIFEA: Figlio, che vai delirando?
Non ti trascini demente
furia di strage. Ma scaglia
da te la radice di insania.
ETEOCLE: Poi che un nume precipita l'evento
scenda secondo il vento al suo destino
lungo il flutto d'Averno, abominata
da Febo, intera la genia di Laio.
CORIFEA: Crudo dente di brama t'incalza
a strage di sangue vietato,
da coglierne frutto d'amaro.
ETEOCLE: M'assilla torvo il luttuoso augurio
del padre mio, aride le pupille:
«Meglio rapida fine che più tarda».
CORIFEA: Ma tu non l'aizzare;
nessuno t'accuserà vile,
se vivi una vita diritta;
non lascia forse le case
l'Erinni dall'egida fosca

se accolgano i numi
da mani mortali le offerte?
ETEOCLE: Ormai numi non curano di noi –
allegri solo della nostra morte.
Io lusingare funebre destino?
CORO: Ora, sì, che ti sorge a fianco;
ché il demone forse nel tempo
può mutare avviso e s'avvicina
a te con soffio più clemente;
ora tempesta ancora.
ETEOCLE: Ah, tempestano i funebri anatemi
d'Edipo; troppo vere le figure
profetiche dei miei sogni, le notti
ch'io le vidi spartire i beni aviti.
CORO: Ascolta noi, le donne che non ami.
ETEOCLE: Di' rapida un'impresa da compire.
CORO: Dalla settima porta sta' lontano.
ETEOCLE: Parola non ottunde lama acuta.
CORO: Dio pregia la vittoria, anche s'è vile.
ETEOCLE: Non è questa parola da guerriero.
CORO: Ma vuoi cogliere sangue di fratello?
ETEOCLE: Non c'è scampo dai mali che un dio manda.
CORO: Temo, la devastatrice
di case, la dea che agli dèi
non somiglia, vaticinatrice
troppo verace di sciagure,
l'Erinni invocata dal padre
nelle preghiere, non compia
le maledizioni dell'ira
d'Edipo colpito nel senno;
a tale rovina travolge
i figli questa contesa.
Spartisce i beni lo straniero,
il Calibo emigrato
di Scizia, il giudice che amaro
divide le eredità,
il Ferro crudele, e agitando le sorti
ha designato
quanto suolo valga a ospitare
i morti, privati dei vasti dominî.
Poi che entrambi giacciano morti,
trafitti di spada fraterna,
e beva la polvere il sangue
in neri grumi di strage,

chi lo potrebbe espiare,
chi mai lavare? Tormenti
della reggia, confuse le nuove
con le sciagure di un tempo.
D'antiche colpe ho memoria
subito punite, che pure
attendono la terza età:
in Delfi ombelico del mondo
Apollo tre volte ammoniva
Laio ribelle a morire
senza prole, a salvar la città;
ma vinto da tristi consigli
a sé generò la sua morte,
Edipo che infine l'uccise:
seminato il solco intangibile
della madre, dov'era cresciuto,
germinava una stirpe sanguigna:
delirio congiunse gli sposi perduti.
Rotola un mare di mali
l'onda, che l'una ricade,
leva l'altra la triplice cresta,
e bolle intorno alla poppa della città.
E breve riparo si stende
fra mezzo, lo spazio d'un muro.
Io temo con i suoi sovrani
soccomba la città.
Gravi s'adempiono le antiche
maledizioni. Trascura
gli umili la rovina;
ma prosperità troppo colma
d'uomini industri deve
gettare il carico da poppa.
Qual uomo mai gli dèi,
i congiunti e folte adunanze
cittadine ammiravano quanto
tennero Edipo in onore,
che sgombrava il paese
dal mostro rapace d'uomini?
Ma poi che nell'animo seppe
le nozze sciagurate,
non reggendo nel cuore in delirio
l'infelice compiva
una duplice calamità:
andò vagando, dalla mano

parricida scerpate
le pupille più care dei figli.
E ai figli scagliò dall'amara
lingua le maledizioni
per le avare cure:
che avessero un giorno a spartirsi
i beni paterni col ferro;
ora tremo non voglia l'Erinni
dall'agile piede compirle.

MESSAGGERO: Figlie cresciute all'ombra delle madri,
animo! Tebe è ormai sfuggita al giogo,
caduti i vanti dei guerrieri folli;
gode quiete la città, né falla
s'aperse agli aspri impeti dei marosi;
salde le mura, abbiamo anche munito
le porte dei campioni più sicuri.
Nelle sei porte l'esito ci arride,
tiene per sé la settima l'augusto
settimo capitano, Apollo re,
punendo sopra il cespite di Edipo
il mal consiglio dell'antico Laio.

CORIFEA: Che prova attende ancora la città?

MESSAGGERO: È salva la città, ma i re fratelli –

CORIFEA: Che dici mai? Impazzisco di terrore.

MESSAGGERO: Torna in te, senti: i due figli d'Edipo –

CORIFEA: Ahimè infelice, presagisco i mali.

MESSAGGERO: E senza ambagi: stesi nella polvere –

CORIFEA: Giacciono – Di' la lugubre parola.

MESSAGGERO: Straziati dalle loro stesse mani.

CORIFEA: Tanto era uguale il demone d'entrambi.

MESSAGGERO: E stermina la stirpe sciagurata.
Argomento di lacrime e di gioia:
è salva la città, ma i due supremi
capi, i due condottieri hanno diviso
con l'acciaio temprato della Scizia
la piena signoria dei loro beni;
e avranno quanta terra ne ha la tomba
travolti dalla collera del padre.
Tebe è salva, ma beve arena il sangue
dei suoi re morti per fraterna strage.

CORO: O grande Giove e voi numi
cittadini, cui piacque difendere
questi baluardi di Cadmo,
devo gioire acclamando

il salvatore che dalla rovina scampò la città,
o piangere i condottieri tristi e infelici
senza prole, che, seminando,
secondo il nome, contese,
perivano di empia follia?
O nera, onnipotente
maledizione d'Edipo e della sua stirpe,
un brivido crudele m'avvolge il cuore –
Levo alla tomba il lamento
come una Tiade udendo dei morti
grondanti sangue per cupo destino.
Ah, malaugurio in quel concerto di lance!
Non s'è ritratta, è compiuta
l'imprecazione di un padre;
danno frutto i ribelli consigli di Laio.
Ora m'angoscia la città:
non si ottunde lama d'oracoli.
Oh sventurati, compiste
l'inaudito, e ora piombano
calamità da perpetuare lamenti.
Lampanti per sé questi eventi:
innanzi agli occhi le parole del messaggero.
Duplice strazio, duplice strage,
duplice sorte compiuta nei fratricidi.
Che dirò mai? Le sventure
siedono al focolare di questo palazzo.
Ma sul vento dei gemiti, amiche,
vagate, sul capo battendo
con le mani l'infausta cadenza che sempre
per l'Acheronte accompagna
coi pellegrini la squallida nave di nere
vele verso la riva
che Apollo non visita,
deserta dal sole, che tutti
raccoglie gremita di buio.
Ahimè folli,
sordi ai consigli d'amici
non assai macerati di mali,
che le case paterne arrembaste,
infelici, con armi!
Infelici, ché morte infelice
cercaste, a spianare le case.
Ahi, demolitori dei muri,
che ben amaro vedeste l'imperio d'un solo,

voi riconciliati col ferro.
Ah, troppo veri presagi
ha compito l'augusta Erinni di Edipo.
Ahimè, trafitti al sinistro
fianco fraterno, trafitti!
Ahimè, maledizioni
fatali, che un fratello
uccide ahimè il fratello.
Li dici trafitti d'un colpo
nelle case e nei corpi
con sovrumano vigore
e non discorde destino
imprecato dal padre.
Solca lamento la città,
lamentano le mura, lamenta
il piano gli amati guerrieri.
Rimangono ai posteri i beni,
per cui s'abbatteva ai fatali
contesa e destino di morte.
I re dal cuore affilato
hanno diviso i lor beni
da pareggiare le parti;
ma biasimano gli amici
il conciliatore Ares, arbitro amaro.
Giacciono battuti dal ferro,
li attende scavata dal ferro
la parte di tomba paterna.
Li accompagna ed echeggia
dalle case lamento
lacerante e da sé sgorga
su sciagure ben sue,
ebbro di calamità,
nemico a ogni letizia,
e versa lacrime dall'animo
che si logora per i due sovrani.
E sui miseri ben si dirà
che gravi danni infliggevano ai cittadini
e alle squadre nemiche
falciate in battaglia.
Infelice fra tutte le donne che si chiamano madri
chi li nutrì nel suo grembo;
s'affianca a lei sposo il suo figlio
e genera questi, ora morti
per mani fraterne omicide.

Fraterne e fatali
in fendenti spietati
nella contesa demente,
nel duello mortale.
Tace ora l'odio,
e nella polvere intrisa
di strage si mesce la vita:
in verità consanguinei.
Arbitro amaro di liti
lo straniero venuto dal Ponto
balzato aguzzo dal fuoco,
il Ferro; amaro spartitore
di beni Ares, che adempie
la maledizione del padre.
Hanno il loro destino
gli infelici, di calamità
volute dai numi;
ma sotto le salme
smisurato si stende
tesoro di terra.
Oh voi che la stirpe
coronaste di tanti travagli!
E hanno intonato l'Erinni
lo stridulo inno trionfale,
volta la stirpe in fuga;
e si drizza il trofeo
d'Ate sulle porte
dove lottarono in duello
e, domati ambedue,
il demone riposa.

DUE SEMICORI

A: Colpito colpisti.
B: Uccidesti e sei morto.
A: Hai trafitto di lancia.
B: Di lancia sei perito.
A: Dolori hai inflitto.
B: Dolori hai patito.
A: Si versi il pianto.
B: Si levi il lamento.
A: Ahimè tu giaci –
B: – poi che uccidesti.

A: Ahi, ahi.
B: Ahi, ahi.
A: L'animo delira in lamenti.
B: Il cuore dentro mi geme.
A: O degno tu d'ogni pianto.
B: Anche tu sventurato.
A: Tu perito per mano fraterna.
B: Un fratello uccidesti.
A: Duplice strazio a narrare.
B: Duplice a contemplare.
A B: Moira, che dài gravi sorti!
Potente ombra d'Edipo!
Grande tu domini, Erinni!
A: Ahi, ahi.
B: Ahi, ahi.
A: Mi ha mostrato dolori tremendi –
B: – a vedere, tornato d'esilio.
A: Né prima giunse, che uccise –
B: – e salvo fu perduto.
A: Sì, perduto.
B: E uccise costui.
A: Rovina a narrare.
B: Rovina a vedere.
A B: O Moira, che dài gravi sorti!
Potente ombra d'Edipo!
Grande tu domini, Erinni!
A: Provata su te la conosci.
B: Né tu l'hai conosciuta più tardi.
A: Poi che avanzasti in città.
B: Avversario di lancia a costui.
A: O stirpe sciagurata.
B: Segnata di sciagure.
A: Oh travagli.
B: Oh sventure.
A: Alla reggia e al paese.
B: E non meno a me stessa.
A: Ahi, sovrano di mali e compianti.
B: Voi, di tutti i più travagliati.
A B: Oh dominati dal demone.
A: Dove li deporremo nella terra?
B: Nel luogo che più rechi onore.
A B: Oh sventura compagna del padre.

Le supplici

Tragedia
Traduzione di Enzo Mandruzzato

Dal mutilo frammento rimasto dell'argomento delle Supplici *deduciamo che questa tragedia, prima della trilogia delle Danaidi, fu rappresentata nel 463 a.C., durante l'arcontato di Archemide, con il dramma satiresco* Amimone *e insieme a tragedie di Sofocle.*

La scena si svolge ad Argo, dove le figlie di Danao, rifiutandosi di sposare i cugini, figli del re d'Egitto, si rifugiano alla corte del re.

L'azione inizia con la preghiera delle Danaidi a Zeus affinché sia loro permesso di restare ad Argo. Il padre, Danao, ha già annunciato l'arrivo degli Egizi ed esse si raccolgono attorno all'altare di Dioniso per invocare la protezione di Pelasgo, re di Argo. Dopo qualche iniziale esitazione il re decide di accoglierle nel suo regno e assicura loro incolumità e libertà.

Ma intanto giunge un messo degli Egizi che intima alle donne di tornare immediatamente in patria. Pelasgo le conforta e le rassicura, ma le fanciulle corrono a invocare gli dèi affinché non permettano l'odiato matrimonio.

Nonostante gli dèi rispondano che il fato deve compiersi, le fanciulle continuano a sperare.

Conosciamo con quasi assoluta certezza lo sviluppo della storia contenuto originariamente nelle altre due tragedie: le Danaidi saranno costrette al matrimonio, ma due di loro uccideranno i mariti e saranno punite venendo destinate in spose ai vincitori di una corsa. La terza, Ipermestra, risparmierà invece il marito Linceo e darà origine alla stirpe regale da cui discenderà Eracle.

Le Supplici *è forse la prima tragedia di Eschilo, ma contiene già gli elementi tipici della sua arte matura: profonda religiosità, grandiosità dei personaggi, linearità estrema nello svolgimento dell'azione.*

Il dramma è costruito intorno al sentimento religioso delle Danaidi: non solo esse sono continuamente in preghiera per la loro sorte, ma supplicano disperatamente Pelasgo affinché egli non attiri su se stesso e sul suo popolo l'ira degli dèi. Anche il coro non fa che sottolineare questo motivo religioso che diviene il fulcro stesso della tragedia.

Nonostante la loro incrollabile fede le fanciulle sono comunque colpevoli agli occhi degli dèi, e dunque secondo i princìpi etici di Eschilo, poiché rifiutando le nozze hanno voluto ostacolare l'andamento immutabile delle cose, già stabilito e preordinato da un fato che non ammette eccezioni.

Tra i vari personaggi emerge in modo particolare Pelasgo, del quale il poeta ci offre un ritratto psicologico di grande profondità, descrivendone gli stati d'animo, le perplessità e le risoluzioni con estrema attenzione.

Ancora una volta la potenza del dramma eschileo si rivela nel contrasto tra l'umano e il divino; in questo caso tra le suppliche, le speranze, le illusioni delle Danaidi e l'indifferenza insormontabile, di distacco sprezzante del dio che agisce secondo il canone di una giustizia forse superiore a quella stabilita dalle leggi terrene o contenuta nei cuori degli uomini, ma senz'altro incomprensibile agli occhi increduli dei mortali.

Personaggi

Coro delle figlie di Danao
Coro delle ancelle delle Danaidi
Danao
Re Pelasgo
Araldo e uomini dei figli del re Egitto

PARODO

La scena è presso Argo, prossima al mare; dominata da uno spazio sacro, elevato e folto di simboli e immagini divine. Qui si è rifugiato lo stormo delle cinquanta Danaidi e delle Ancelle.

CORO: Zeus di chi prega
guardi benigno
la schiera nostra
che levò le navi
dalle foci del Nilo dalla sabbia
consunta. E lasciata la terra divina
che è prossima alla Siria
esuli siamo, non convinte di sangue
dal voto di popolo, ma per odio
nato con noi all'uomo,
ingiuriando le nozze infami
con i figli di Egitto,
accusandone la follia.
E Danao nostro padre
guidò le ribelli, ebbe il senno
che così ci dispose:
e decise tra le pene
la più gloriosa, fuggire,
come si fugge sull'onda del mare,
e approdare alla terra d'Argo,
da cui la nostra gente
prega l'origine,
nella giovenca antica che lo stimolo torturava,
e nel tocco e nell'alito di Zeus.
Vi è terra più benigna
di questa in cui siamo giunte,
reggendo i rami cinti di lana
delle supplici?
O città, o terra, acqua candida,
Dei ardui, Dei della terra profonda,
vendicatori, guardiani delle tombe,

e tu terzo nume, Zeus salvatore,
che proteggi le case sante,
accogliete questa schiera
di donne che pregano,
e mite sia il respiro di questa terra!
Ma lo sciame virile dell'ingiuria,
i nati da Egitto, prima che pongano piede
su questo approdo fangoso,
portato dalla nave veloce,
gettatelo al mare, perisca
nell'urto della tempesta
nel tuono e nel fulmine
nel vento piovoso,
davanti al mare selvaggio,
prima che usurpi
il letto delle donne fraterne
come la legge rifiuta
ed esse rifiutano.

strofe

Ora, ora
invochiamo il giovane toro divino
nato al di là del mare
nel pascolo fiorito della giovenca
a cui Zeus alitò,
e compiuto il tempo destinato
partorì Epafo
che ebbe il nome dal tocco della mano:

antistrofe

lo invochiamo ora dove fu la pastura
dell'antica madre,
di cui ricordando i dolori
daremo prova in fede dell'origine:
e chiara apparirà
a chi questa terra nutre,
sebbene non pensabile,
a lungo si saprà la leggenda.

strofe

E se un aruspice di questi luoghi
passi vicino e oda il lamento
lo crederà la voce
della donna di Tereo sapiente,
il lamento che ricorda,
dell'usignolo che lo sparviero perseguita,

antistrofe

dell'esclusa dalle sue antiche contrade,
che patisce e gli antichi usi lamenta,
e ripensa il destino di un figlio
spento da lei,
dall'ira di una trista madre.

strofe

Così anche noi sposiamo la nostra pena
in questo canto ionico
laceriamo le giovani guance
che il Nilo scuriva,
i cuori inesperti di pianto.
Come fiori cogliamo lacrime
per terrore che nessun amico vegli
la nostra fuga dalla terra buia.

antistrofe

Dei generatori, che vedete il giusto, ascoltateci!
E se non lo compirete contro il fato,
poiché odiate l'offesa
verso le nostre nozze siate giusti!
Come per chi esausto di guerra
c'è un'ara dove il male riposa
e si temono le potenze divine.

strofe

Ma fosse da Zeus,
secondo la piena verità!
Il volere di Zeus
non fu mai facile preda.
Ma ovunque balena
anche nell'ombra
nell'oscurità del caso
ai popoli che passano.

antistrofe

Se nel cenno di Zeus
si compie l'evento perfetto
contende e non è vinto.
Le vie della sua sapienza
vanno nell'ombra e nel folto
inesprimibili a chi vede.

strofe

Precipita i mortali
dalla rocca delle loro speranze
nel nulla, ma non s'arma di violenza.
Nel divino non è travaglio.
Riposa altissimo il suo pensiero

e tutto compie
da lassù, dalle sacre sedi.

antistrofe

Guardi la colpa mortale,
come forte è il suo ceppo,
come germina in queste nozze,
come ostinate sono le menti,
come folle il pensiero,
come acuta la punta inarrestabile
che saprà l'inganno di Ate.

strofe

Parole di pena d'angoscia di lamento
grido acuto grido profondo grido che piange
ahi ahi,
pianto di morte!
Vive facciamo il nostro compianto.

efimnio

Colli di Apis (terra, odi
la mia voce straniera?)
lacero la mia veste di lino,
il manto sidonio.

antistrofe

Così quando è vicina la morte
giuramenti voti speranze
ascendono la via degli dèi.
Ahi,
venti incerti e maligni,
flutti che spingono all'ignoto!

efimnio

Invoco le alture di Apis
(terra, odi
la mia voce straniera?)
e ancora lacero
la veste di lino,
il mantello sidonio.

strofe

Pure il remo, la casa
di legno cucita di corda
ci difese dal mare sconvolto
e questo non accuso:
ma il Padre che tutto vede
ci dia benigno il termine.

efimnio

La molta messe d'una madre sacra

sia salva dai talami dell'uomo,
dalle nozze che piegano e domano.

antistrofe

La pura fanciulla di Zeus
guardi volenterosa
queste volenterose!
con il suo volto sacro di certezza,
con tutta la sua potenza
con l'ira per chi perseguita
lei che mai non fu vinta
protegga noi non vinte:

efimnio

la molta messe d'una madre sacra
sia salva dai talami dell'uomo,
dalle nozze che domano.

strofe

Se così non sarà
questa stirpe scura
percossa dal sole
verrà a Zeus terrestre
che a tutti è ospitale
gli esausti e i vinti,
verremo con le corone
e con i cappi, nella morte,
noi che non trovammo gli Dei del cielo.

efimnio

O Zeus, o Io,
ahi,
ira che fruga,
ira di Dei!
Conosco la vendetta
vittoriosa nel cielo
della Donna di Zeus.
Nasce la tempesta
da un respiro amaro.

antistrofe

Zeus non avrà le parole
che ricevono i giusti,
lui che non fece onorc
al nato dalla giovenca
da lui generato un tempo,
e che ora alle preghiere
nega lo sguardo:
dall'alto ci ascolti l'invocato!

efimnio

O Zeus, Io,
ira divina che fruga,
so la maledizione
vittoriosa nel cielo
della Donna di Zeus:
nasce la tempesta
da un respiro amaro.

PRIMO EPISODIO

Ora Danao parla.

DANAO: Figlie, bisogna essere sagge. Con questo vostro padre saggio, fidato e marinaio vecchio, siete giunte. E a terra mi armo di preveggenza. Notate le mie parole e osservatele, così vi consiglio. Vedo polvere che annuncia, senza parlare, un esercito. Parlano i mozzi dei carri, vorticosi intorno agli assi. Scorgo una moltitudine pavesata sotto un agitarsi di lance, con cavalli e curvi carri di guerra. Così, penso, i condottieri della terra, informati da araldi, vengono a vedere di noi. Ma giunga senza danno chi muove la schiera o affilato dall'ira, è meglio che vi posiate sul poggio degli Dei del luogo. Un'ara è più forte di una torre, è scudo che non si spezza. Al più presto, salite, e tenendo in mano religiosamente i segni candidi dei supplici, sacri a Zeus temuto, rispondete agli stranieri come si conviene a profughi, parlate schietto dell'esilio innocente. Nella voce non sia innanzi tutto fierezza, e nessuna vanità nelle fronti limpide e savie, negli sguardi sereni. E la parola non precorra né si trascini. È una stirpe che odia questo. Ricordatevi di cedere; siete l'esule, la straniera che domanda. La fierezza non è adatta al più debole.
CORIFEA: Padre, ragioni accorto con noi accorte.
Ricorderemo questi saggi consigli.
Ma Zeus ci veda, che ci generò!
DANAO: Ci veda, sì, con lo sguardo benigno!
CORIFEA: Se lui lo vuole, tutto si risolve.
DANAO: Non vi attardate, e il piano sarà forte.
CORIFEA: Vorrei tu fossi qui, assiso presso noi.
Zeus, abbi pietà delle nostre pene,
di noi ancora non morte.
DANAO: Invocatela, ora, la potenza di Zeus!
CORIFEA: Invochiamo il Sole, i raggi che salvano.
DANAO: E Apollo santo, esule dal cielo.
CORIFEA: Sa la sventura, perdoni la nostra mortale.

DANAO: La perdoni e ci assista benigno.

CORIFEA: Quale di questi Dei ancora invocheremo?

DANAO: Là è il segno triplice del Dio.

CORIFEA: Lui ci mandò, ci accolga sulla terra.

DANAO: E quello è Ermete nella legge greca.

CORIFEA: Dia il buono annuncio a chi è libero!

DANAO: Venerate l'ara comune di tutti i signori del cielo. Posatevi sul luogo sacro, stormo di colombe che sparvieri atterriscono, alati come loro, maligno popolo consanguineo e profanatore! L'uccello che si nutre di uccelli è impuro, chiunque sposa quella che non vuole, chiedendola a chi non vuole, è impuro; chiunque questo fa, neppure morto, nell'Ade, sfugge all'accusa di follia. Anche laggiù si dice che un altro Zeus giudica i peccati, estremo giudizio tra le vite consunte. Osservate, rispondete come vi ho detto, perché la nostra azione sia vittoriosa.

[*Entra il Re Pelasgo, seguìto da una scorta armata.*]

RE: Quale patria ha questa gente a cui rivolgo la parola, di aspetto non greco, con tanto lusso di pepli folti, di paesi lontani? Non sono vesti di donne argive né di altri luoghi della Grecia. Senza araldi né ambasciatori, privi di guide, avete osato giungere a questa terra, col cuore fermo, e io ne stupisco. Sì, sono con voi i rami dei supplici, secondo la legge, presso gli Dei protettori. Solo in questo si indovina un paese greco. E molte altre cose sarebbe giusto indovinare, se a farci segno non fosse la voce di chi è qui.

CORIFEA: Hai detto il vero sulla nostra veste. Ora chiedo se parlo a un cittadino, o a chi tiene uno scettro sacro, o al re di una città.

RE: Per questo, le vostre risposte siano sicure. Sono il figlio di Palectone, Pelasgo, nato da Gaia, la Terra, sovrano di questo luogo. Il popolo di Pelasgi che di questa terra coglie il frutto sotto la mia signoria, ha nome da me, com'è giusto. E tutto il paese che percorre il sacro Strimone, a partire dal sole che tramonta, è il mio regno. Vi chiudo le terre dei Perrebi, e quelle che sono oltre il Pindo, presso i Peoni, e i monti di Dodona. Poi il confine tagliente delle acque marine. Al di qua è il mio regno. E questa pianura, la contrada di Apis, riceve l'antico nome da un medico mortale. Apis, il profeta guaritore, il ragazzo di Apollo, giunto di là, da oltre Naupatto, fece puro questo paese dai serpi distruttori di uomini, che la terra, contaminata da un antico sangue, produsse nell'ira, la piaga dolente, la maligna schiera dei serpi compagni delle case umane. E Apis che operò i rimedi che tagliano e che lavano, senza errore, trovò la sua mercede nella memoria e nella preghiera. Avete testimonianza di me. Ti prego, annuncia il tuo sangue, parla ancora. Ma la città non ama un lungo discorso.

CORIFEA: Parole brevi, e nette. Siamo di Argo; ci annunciamo seme d'una fertile giovenca. Questo è il vero e lo confermerò con la parola.

RE: Incredibile ciò che dite, straniere, di essere stirpe argiva. A donne libie somigliate più assai, e per nulla a quelle di qui. Anche il Nilo potrebbe nutrire la vostra pianta. O a Cipro è l'impronta che artefici virili impressero in amore nella figura delle loro donne. O indiane nomadi, che dicono cavalcare cammelli sellati, ai confini della terra etiope. Anche le Amazzoni, nemiche degli uomini, divoratrici di carni, se foste arcere, somiglierei a voi. Insegnatemi, perché sappia meglio come il seme della vostra stirpe fu argivo.

CORIFEA: Non si racconta di Io, che ebbe le chiavi del tempio di Era in questa terra d'Argo?

RE: Fu certo qui e la leggenda è forte.

CORIFEA: E che Zeus si unì con lei mortale?

RE: Né fu celato a Era il loro amplesso.

CORIFEA: Poi come terminò la contesa regale?

RE: La dea di Argo mutò la donna in giovenca.

CORIFEA: Zeus ancora si accostò alla bella giovenca

RE: – e prese forma di un toro bramoso.

CORIFEA: E lei, allora, la dura sposa di Zeus?

RE: Le affiancò un guardiano onniveggente.

CORIFEA: Chi fu l'onniveggente per la sola giovenca?

RE: Argo, che Ermete uccise, il figlio della terra.

CORIFEA: Poi che pensò contro l'infelice giovenca?

RE: Il tafano che assilla e che tormenta.

CORIFEA: Quello che lungo il Nilo è detto l'estro.

RE: E la scacciò in una immensa corsa.

CORIFEA: Tutto quello che hai detto s'accorda con me.

RE: E giunse a Canopo, a Menfi.

CORIFEA: E Zeus, col tocco della mano, generò un figlio.

RE: Chi si dice il giovenco di Zeus, da lei nato?

CORIFEA: Epafo, in verità, fu detto da quella preda.

RE: ...

CORIFEA: Libia, nome immenso di frutti e di terre.

RE: Sai il nome di un altro germoglio?

CORIFEA: Belo dai due figli, padre di nostro padre.

RE: Ora dimmi il suo nome pieno di saggezza.

CORIFEA: Danao. Il fratello ha i cinquanta figli.

RE: Non negarmi anche il suo nome, dimmelo.

CORIFEA: Egitto. Ora che sai la nostra antica stirpe, agisca tu come chi ha trovato una schiera di Argivi!

RE: Sì, un antico vincolo sembra vi leghi a questa terra. Ma perché avete sopportato di lasciare la casa dei padri? Quale sventura si abbatté su di voi?

CORIFEA: O re dei Pelasgi, svariano i mali umani, e sempre nuova è l'ala del dolore. Chi predisse che questo esilio non mai pensato avrebbe spinto ad Argo una stirpe che vi ebbe origine, folle di paura, per odio alle nozze?

RE: Dimmi: perché supplichi gli dèi protettori, reggendo in bianche bende giovani rami?

CORIFEA: Per non essere schiavi della razza di Egitto.

RE: È odio questo? o dici che è contro il giusto?

CORIFEA: Si prende sposo chi sarà padrone?

RE: La potenza umana così si fa grande, si accresce.

CORIFEA: E il divorzio, semplice!, da chi non ha fortuna.

RE [*dopo un silenzio*]: Come posso essere un giusto ai tuoi occhi?

CORIFEA: Se ci richiederanno, i figli di Egitto, non darci.

RE: Hai detto di levare una nuova, pesante guerra.

CORIFEA: La giustizia guida e difende i suoi alleati.

RE: Se all'origine fu con voi, sì.

CORIFEA [*indicando il tumulo*]: Questa è la tua prora incoronata, onorala!

RE: Vedo ombre sul sacro luogo e ne rabbrividisco.

CORIFEA: L'ira di Zeus dei supplici è terribile!

strofe

CORO: Ascoltami, figlio di Palectone,
con cuore amico, re dei Pelasgi!
Guarda le supplici, le fuggiasche, le errabonde,
siamo la giovenca che il lupo insegue
e ascende le balze scoscese
perché fida che la difendano
e i suoi muggiti parlano al mandriano.

RE: Vedo nell'ombra dei giovani rami recisi
oscillare la folla degli Dei.
Non portino sventura le ospiti straniere,
non nasca dall'ignoto e dall'impreveduto
odio alla città. Non questo chiede.

antistrofe

CORO: Temide dei supplici, figlia di Zeus delle sorti,
veda questo esilio che non offese!
Tu che pensi da vecchio
impara da chi nacque più tardi:
chi onora il supplice sarà ricco,
i templi degli Dei accettano
le offerte di chi è puro.

RE: Voi non siete sedute presso il mio focolare.
Se tutta la città è contaminata
tutti abbiano cura dei rimedi.

Prima di avere tutti consultato
non vi darò promessa.

strofe

CORO: Tu sei la città, tu sei il popolo,
signore ingiudicato,
padrone dell'ara e del focolare,
unico cenno e unico suffragio,
unico scettro e trono:
così tutto tu compi: temi la colpa!
RE: Cada la colpa su chi mi è nemico.
Non posso tutelarti senza danno.
Ma è triste negare le tue preghiere;
e temo e sono incerto nel mio cuore
se agire o non agire
se afferrare la sorte.

antistrofe

CORO: Guarda Colui che tutto guarda,
il difensore dei dolorosi
che ai piedi degli uomini
non trovano giustizia.
L'ira di Zeus dei supplici attende
chi non sente il richiamo del dolore.
RE: Se i figli d'Egitto come i più consanguinei
possono su di voi secondo la vostra legge,
chi può porsi contro? Ma voi lo dovete,
voi mostrate secondo le vostre norme
come su voi non abbiano potere.

strofe

CORO: Non ci abbiano mai violente mani
di maschi. Fuggiremo le nozze maligne
sotto il cielo e le stelle.
Prendi per alleata la giustizia,
e scegli la pietà verso gli Dei.
RE: Oscuro è il giudizio,
non volermi per giudice.
Ti ho detto, senza il popolo
non agirei, neppure da padrone.
Non dica mai per simile sventura:
«Facendo onore agli ospiti
perdette la città».

antistrofe

CORO: Zeus dal giudizio uguale
comune al tuo e nostro sangue
vede questo, e dà ingiustizia

al maligno, la purità al giusto.
Se tutto viene reso
perché ti è pena fare ciò che è giusto?
RE: Il pensare profondo che è salvezza,
l'occhio terso che il vino non offusca
del pescatore quando s'inabissa:
ho bisogno di questo perché il popolo
non ne abbia pena e anche per me
tutto termini bene e non s'accendano
lotta e razzia, né consegnando voi
che sedete sui seggi degli Dei
mi accompagni l'angoscia di Alastor
che neppure nell'Ade affranca il morto.
Non mi occorre un pensiero di salvezza?

strofe

CORO: Rifletti e sii veramente giusto,
e buono ambasciatore.
Non tradire le esuli
empiamente scacciate
come un rifiuto.

antistrofe

Né ci veda mai
tu re di questa terra
predate dalle are folte di Dei.
Riconosci l'ingiustizia
di quei guerrieri: guardati dall'ira.

strofe

Non sopportare di vedere le supplici,
in odio alla giustizia,
staccate per il diadema dalle immagini
come una cavalla per il frontale
e trascinate per i ricchi pepli.

antistrofe

Sappi che i figli e la casa
pagheranno ad Ares per ciò che farai
uguale ricompensa. Rifletti: il potere
che è da Zeus, è secondo giustizia.
RE [*dopo un silenzio*]: Ho riflettuto. Lo scafo ha toccato fondo.
Muovere grande guerra a quelli, o a loro,
è la necessità. La nave è immobile,
come se le ritorte la tenessero.
Senza dolore non sarà mutamento.
La ricchezza distrutta delle case

per grazia di Zeus signore degli averi
potrà rifarsi, dopo la sventura,
nuovo, più grande carico alla nave.
E le parole, frecce che hanno errato,
altre parole possono smagare.
Ma perché sangue fraterno non sia versato
molte vittime debbono cadere in sacrificio
rimedio alla sciagura, a molti Dei.
O forse questa contesa non intendo.
Vorrei essere semplice, non saggio
di sventura. Contro il mio pensiero
vorrei che tutto bene si compisse.

CORIFEA: Odi, delle parole paurose, le estreme.

RE: Ne ho udite: parla, non mi sfuggiranno.

CORIFEA: Abbiamo cinti e fasce ai nostri pepli.

RE: I cinti che s'addicono alle donne.

CORIFEA: Sono un'arma stupenda, sappi questo.

RE: Dite, dite, che grido leverete?

CORIFEA: Se non prometti in fede a questa schiera...

RE: Quale arma vi saranno, cinti e fasce?

CORIFEA: Strani ex voto orneranno queste immagini.

RE: Parlate per enigmi: dite quali.

CORIFEA: Presto ci appenderemo per la gola.

RE: Queste parole sferzano la mente.

CORIFEA: Hai inteso, ho dato luce alla tua vista.

RE: Tutto, ovunque, vuole lotta e dolore. La piena dei mali è come un fiume che avanza. Sono in mezzo al mare insondabile, ostile della sventura e non c'è porto. Se non assolverò al vostro debito, la contaminazione che avete detta supera il termine del pensiero. Se con i figli di Egitto, del tuo sangue, combatterò fino in fondo dinanzi alle mura, non sarà grave danno che uomini arrossino di sangue la terra a causa di donne? Ma dell'ira di Zeus dei supplici non si può non tremare. Quello per Zeus è il più alto dei terrori. Tu, vecchio padre di queste vergini, prendi subito tra le braccia i rami rituali e ponili su altre are di potenze divine, perché tutti i cittadini abbiano prova della vostra venuta. E su di me non controbattere parola: il popolo è accusatore del potere. E certo nascerà pietà per voi e odio per la schiera virile che commette il sopruso. Il popolo vi sarà favorevole. Si è amici di chi è più debole.

DANAO: Grande cosa è per noi aver trovato un potente ambasciatore che ci onora. Ma con me invia una scorta del luogo che guidi a trovare le are degli Dei innanzi ai templi e le loro sedi ospitali, e che dia sicurezza attraverso la città. Non ha aspetto uguale la nostra natura. Il Nilo nutre un popolo diverso da quello dell'Inaco. Guarda che la fierezza non generi timore. Per non conoscerli, si uccisero amici.

RE [*ad alcuni della scorta*]: Uomini, mettetevi in cammino: lo straniero dice bene. Guidatelo alle are cittadine, alle sedi degli Dei. Non è necessario a chi incontrate dire molto: guidate un uomo di mare al focolare degli Dei.

[*Danao esce accompagnato da alcune guardie.*]

CORO: Per lui hai parlato, ed egli vada, come hai ordinato. Ma noi che faremo? Come ci dai coraggio?

RE: Lasciate i rami, segno d'un'angoscia.

CORIFEA: Eccoli. [*Depongono i rami sacri.*] Nella tua forza e nella tua parola.

RE: Ora scendete in questo vasto bosco.

CORIFEA: Esso è profano, come ci protegge?

RE: Ma io non vi darò preda ai rapaci.

CORIFEA: Neppure a chi è peggiore dei serpenti?

RE: O accolte in fede, abbiate dunque fede.

CORIFEA: Non stupirti se è impaziente un cuore impaurito.

RE: Paura per i re, che non ha limiti...

CORIFEA: Con le parole e le opere rasserenaci il cuore.

RE: Ma il padre vostro non vi abbandonerà per lungo tempo. Io vado a convocare il mio popolo per disporre la comunità alla benevolenza. E insegnerò al padre vostro che cosa deve dire. Dunque aspettate, e agli Dei di questa terra chiedete in preghiera ciò che il desiderio vuole che accada. Mi assistano la persuasione e la sorte delle opere.

[*Il Re esce con la sua scorta.*]

PRIMO STASIMO

Le Danaidi, sole, scendono nell'orchestra.

strofe

CORO: O re dei re, tra i felici
il più felice, tra le perfette potenze
la più perfetta,
odimi, Zeus beato,
e dalla tua gente
tieni lontana l'offesa
degli uomini, odiala,
getta nel cupo mare
la sventura dai remi neri.

antistrofe

Guarda questa gente
che viene da un antico nome
di donna, rinnova la sorte felice
dell'ava che ti fu cara.
Tutto il ricordo s'accenda,
o tu che toccasti Io:
noi ci preghiamo stirpe divina,
esuli da questa terra.

strofe

Tornammo sulle antiche orme
materne, alle alte
vedute di fiori e prati,
ai pascoli copiosi da cui Io
tormentata dall'estro fuggiva
smarrita di mente,
e molte genti trascorse
e poi come volle il fato varcando
la duplice terra divisa
chiuse nel suo nome
quel passare di acque.

antistrofe

Impetuosa trapassò l'Asia,
la Frigia nutrice di greggi,
giunse alla rocca misia di Teutrante,
alle valli di Lidia,
e oltre i monti di Cilicia e Panfilia
ai fiumi perenni,
alla terra ricchissima di grano
dove Afrodite regna;

strofe

e giunse trafitta dal dardo,
dal mandriano alato,
dove fecondi sono boschi di Zeus
e prati nutriti di neve,
e dove è intatto dai morbi il Nilo:
folle di tribolazione,
di umiliato dolore,
la piagata, la Tiade di Era.

antistrofe

I mortali abitatori di quei pascoli
pallidi tremarono di terrore,
alla vista nuova, inafferrabile

della creatura confusa,
dove l'umano era e il taurino,
e del sacro prodigio erano attoniti.
Chi smagò l'errabonda,
Io la dolente, Io la piagata?

strofe

Il signore del tempo senza pause
con violenza dolce e possente
con l'alito divino
le diede il riposo.
Stillarono lacrime
di doloroso pudore.
Colse la forza di Zeus
e senza menzogna
un figlio generò senza macchia,

antistrofe

felice per lunghissimo tempo.
Quella terra diceva alto:
«In verità è la creatura di Zeus,
è colui che genera la vita».
Chi avrebbe placato
i mali insidiosi di Era?
Questa è opera di Zeus.
Ora questa stirpe che vedi
è nel vero chi dice di Epafo.

strofe

Quale degli Dei
dirò in verità per me più giusto
nelle opere? Lui, il Padre,
generatore, signore,
antico sapiente,
creatore nostro grande,
onnipossente soccorso,
benefico, Zeus.

antistrofe

Siede
senza poteri sopra di lui,
signore dei potenti.
Nessuno onora
sopra di sé.
Veloce come la parola
l'opera si compie
dal suo spirito sapiente.

SECONDO EPISODIO

Il ritorno di Danao.

DANAO: Figlie, fatevi cuore. Ho buone nuove di qui.
Il popolo ha detto il suo ultimo decreto.
CORIFEA: Salve a te, vecchio padre, che ci porti
la notizia più cara. Ma racconta
dove ha confine ciò che fu deciso,
come levò il popolo la mano sovrana.
DANAO: Non esitò il decreto degli Argivi,
che il vecchio cuore mi ha rifatto giovane.
Tutte le destre furono levate,
fremette il cielo quando fu deciso:
«Avrete qui la vostra casa, liberi,
sicuri da rapina e da saccheggio:
nessuno né straniero né del luogo
vi scaccerà: se ci sarà violenza
chi non vi porti aiuto tra questi uomini
sia esule, senza legge e senza onore».
E questo il re Pelasgo persuadeva
dicendo alto alla città che l'ira
di Zeus santo ai supplici, nel tempo
che veniva, non si facesse spessa:
e l'apparire in faccia alla città
del duplice peccato contro l'ospite
e il cittadino è come un mostro greve
di sventura. Ed il popolo ascoltava:
poi senza araldo sollevò la mano
e decretò che così fosse. Il popolo
udiva a parlamento persuasive
parole. Ma fu Zeus che volle il fine.

SECONDO STASIMO

CORO: Sù, tutte diciamo per gli Argivi
preghiere buone per le azioni buone,
e Zeus che protegge gli ospiti
compia i voti della voce ospite,
secondo verità, perfetti.

strofe

Ora anche gli Dei nati da Zeus
ascoltino questa stirpe

che effonde preghiere.
L'urlo della guerra folle
non spezzi i cori
né accenda i fuochi
sulla terra pelasga,
né lungo nuovi solchi
mieta i mortali:
poiché di noi furono pietosi
e amico ne fu il suffragio.

antistrofe

Né ai guerrieri fu dato
per spregio alle ragioni della donna:
ma guardarono Zeus che guarda e opera,
difficile nemico che mai non maledica,
che mai non gravi su nessuna casa:
essi venerarono il sangue santo di Zeus,
le supplici!
Allora
grati agli Dei s'accostino
ai puri altari:

strofe

allora dalle bocche velate d'ombra
la preghiera di grazie apra le ali.
La peste non vuoti
la città, la ribellione
non insanguini il piano,
Marte selvaggio
compagno nel talamo d'Afrodite
non falci il fiore della giovinezza:

antistrofe

attorno alle are ardenti
s'accolgano i vegliardi,
fiorisca la città
nel timore di Zeus
che onora l'ospite
e ne salva le sorti
per una legge carica di anni:
sempre le preghiamo
i doni della terra,
i parti delle donne
vigilati da Artemide;

strofe

e il flagello che spegne i guerrieri
non colpisca e dilani questa terra,

Ares che porta pianto non si armi,
non levi tra questo popolo
il suo grido di guerra
sopra i cori e le cetre;
e non il morbo avvolga di tristezza
come uno sciame il capo:
Apollo Liceo benigno
passi tra questi giovani,

antistrofe

Zeus dal frutto perfetto
colmi di frutti le stagioni,
crescano nei pascoli le greggi,
per divine potenze ogni cosa germogli,
e cantino i poeti alle are
canti di lodi, da bocche pure
muova la voce amica delle cetre.

strofe

Così la signoria conservi uguali
gli onori, il potere sapiente,
il felice pensiero comune,
e agli stranieri prima che Ares si armi
doni accordo e giustizia, senza danno.

antistrofe

Ma gli Dei onorino sempre
che hanno questa terra
con i riti dei padri e i sacrifici
dei bovi e le corone di lauro.
E terzo sacro onore
ai padri e alle madri scrisse
la legge dell'altissima giustizia.

TERZO EPISODIO

Danao è salito sullo spiazzo da dove scruta il mare. Poi si rivolge alle figlie.

DANAO: Amate figlie, lodo queste sagge preghiere. Ma ora voi non tremate udendo dal padre vostro inattese, nuove parole. Dal poggio che ha accolto le supplici scorgo la nave. Chiari sono i segni, l'armamento e le murate e la prora dove le cubie scrutano la via; e ascolta la barra del timone come chi non ci ama. Uomini scuri spiccano nel candore dei grandi pepli, e anche le altre navi e le ciurme si distinguono chiare. L'ammiraglia ha ammainato la vela presso terra; battono i remi crosciantі. Ma serene, sagge, davanti a questo, dovete pensare agli Dei. Io andrò a chiamare i difensori giusti. Forse verrà un araldo o un ambasciatore e vorrà portarvi con sé, porre la mano su una preda: ma non avverrà mai. Non temetelo. Pure è meglio, se saranno lenti al vostro grido, che questa difesa non dimentichiate mai. Fatevi cuore: all'ora giusta e nel giorno giusto, chi offende gli Dei pagherà la pena.

CORO: Padre, ho paura, le navi alate
sono giunte, e il tempo è breve.

strofe

Questa che mi tiene è vera angoscia.
Giovò la lunga corsa, il lungo esilio?
Siamo smarrite, padre, di terrore.

DANAO: Creature, è fermo il voto degli Argivi.
Fidatevi, per voi combatteranno,
lo so, ne sono certo.

CORO: È maledetta la pazza gente di Egitto,
mai sazia di battaglia. Tu lo sai.

antistrofe

Fino a qui navigarono nell'ira
e nella buona sorte, sulle navi
robuste dagli occhi azzurri,
con il grande esercito scuro.

DANAO: Troveranno l'arsura meridiana,
e braccia come ferro lavorato.

CORO: Sole non ci lasciare, ti preghiamo,
padre! La donna abbandonata è nulla.

strofe

In noi non c'è guerra. Nel cuore
hanno la distruzione e il tradimento,
empietà è l'anima:
come i corvi profanano le are.

DANAO: È fortuna per noi, figlie,
se avranno l'odio vostro e degli Dei.

CORO: Non per timore del sacro tridente
o della santità degli Dei
asterranno le mani da noi, padre.

antistrofe

La follia come un turbine li porta,
nulla è sacro, hanno il coraggio
del cane, non li odono gli Dei.

DANAO: Ma i lupi sono forti più dei cani,
e il frutto del papiro non supera la spiga.

CORO: È la rabbia del mostro, folle, senza legge.
Dobbiamo difenderci dal loro potere.

DANAO: Un'impresa di mare non è rapida,
né l'approdo, né l'attracco delle gomene
che salvano la nave, né il pilota
è già al sicuro dopo l'ancoraggio,
meno ancora se la costa non ha porto,
e il sole è già in cammino per la notte.
La notte angoscia il bravo timoniere.
E prima che l'ormeggio sia sicuro
lo sbarco avviene male. Ma voi
che tremate, fidate negli Dei.
. . .
Vi porterò l'aiuto. Non diranno
che sono un messaggero troppo vecchio.
Ho giovane la mente e la parola.
[*Le Danaidi sono sole.*]

TERZO STASIMO

strofe

CORO: O monti o terra giusta e venerata,
che patiremo? dove
in questa terra di Apis fuggiremo,
dove è un cammino buio?
Fossimo fumo nero
confuso tra le nubi di Zeus,
polvere che senza ali si dissolve.

antistrofe

L'anima è un brivido,
batte il mio cuore nero.
La vista delle navi mi ha rubata,
di paura sono smarrita.
Vorrei il cappio, la fune della morte,
prima che uno degli uomini maledetti
sfiorasse la mia pelle:
l'Ade prima mi sia padrone.

strofe

Non c'è per noi un seggio nel cielo
dove l'umida nube si fa neve:
o una liscia roccia sospesa
che l'occhio non afferra, solitaria,
raggiunta da capre e da avvoltoi,
e di lassù precipitare
perdutamente, per testimoniare,

prima delle nozze
che violentano il cuore e che dilaniano?

antistrofe

Cibo ai cani e agli uccelli
di questa terra, noi lo accettiamo.
Perché la morte libera
dal dolore che urla:
venga la morte
prima del talamo nuziale.
Non ci apriremo la via
alla fuga, alla liberazione?

strofe

Il grido riempia il cielo,
il canto invochi gli Dei:
saremo esaudite? Padre,
guarda, liberaci, battiti,
dannano la violenza i tuoi giusti occhi.
Le tue supplici onorale,
signore della terra, onnipossente

antistrofe

Zeus. Insopportabile ingiuria
è questa dei figli di Egitto,
la torma dei maschi in caccia di noi
furiosa pazza urlante.
Tu reggi la perfetta giustizia del mondo,
senza te nulla agli uomini s'avvera.

QUARTO EPISODIO

Prorompono, in un urlo altissimo, un Araldo e un gruppo di Egizi.

CORO: Ecco chi prende,
in mare in terra:
rapitore, va' indietro.
Ecco l'urlo dell'angoscia.
Primizia di violenza, di martirio,
orrore orrore
fuggire dove c'è difesa
terrore che non si sopporta
sulla nave sulla terra
lussuria. Signore di questa terra
difendici.

ARALDO: Via

via alla nave
svelte! per i capelli!
per i capelli! il marchio!
morte, sangue, sangue!
via, via, perdute,
maledette, alla nave.

strofe

CORO: Nella via tempestosa del mare
fossi tu morto
con la violenza e la superbia,
con la nave robusta.
ARALDO: A sangue vi batto,
salite la nave,
lasciate quel luogo,
muovetevi alla nave
disonore del luogo, o pie donne!

antistrofe

CORO: Non riveda mai più
quell'acqua che impregna le mandre,
che addensa il sangue, il seme della vita.
Noi siamo le nobili
senza terra, le antiche,
questo era il profondo ceppo.
ARALDO: Salite subito, salite la nave,
di voglia o non di voglia.
Di forza andrete, di forza,
via in cammino
alla pena e alla morte.

strofe

CORO: Muoia tu di mala morte
sulla stesa del mare
e dove Saperdone dorme tra le sabbie,
tu, smarrito nel vento e nelle nebbie.
ARALDO: Urla grida chiama gli Dei,
non salterai la nave degli Egizi,
urla grida
canta un canto più amaro.

antistrofe

CORO: . . .
Il Nilo grande ti metta in fuga,
o ingiusto o violento, ti renda nulla.
[*L'Araldo dà un ordine ai suoi uomini. Lo spazio sacro viene violato.*]
ARALDO: Fatele salire sopra una nave lunata al più presto. Non si perda tempo. Trascinatele, dunque, non rispettatene troppo i riccioli.

strofe

CORO: Padre
l'ara è sventura!
il ragno striscia
mi prende, un sogno nero, nero,
madre terra mamma
terra scaccia
l'orrore l'urlo
padre figlio della terra
Zeus!

ARALDO: Non temo gli Dei di questa terra,
non mi hanno nutrito,
non mi hanno invecchiato.

antistrofe

CORO: Il serpe
le due zampe
mi cerca è vicino
la vipera morde, terra madre!
Madre terra
mamma togli l'urlo l'orrore
padre figlio della terra, Zeus!

ARALDO: Chi non accetta subito di ascendere la nave, avrà poca pietà dei manti lacerati.

CORO: Siamo perdute. Signore, non era atteso ciò che patiamo.

ARALDO: Molti signori presto rivedrete, i figli d'Egitto: non temete, senza padrone non sarete.

CORO: Ahi, potenti della città, abbiamo perduto.

ARALDO: Sarete trascinate per i capelli, credo. Le mie parole non le udite ben chiare.

RE [*intervenendo*]: Tu, che fai? Così offendi questa terra di guerrieri pelasgi: che pensi? Ti credi dunque venuto in una città di donne? Come barbaro, sei troppo arrogante per dei Greci. Molto hai visto male e non hai raddrizzato i tuoi pensieri.

ARALDO: In che ho peccato contro la giustizia?

RE: Non sai, innanzi tutto, che sei straniero.

ARALDO: Perché? Perché trovo ciò che avevo perduto?

RE: Prima, hai parlato ai prosseni di qui?

ARALDO: Al più grande dei prosseni, a Ermete dalle buone inchieste.

RE: Tu nomini gli Dei a cui non credi.

ARALDO: Credo in quelli che sono lungo il Nilo.

RE: Quelli di qui non sono, a quanto ascolto.

ARALDO: Porterei queste donne, se nessuno le prende.

RE: Se le tocchi, ti penti, molto presto.

ARALDO: Non è molto ospitale ciò che ascolto.

RE: Non faccio onore a un ospite sacrilego.

ARALDO: Questo dirò, al ritorno, ai figli di Egitto.

RE: E questo, al mio pensiero, è indifferente.

ARALDO: Ma per riferire nel modo più accorto, giacché un araldo deve annunciare chiaramente ogni cosa, come e da chi dirò che fu tolto l'esercito delle cugine? Non per testimonianze Ares giudica; non a peso d'argento si scioglie la guerra; prima molti uomini debbono cadere e dare calci al vento.

RE: Perché dovrei dirti il mio nome? Col tempo lo saprete, tu e i compagni di viaggio. Quelle potresti portarle via se lo volessero e ne fossero liete, se un onesto discorso le persuadesse. Il voto unico di tutto il popolo ha deciso di non consegnare per violenza la schiera delle donne. È un chiodo ben ribadito, schietto fermo e solido. Non fu scritto su tavolette né suggellato su piega di papiro, ma lo odi chiaro dalla franca lingua di un uomo libero. Ma ora al più presto togliti dagli occhi.

ARALDO: Sappi che questo apre una nuova guerra. Ma vittoria e potenza siano ai maschi!

RE: E maschi troverete gli abitatori di qui: che non bevono birra d'orzo. [*Al Coro, mentre l'Araldo e i suoi uomini si allontanano*:] E voi tutte, con le donne del seguito vostro, armatevi di coraggio e incamminatevi verso una cittadella ben chiusa in una cerchia profonda di bastioni: vi sono molte dimore della comunità, e anche a me furono date le case da mano generosa. Laggiù sono per voi abitazioni ben fornite, con buona compagnia: ma se altro vi è grato, vi sono le case solitarie. Scegliete il fiore del meglio, ciò che più vi lusinga l'anima. Patrono sono io e tutti i cittadini, il cui voto ora si compie. Più autorevoli ne vorreste?

CORO: Sii tu ricco di bene per il bene che fai,
re santo dei Pelasgi.
Ma qui per tua bontà manda nostro padre,
che ci dà la forza,
Danao il previdente, il consigliere.
Sarà suo primo pensiero
in quali case si dovrà abitare,
quale posto è migliore.
Tutte le lingue sono pronte al biasimo
per una folla straniera.
Tutto sia per il meglio.
E per la nostra fama senza macchia
presso quelli di qui, amate ancelle,
disponetevi in ordine,
come Danao volle destinarvi
in dote per ognuna.

DANAO [*entra scortato da guardie*]: Figlie, si devono fare sacrifici
e libagioni sacre, per gli Argivi,
come a Dei dell'Olimpo,
perché non esitarono a salvarci.
Ascoltarono foschi il mio racconto,
e ciò che vi faceva quella gente,
del vostro sangue. Quindi decretarono
una scorta di guerrieri armati,
a mio onore e difesa, che una lancia
non veduta, imprevista, non mi desse
la morte, peso eterno alla contrada.
La vostra gratitudine sia ferma,
e fate a loro onore più che a me.
Poi tra i saggi consigli che vi diedi,
che voi scriveste, questo anche scrivete:
che una ignota compagnia
solo col tempo viene giudicata.
Ognuno ha lingua svelta e ingenerosa
allo straniero. La parola vola
e offusca, inquina. Perciò vi esorto
a non darmi occasione di vergogna.
È la stagione che richiama gli occhi.
Il vostro frutto è colmo e custodirlo
è difficile. Bestie lo minacciano
e uomini, animali strani
che hanno ali o hanno unghie e zampe.
Cipride grida i suoi frutti stillanti.
E sullo sfarzo delle belle vergini
chi passa per la via getta lo sguardo
come una freccia piena di lusinga
perché è il desiderio che lo vince.
Dunque non venga lunga pena a causa
di ciò per cui tanto mare abbiamo arato,
e non daremo a noi questa vergogna
né questo gusto a chi ci vuole male.
E doppie case abbiamo. Ce le danno
Pelasgo e i cittadini. Per nulla. Sono pronte.
Solo osservate i precetti di un padre,
più della vita amando la saggezza.
CORO: Per tutto gli Dei ci diano fortuna:
ma per il nostro frutto sta' sereno,
padre. Se il volere divino non è nuovo,
il cuore non muterà la vecchia via.
[*Danao esce.*]

ESODO

strofe

DANAIDI: Andate, glorificate
gli Dei beati, signori
della rocca, abitatori
dell'Erasino dalle antiche acque.
Accompagnate il canto.
Sia lodata questa città di Pelasgi,
né l'inno più onori
la corrente del Nilo:

antistrofe

ma i fiumi
che su questa terra si spandono
come un sorso docile,
le feconde acque pingui
come miele sui campi.
Artemide santa guardi pietosa
questa schiera, e le nozze di Afrodite
non ci siano violente.
Questa prova tocchi a chi odiamo.

strofe

ANCELLE: Ma non ignori Cipride il nostro canto allegro.
Può molto presso Zeus, vicinissima ad Era.
Il suo pensiero ondoso
riceve onori santi.
Compagni sono dell'amata madre
il Desiderio, la Persuasione
che ammalia, a cui nulla è mai negato,
e Armonia, sul sentiero
dove frusciano i passi dell'amore.

antistrofe

Per chi fugge l'amore
temo tempesta e pena
e lotta e molto sangue.
Perché agli ansanti persecutori
fu così mite il mare?
Ciò che deve accadere forse accade.
Il pensiero di Zeus non si conosce
né si oltrepassa.
E dopo tante nozze di tante donne
forse queste avverranno.

strofe

DANAIDI: No, Zeus grande allontani
le nozze con la stirpe di Egitto.
ANCELLE: E forse è il vero bene.
DANAIDI: Questo incantesimo non ci colpisce.
ANCELLE: Non sai ciò che sarà.

antistrofe

DANAIDI: Il pensiero di Zeus come saperlo,
immergere la vista nel suo abisso?
ANCELLE: Più modeste pregate.
DANAIDI: In questo momento, ancelle,
che m'insegnate?
ANCELLE: Nel divino
non andare mai oltre.

strofe

DANAIDI: Zeus signore ci privi
di nozze angosciose
con uomini non amati,
come liberò Io dalle pene
posando la sua mano salvatrice,
violento e mite.

antistrofe

E la vittoria sia delle donne.
Lodo la parte lieta
del male, le due parti di male.
La Giustizia dia opere di giustizia,
per le preghiere nostre
e per le vie del Dio liberatrici.
[*Le Danaidi si allontanano con le Ancelle.*]

Prometeo incatenato

Tragedia
Traduzione di Enzo Mandruzzato

Il Prometeo incatenato *costituiva probabilmente la prima tragedia di una trilogia composta dal* Prometeo portatore di fuoco *e dal* Prometeo liberato*: l'itinerario tragico portava a compimento l'intera storia del titano che, dopo aver rubato il fuoco agli dèi per donarlo ai mortali, viene incatenato su una rupe della Scizia e, non volendo cedere di fronte alle minacce di Zeus, viene fulminato e precipitato nel Tartaro, ma poi liberato da Eracle. Prometeo verrà poi esaltato come divinità protettrice degli uomini.*

Il Prometeo incatenato *è l'unica delle tre tragedie a noi giunta. La scena si svolge in una località rocciosa della Scizia dove Prometeo, trascinato dal Potere e dalla Violenza, viene incatenato da Efesto. Il coro, composto dalle ninfe figlie di Oceano, prega il titano di non minacciare Zeus, ma Prometeo risponde che il dio non tiene in alcuna considerazione gli uomini e lo vuol punire solo perché egli ha regalato loro il fuoco.*

Inoltre non permette neanche ad Oceano, impietosito dai suoi lamenti, di intercedere presso Zeus in suo favore. Sopraggiunge a questo punto Io, vittima di Zeus e della gelosa Era, che racconta le sue vicende. Prometeo le predice il futuro.

Infine si presenta Ermes, che in nome di Zeus intima a Prometeo di rivelargli la verità, che il titano custodisce in gran segreto, sulla fine del Cronide. Ma né le sue minacce né le preghiere delle Oceanine che lo supplicano di essere prudente e di non adirare oltremodo Zeus hanno alcun esito. Infatti la collera di Zeus si manifesterà attraverso un terribile cataclisma che Prometeo stesso ci descrive.

Emerge in questa tragedia una delle caratteristiche fondamentali dell'arte di Eschilo, cioè la linearità dell'azione. Protagonista unico e incontrastato è Prometeo, la cui generosità nei confronti dei mortali lo scagiona ai nostri occhi da ogni colpa. Infatti il grande tragico non ne esalta affatto la disobbedienza agli dèi, bensì il dramma della sua solitudine di fronte al volere divino.

D'altra parte, grazie alla potenza della creazione eschilea Prometeo diverrà il simbolo della vittoria dell'ingegno umano sulle forze ostili al progresso: Prometeo ci appare infatti come una figura grandiosamente e straordinariamente eschilea, in virtù della sua forza e del suo attaccamento etico alla propria missione.

Questo dovrebbe sciogliere definitivamente ogni dubbio avanzato in pas-

sato circa l'autenticità di questa tragedia che qualcuno ha considerato troppo divergente dalla concezione etico-religiosa di Eschilo, per la quale la morale divina è indiscutibile e vincente e Zeus è inevitabilmente dio di giustizia.

È sì vero che per ora il comportamento di Zeus sembra contraddire tali princìpi, ma se inseriamo, come Eschilo ha voluto, questa tragedia nel contesto complessivo della trilogia, ci rendiamo conto che nel Prometeo liberato *si avrà la vera soluzione catartica, la riconciliazione del titano e del dio, la liberazione e il ripristino dell'autentica morale eschilea.*

Personaggi

Il Potere
La Forza
Efesto
Prometeo
Coro delle Oceanine
Oceano
Io
Ermete

PROLOGO

La scena è tra cielo e mare, sopra rupi dove nulla di esclusivamente umano può giungere. Entrano il Potere e la Forza conducendo Prometeo. Segue Efesto che porta le catene e il maglio.

POTERE: Ecco l'estrema plaga della terra,
la Scizia solitaria, inaccessibile.
Ora è tua cura ciò che il Padre impone,
Efesto: ora avvincerai il colpevole
a queste rocce ardue sull'abisso
con catene più dure del diamante.
La luce artefice di tutto, il fuoco,
il fiore tuo, egli lo ha rubato
e ne ha fatto partecipi i mortali.
Deve agli Dèi pagarti questa sua colpa.
Forse così imparerà ad amarla
la signoria di Zeus. Ed avrà pace
l'amicizia per gli uomini, il suo segno.
EFESTO: Potere e Forza, l'ordine di Zeus
per voi si compie. Niente più l'intralcia.
Ma io non oso per violenza avvincere
un Dio che ha la stessa mia origine
a questa trista roccia tempestosa.
Ma trovare il coraggio è necessario.
Rifiutare obbedienza a un Padre, è grave.
[*A Prometeo*:]
Figlio di Temide che ispira il giusto,
o sublime, contro volontà, mia e tua,
t'inchioderò con ceppi inestricabili
a questa rupe a cui ignoto è l'uomo,
né udrai la voce né vedrai l'aspetto
di un mortale, ma immobile sarai
alla fiamma del sole balenante,
e il fiore del tuo corpo muterà.
E quando il volto vario della notte
nasconderà la luce sarai lieto,

poi il sole ancora spargerà rugiada
all'aurora, e ti consumerà la pena
onnipresente. Chi ti darà pace
non è nato. Tu hai amato gli uomini,
e questo è il frutto. O Dio che non ti pieghi
all'ira degli Dei, hai onorato
gli uomini come Dei, contro la legge.
E ora veglierai la triste roccia,
diritto e insonne, senza inginocchiarti.
E leverai al cielo molte grida
per l'angoscia e lamenti senza ascolto.
Non il cuore di Zeus si riconcilia.
Ogni nuova potenza è sempre dura.
POTERE: Tu perché indugi? Hai tu pietà per nulla?
Non odi un Dio che gli Dei maledicono,
che ai mortali donò il tuo privilegio?
EFESTO: Tremendo è il sangue e il vivere in comune.
POTERE: Lo so. Ma la disobbedienza a un Padre
che è per te? Non spaventa di più?
EFESTO: Davvero sei spietato e duro, sempre.
POTERE: Non lo sana il compianto. Ti dai pena
per niente, senza dargli alcun aiuto.
EFESTO: O mani mie sovrane, odiatissime mani!
POTERE: No, non le odiare. Ad essere più semplici,
la causa dei suoi mali non è un'arte.
EFESTO: Ma non l'avessi avuta io, quest'arte!
POTERE: Tutto è stato giocato, tranne il regno
sugli Dei. E soltanto Zeus è libero.
EFESTO: Questo lo mostra, e nulla ho da rispondere.
POTERE: Non t'affretti a coprirlo di catene,
che il Padre non ti colga inoperoso?
EFESTO [*mostrando i ceppi di ferro*]:
Ecco, li guardi il Padre: il morso è pronto.
POTERE: Mettili ai polsi e batti con il maglio
con grande forza, inchiodalo alla rupe.
[*Si odono a lungo i colpi di maglio.*]
EFESTO: E l'opera si compie. E non si perde.
POTERE: Picchia più forte, chiudi, stringi bene.
È terribile, scopre l'impossibile.
EFESTO: Un braccio è già fissato. Non si libera.
POTERE: Aggancia duro anche l'altro braccio.
Impari, il savio, che è più tardo di Zeus.
EFESTO: Nessuno può rimproverarmi: se non lui.
POTERE: E il cuneo di ferro, una mascella splendida,

inchioda forte, fissala sul petto.
EFESTO: Prometeo, quanta pena al tuo patire!
POTERE: Esiti ancora? Soffri per chi Zeus odia?
Che tu non debba avere pietà per te, un giorno.
EFESTO: È visione di orrore a questi occhi.
POTERE: Visione d'una sorte meritata.
Via, applica ai suoi fianchi la cintura.
EFESTO: Farlo si deve: dunque perché ordini?
POTERE: Ordinerò, aizzerò, ancora. Càlati,
inanella le gambe con la forza.
[*Si odono altri colpi sul ferro.*]
EFESTO: Fatto. Non era una fatica lunga.
POTERE: Ora ribatti i ceppi in ogni foro:
il giudice dell'opera è severo.
EFESTO: Somiglia al tuo aspetto il tuo parlare.
POTERE: E sii tu mite, ma non mi accusare,
per l'ira o la superbia o la durezza.
EFESTO: Andiamo. È imprigionato membro a membro. [*Si allontana.*]
POTERE: Oltraggia, ora, saccheggia i privilegi
degli Dei, offrili a chi vive un giorno.
I mortali ti alleviano le pene?
Le potenze celesti hanno mentito
chiamandoti Prometeo, «il preveggente»,
perché hai bisogno tu, di chi preveda
come uscire da questi nodi esperti.
[*Anche il Potere e la Forza escono. Prometeo è solo.*]
PROMETEO [*dopo un lungo silenzio*]:
Cielo divino, aliti di vento,
rapide ali di vento,
sorgenti di fiumi,
sorriso interminabile del mare,
terra madre di tutto,
e tu occhio del sole onniveggente
io v'invoco, guardate
un Dio che soffre a causa degli Dei.
Guardate quale pena mi consuma
immeritata, e mi torturerà
nel tempo, nelle annate interminabili.
Il nuovo signore dei beati
trovò per me catene di vergogna.
Ahi, ahi,
lamento una sventura
che è ora e che sarà:
e quando dovrà sorgere

l'ultimo giorno della mia sventura?
No, che mi dico: tutto il futuro
conosco esatto e chiaro,
mai nessuna sventura verrà nuova.
Bisogna che sopporti la mia sorte,
pazienti, riconosca
che la forza del fato non si vince.
Ma non posso tacere né gridare
la mia sorte, il mio essere. Ho spartito
con i mortali un dono degli Dei:
per questo fui inchiodato al mio destino.
Cercai la scaturigine segreta
del fuoco che si cela nel midollo
della canna, maestro d'ogni arte,
via che si apre. Questo fu il peccato
di cui pago la pena
inchiodato e in catene in faccia al cielo.
[*Percepisce un volo che si avvicina.*]
Che suono viene, quale odore buio,
divino o umano,
o confuso di umano e di divino?
Giunge alla rupe estrema
chi viene a contemplare il mio dolore?
o altro vuole? Guardate
il Dio incatenato e doloroso,
il nemico di Zeus, il detestato
da tutti gli Dei che varcano la soglia
della reggia di Zeus,
perché amò i mortali oltre misura.
Ahi,
mi è vicino un fremito di uccelli,
stride il cielo d'un battito di ali:
ogni passo furtivo m'impaurisce.

PARODO E DIALOGO LIRICO

Il carro alato delle Oceanine si è posato su una rupe di fronte a Prometeo.

strofe

CORO: Non temere! Siamo la schiera amica
che viene alla tua rupe
con fitto ansioso battito di ali,
persuadendone a stento il padre nostro,

trasportate dal vento turbinoso:
quando l'eco dei colpi sul ferro
giunse al profondo della nostra grotta
scacciò il pudore dai nostri occhi limpidi
e subito balzammo, senza sandali,
sul nostro carro alato.
PROMETEO: Oh, creature di Teti la feconda,
figlie dell'Oceano
che avvolge d'acque senza sonno il mondo,
guardate, osservate
che catene mi avvincono alla roccia
a vegliarla in dolore.

antistrofe

CORO: Ti vediamo, Prometeo,
e una nube paurosa di dolore
balzò alla nostra vista tutta pianto:
ecco il tuo corpo,
che la roccia inaridisce
e il vituperio avvince di catene.
Nuovi signori regnano l'Olimpo,
Zeus domina con nuovi costumi,
oltre ogni legge:
e i prodigi d'un tempo rende nulla.
PROMETEO: Laggiù mi avesse rovesciato
sotto terra, nel Tartaro infinito
dove calano i morti,
selvaggiamente, senza speranza incatenato:
ma nessuno Dio o non Dio
gusterebbe il mio male,
gioirebbe nel suo odio alla mia pena
agitata dai venti in mezzo al cielo.

strofe

CORO: Quale Dio ha cuore tanto forte
da avere questa gioia?
Chi non soffre con te, fuori che Zeus?
L'ira gli fa inflessibile la mente,
e doma la stirpe dei celesti,
né mai riposerà
finché il suo cuore non sarà saziato,
o una forte mano non espugni
il suo arduo potere.
PROMETEO: Eppure di me, l'oltraggiato
da queste forti dolenti catene,
avrà bisogno il primo dei beati:

che gli additi chi primo avrà consiglio
di predare il suo scettro e il suo potere.
Ma non mi ammalieranno le parole
soavi, le formule suasive,
non mi sbigottiranno le minacce
sicure: questo non rivelerò
prima che allenti le selvagge catene
e che sconti la pena dell'ingiuria.

antistrofe

CORO: Fiero tu sei davvero,
e non cedi alle acute sofferenze,
ma troppo osi dire.
Uno spavento mi ha trafitto l'anima.
Temo per la tua sorte,
se mai delle tue pene
potrai vedere un termine e approdare.
La natura di Zeus è inaccessibile
ed il suo cuore è chiuso ad ogni voce.
PROMETEO: Lo so violento e padrone del giusto.
Eppure credo che un giorno
egli sarà spezzato ed ammansito,
spianerà la sua rabbia, verrà incontro
ansioso alla mia ansia,
vorrà con me legarsi d'amicizia.

PRIMO EPISODIO

CORIFEA: Rivela tutto, grida il tuo racconto:
in quale colpa ti ha sorpreso Zeus,
perché così ti sfregia e ti tormenta,
insegnaci, se non ti nuoce dirlo.
PROMETEO: Doloroso è parlare, doloroso
tacere. Tutto intorno a me è sventura.
Come ebbe inizio l'ira degli Dei,
si volsero violenti gli uni agli altri,
s'accese tra di loro la contesa,
tra chi voleva rovesciare Crono
perché il re fosse Zeus, e chi lottava
perché Zeus tra gli dèi non fosse il primo.
E io volevo persuadere al meglio
i Titani nati da Urano e la Terra,
ma non potei. Spregiarono l'astuzia,
avevano pensieri di violenza,

credevano di ascendere al potere
con la violenza senza darsi pena.
Ma molte volte Temide, mia madre,
Gaia che ha molti nomi ed una forma,
profetava il futuro, e mi diceva:
«Non di forza e potenza c'è bisogno,
ma il primo per astuzia sarà il re».
Queste cose chiarivo argomentando,
ma quelli non degnarono guardarmi.
Di fronte a ciò mi parve dunque il meglio
conciliarmi alla madre ed affiancarmi
a Zeus, come io volevo e lui voleva.
Per il mio senno il Tartaro nasconde
nelle tenebre fonde del suo abisso
Crono l'antico e chi lottò al suo fianco.
Se giovai al sovrano degli Dei,
questa maligna pena mi rendeva.
Perché è malanno d'ogni signoria
non essere fedeli a chi si amava.
Voi mi chiedete quale fu l'accusa
per cui mi sfregia: e chiaro la dirò.
Come si assise al trono di suo padre
divise i privilegi tra gli dèi,
a ognuno i suoi, distribuì i poteri:
e non contò i mortali, gl'infelici,
ma voleva annientare il loro seme
e seminare un'altra stirpe umana.
Nessuno gli si oppose, tranne me.
Io l'osai. E liberai i mortali
dall'essere dispersi nella morte.
Mi piegano per questo tali pene
dolenti a me, pietose a chi mi vede.
Era pietà per chi moriva, e io
non la trovai, non la meritai:
così rientrai, visione senza gloria,
nell'ordine di Zeus.

CORO: È di ferro, è forgiato nella roccia
chi non sente pietà del tuo dolore.
Non avremmo voluto mai vedere,
ma vedemmo, e iniziò la nostra pena.

PROMETEO: Pietà davvero ispiro a chi mi vede.

CORIFEA: Forse non sei andato ancora oltre?

PROMETEO: Spensi all'uomo la vista della morte.

CORIFEA: Che farmaco trovasti a questo male?

PROMETEO: Seminai la speranza, che non vede.
CORIFEA: E molto li aiutasti col tuo dono.
PROMETEO: Poi li feci partecipi del fuoco.
CORIFEA: Hanno la fiamma viva i morituri?
PROMETEO: E molte arti da essa impareranno.
CORIFEA: Di questo dunque t'incolpava Zeus...
PROMETEO: E mi offendeva, né promette tregua.
CORIFEA: Non avrà fine la tua pena, mai?
PROMETEO: Non avrà fine finché lui vorrà.
CORIFEA: E lo vorrà? Lo speri? E tu, lo vedi
che hai peccato? Come hai peccato
non voglio dirlo, ti farebbe male.
Non parliamo di questo. Invece tu
cerca di liberarti dal dolore.
PROMETEO: Per chi è fuori del dolore è facile
ammonire, accusare l'infelice.
Ma io sapevo questo, tutto questo.
Ho voluto, ho voluto il mio peccato:
e non lo smentirò. Per dare aiuto
a chi moriva ebbi la mia pena.
Ma pena come questa non pensavo,
di consumarmi tra la roccia e il cielo
sopra una rupe sola, abbandonata.
Ma ora scendete, non patite sempre
per me, posatevi, ascoltate
quale destino s'avvicina muto
perché sappiate tutto, fino al termine.
Accontentatemi. E commiserate
chi soffre ora. Il dolore è errabondo
e scende presso l'uno e presso l'altro.
CORO: Tu ci richiami come noi vogliamo
Prometeo: lasciando il nido
scorrere lievi e pronte
lungo il cammino degli uccelli, l'aria,
posare sulla terra irta di rocce,
udire tutti quanti i tuoi dolori.
[*Le Oceanine si posano come uccelli intorno alla rupe di Prometeo. Ora appare, sul grifone alato, Oceano.*]
OCEANO: Ecco, il lungo cammino è giunto al termine:
l'ho percorso fino a te, Prometeo,
sopra il cavallo dal veloce volo,
che il pensiero guidava senza il morso.
Soffro con te della tua sorte, sappilo;
sono della tua gente, e questo, credo,

lo esige. E oltre che sei della mia stirpe,
a nessuno, Prometeo, come a te
farei mai tanto onore.
Saprai se dico il vero. Io non uso
parlare a vuoto, per fare piacere.
Dunque, fammi sapere
che debbo fare per te.
Dopo dirai di non avere amico
più sicuro di me, l'Oceano.
PROMETEO: È fatto nuovo, questo. Anche tu vieni,
a osservare i miei mali? Che coraggio
hai avuto: lasciare le fluenti acque
che da te hanno nome, la spelonca
sospesa, nata nella roccia, ascendere
sopra la terra dove il ferro nasce.
O vieni a contemplare la mia sorte,
a sdegnarti con me della sventura?
Guarda. Contempla. Ecco chi amò Zeus,
chi lo difese nella signoria,
da lui piegato e torto nella pena.
OCEANO: Ti vedo, sì, Prometeo. E voglio consigliarti
per il meglio, anche se hai ingegno fino.
Riconosci chi sei, adàttati alle forme,
nuove: gli Dei hanno un signore nuovo.
Le parole che lanci, aspre, affilate,
questo Zeus, sebbene sieda alto
tanto più di te, potrebbe anche udirle,
e la sua rabbia di ora e tanti guai
ti parrebbero un gioco da ragazzi.
Deponi, sventurato, le passioni,
ma cerca di stornarle, le sventure.
Pensi forse che dica vecchie cose:
intanto con i tuoi detti sublimi
Prometeo, ecco che ti resta in mano.
Tu non sai farti piccolo, non cedi
ai mali, anzi ne aggiungi altri ai vecchi.
Prendi me per maestro finalmente.
Se ha il pungolo, non porgergli la zampa.
È il solo re, non tollera controlli.
– Adesso vado io, voglio tentare
di liberarti io, dai tuoi dolori.
Tu sta' tranquillo e attento alle parole.
O vera sovrabbondanza di spirito,
le male lingue chiamano il castigo!

PROMETEO: Ma io t'invidio: hai lottato, hai osato
come me, e non trovi chi t'incolpi.
Lascia andare! Per me non darti pena.
Non lo convincerai. Non si convince.
Piuttosto tu invece sii prudente
che lungo il viaggio non ti colga male.
OCEANO: Meglio consigli gli altri che te stesso,
così sei nato. Ne dài prova a fatti,
mica a parole. Ma io mi muovo, e certo
non puoi tirarmi indietro. È un vanto: a me
Zeus farà questa grazia. È un vanto, dico,
io voglio liberarti dalle pene.
PROMETEO: Ti lodo, mai cesserò di lodarti:
non abbandoni nulla tu. Ma ora
non ti affannare. Servirebbe a niente,
se anche è vero che vuoi darti pena.
Resta tranquillo. E vattene da qui.
Se sono sventurato, non vorrei
che avesse da patire tanta gente.
No, no. Mi dà già troppa angoscia
ciò che è accaduto a mio fratello Atlante
che nelle plaghe d'occidente regge
un peso smisurato sulle spalle,
il pilastro del cielo e della terra.
E che pietà del nato dalla terra
che abita la grotta di Cilicia,
quando lo vidi, il violento Tifeo,
il mostro atroce dalle cento teste,
vinto, battuto. Si rivoltò agli Dei,
sibilando terrore dalle immani
fauci e dagli occhi balenando luce
selvaggia, come rovesciasse Zeus,
ma Zeus lo colse con il dardo insonne,
il fulmine che piomba e spira fiamma,
ne abbatteva l'orgoglio smisurato:
fu colpito nel cuore e fatto cenere,
la sua forza si spense dentro il tuono.
E ora è corpo vano e senza forma
presso un angusto passaggio del mare,
l'Etna lo grava sotto le radici
e sulla vetta Efesto forgia il ferro.
Fiumi di fuoco sgorgheranno un giorno,
divoreranno tra selvagge fauci
i campi della fertile Sicilia.

Sarà l'ira riaccesa di Tifeo,
il suo respiro che saetta fuoco
insaziabile, anche se dal fulmine
di Zeus fu fatto cenere rovente.
Ma tu hai vissuto, tu non hai bisogno
d'un maestro. Resta salvo tu,
come sai farlo. Io svuoto la sentina
della mia sorte, finché cadrà
il rancore nell'anima di Zeus.
OCEANO: Prometeo, non lo sai che per il male
dell'ira, si hanno parole che curano?
PROMETEO: Se è l'ora giusta per placare il cuore,
senza fargli violenza quando è turgido.
OCEANO: E le buone intenzioni, ed il coraggio,
che male sono? Insegnami tu questo.
PROMETEO: Pena superflua, frivolo candore.
OCEANO: Lasciami questo male se è il mio male.
Giova sembrare stolti senza esserlo.
PROMETEO: Un giorno questo si dirà di me.
OCEANO: La tua parola chiara mi congeda.
PROMETEO: Sì, che il compianto non ti faccia odiare.
OCEANO: Da chi ha ora il trono onnipotente?
PROMETEO: Da lui. Guardati sempre dal suo odio!
OCEANO: La tua sventura, Prometeo, lo insegna.
PROMETEO: Vai, vai, e serba la tua mente sana!
OCEANO: Levi la voce mentre già mi muovo
e l'ippogrifo sfiora l'aria tersa
contento di piegare le ginocchia
laggiù, agli stazzi della nostra casa. [*Si allontana.*]

PRIMO STASIMO

Prometeo è di nuovo solo, vegliato dalle Oceanine.

strofe

CORO: Piango la tua rovina
Prometeo, il pianto dagli occhi
si effonde sulle guance
come un tenero fiume.
È questo il non invidiabile regno
di Zeus, signore nella sua legge,
che contro i vecchi Dei
mostra la lancia del suo trionfo.

antistrofe

Tutta la contrada grida il suo pianto.
E gli uomini dell'occidente
rimpiangono il solenne onore
e l'antico splendore
tuo e della tua gente:
e quelli che abitano l'Asia santa
penano con te per le tue
lamentose sventure:

strofe

e le guerriere vergini
della Colchide, la schiera scita
che abita l'ultima delle terre
lungo le lagune di Meotide:

antistrofe

e il fiore della guerra, gli Arabi,
che abitano lungo il Caucaso
rocche aeree sui monti,
il terribile esercito
dalle aguzze lance che gridano:

epodo

e piange il mare lungo la risacca,
l'abisso che ricade,
l'Ade oscuro dal suono sordo,
le sorgenti dei fiumi sacre e pure:
piangono il tuo dolore e la pietà.

SECONDO EPISODIO

PROMETEO [*dopo un lungo silenzio*]:
Non è chiusa superbia il mio silenzio,
ma è coscienza che dilania il cuore
quando ripenso come sono offeso.
Chi se non io compì la spartizione
tra i nuovi Dei dei loro privilegi?
Non li dirò. Direi a chi conosce.
Ma udite la miseria dei mortali
prima, indifesi e muti come infanti,
e a cui diedi il pensiero e la coscienza.
Parlerò senza biasimo degli uomini,
ma narrerò l'amore del mio dono.
Essi avevano occhi e non vedevano,
avevano le orecchie e non udivano,

somigliavano a immagini di sogno,
perduravano un tempo lungo e vago
e confuso, ignoravano le case
di mattoni, le opere del legno:
vivevano sotterra come labili
formiche, in grotte fonde, senza il sole;
ignari dei certi segni dell'inverno
o della primavera che fioriva
o dell'estate che portava i frutti,
operavano sempre e non sapevano,
finché indicai come sottilmente
si conoscono il sorgere e il calare
degli astri, e infine per loro scoprii
il numero, la prima conoscenza,
e i segni scritti come si compongono,
la memoria di tutto, che è la madre
operosa del coro delle Muse.
Ed aggiogai le fiere senza giogo,
le asservii al giogo ed alla soma
perché esse succedessero ai mortali
nelle grandi fatiche, e legai al cocchio
lo sfarzoso e docile cavallo
fregio d'ogni ricchezza ed eleganza.
Ed inventai il cocchio al marinaio,
su ali di lino errante per i mari.
Mille cose inventai per i mortali,
e ora, infelice, non ho alcun ordigno
che mi affranchi dal male che mi preme.
CORIFEA: Immeritato male. La tua mente
è smarrita, va errando. Sei il medico
che il morbo ha colto, e perde la sua fede,
e per se stesso non ha più i farmachi.
PROMETEO: Più stupirai udendo tutto il resto,
le scienze che trovai, le vie che apersi.
E la più grande: se uno s'ammalava
non aveva difesa, cibo, unguento,
bevanda: si estingueva senza farmachi,
finché indicai benefiche misture
che tengono lontani tutti i morbi.
E ordinai, chiarii le molte forme
della mantica, e primo giudicai
quali vere visioni porta il sogno,
svelai le oscure voci dei presagi,
i profetici incontri sui cammini.

Distinsi chiaro i voli dei rapaci,
quelli fausti e quelli dell'augurio,
e il nutrimento di ciascuno, gli odi,
il loro amare, il loro dimorare;
e la levigatezza ed il colore
delle viscere, se agli Dei gradite,
la forma fausta e varia della bile
e del lobo. Arsi carni avvolte di adipe
e lunghi lombi e guidai i mortali
ad una conoscenza indimostrabile,
e aprii i loro grevi occhi velati
ai vividi presagi della fiamma.
Questo io feci. E chi prima di me
scoprì i doni nascosti nella terra,
il bronzo, il ferro, l'argento, l'oro?
Nessuno, lo so bene, a dire onesto.
Sappilo in breve: tutto ciò che gli uomini
conoscono, proviene da Prometeo.
CORIFEA: Tu non giovare agli uomini oltre il giusto
dimenticando te nella sventura.
Io ho buona speranza: sarai sciolto
dai ceppi, sarai forte come Zeus.
PROMETEO: Come sarà, e quando, ancora non ha detto
la Moira, che porta al termine il destino.
Infiniti dolori patirò:
e poi da questi ceppi sarò sciolto.
L'arte è troppo più debole del fato.
CORIFEA: E chi regge il timone del destino?
PROMETEO: Le Moire triplici, le Erinni memori.
CORIFEA: Dunque Zeus è più debole di loro?
PROMETEO: Non potrà mai sfuggire al fato: mai.
CORIFEA: Che è per lui il fato, se non regnare sempre?
PROMETEO: Questo non domandarlo, non insistere.
CORIFEA: Dunque è mistero sacro che tu celi.
PROMETEO: Altre cose pensate. Non è il tempo
di rivelare. Resti avvolto d'ombra,
più che si può. Così io sarò salvo
dall'abbominazione e dall'angoscia.

SECONDO STASIMO

strofe

CORO: Mai nel nostro pensiero

la potenza di Zeus che tutto regge
ci sia rivale:
né si esiti ad accostarci
alla sacra mensa degli Dei
per cui s'immolano i bovi
presso le vie del padre/oceano inestinguibili,
né pecchi di parola:
questo sia fermo in noi, non si corrompa.

antistrofe

È dolce continuare il tempo
tra le ardenti speranze,
in una luce che rallegra e nutre.
Noi rabbrividiamo
a vederti sfinire in tante pene.
Tu non temesti Zeus. Nel tuo pensiero
profondo adori gli uomini, Prometeo.

strofe

Amato, vedi che maligna grazia.
Dì, che difesa, che salvaguardia
ti viene dai figli del giorno fugace?
Non li hai veduti
così fragili e inerti?
Sono come sogni: ciechi, impediti:
il volere di chi muore
mai non valica l'ordine di Zeus.

antistrofe

Imparammo questo
vedendo la tua rovina, Prometeo.
Come diverso volò a te il nostro canto
(ricordi, allora?) presso i tuoi lavacri
ed il talamo: era l'imeneo
delle tue sacre nozze.
Portavi al letto nuziale la tua sposa,
la nostra sorella Esione
arresa a tanti doni.

TERZO EPISODIO

Rompe il silenzio la venuta della forma confusa e prodigiosa e di Io.

IO: Quale terra è questa? quale gente?
Chi sei, che vedo legato alla roccia,
in faccia alle tempeste? In che hai peccato,

che di questa pena muori?
Svelami tu in che terra
io dolente, errabonda, sono giunta.
[*Con il grido dell'incubo.*]
Ahi
ahi sventurata, l'estro mi trafigge!
spettro di Argo terrestre,
scaccialo, Zeus! Lo vedo
il pastore dalla vista onnipresente,
s'accosta con lo sguardo ambiguo e buio:
neanche morto la terra lo nasconde,
l'Ade attraversa e mi perseguita
e mi storna, famelica, lungo rive sabbiose.
[*Ascolta un suono nella memoria.*]

strofe

È un suono fievole
di zampogna, legata
con la cera, un canto
di sonno.
[*Con un grido disperato, ribelle.*]
Ahi, mio vagare,
mio remoto vagare, dove mi porti?
Perché, figlio di Crono, perché?
In che peccai, in che mi hai sorpresa
per inchiodarmi a questa angoscia?
Nel terrore che l'estro accende
tu mi consumi, misera, demente.
Ardimi nel tuo fuoco
coprimi nella terra
dammi cibo ai mostri nel mare:
non negarmi, signore, la preghiera.
Mio infinito vagare,
esausta sono, in nessun modo so
sfuggire alla mia angoscia. E tu odi
la voce della vergine trasfigurata?
PROMETEO: E come non udrei la tormentata,
la figlia di Inaco? Ella accende il cuore
di Zeus, ma l'odio di Era la travaglia,
la forza ad una fuga senza pace.

antistrofe

IO: Come sai tu il nome di mio padre?
Dì alla dolente chi sei,
chi tu sei o infelice
che mi parli secondo verità

che nomini il mio male
venuto dagli Dei che mi consuma
e mi trafigge dietro il mio errare!
Ahi, balzi famelici che feci,
cammino vergognoso,
odio che forza e doma!
Chi soffre come me, tra gli infelici?
Svelami tu, chiaro,
che dovrò ancora patire,
indicami tu un rimedio,
un farmaco al mio male,
se lo conosci:
parla, dillo alla vergine errabonda.

PROMETEO: Ti dirò chiaro ciò che vuoi sapere,
non per enigmi: con parole semplici,
come è giusto parlare a chi ci è caro.
Sono Prometeo, che donava il fuoco.

IO: Tu soccorresti tutto il seme umano,
forte Prometeo: di che sei punito?

PROMETEO: Da poco tempo taccio il mio compianto.

IO: Allora non vuoi farmi questa grazia?

PROMETEO: Dimmi che chiedi, da me saprai tutto.

IO: Svelami chi ti avvinse sull'abisso.

PROMETEO: Il volere di Zeus, e la mano di Efesto.

IO: In che hai sbagliato? Perché sei punito?

PROMETEO: Ti basti solo quello che ti ho detto.

IO: Dimmi fin dove andrò sempre fuggendo,
e fino a quando, dillo all'infelice.

PROMETEO: Meglio è per te ignorarlo che saperlo.

IO: No, non celarmi quanto soffrirò.

PROMETEO: Non sarò avaro, no, di questa grazia.

IO: Allora, perché aspetti? Fa' che sappia.

PROMETEO: Non è rifiuto, tremo di sconvolgerti.

IO: Non ne patire più: mi farà bene.

PROMETEO: Se lo vuoi, debbo dirlo: ascolta dunque.

CORIFEA: No, non ancora: anch'io voglio gustarne.
Prima sapremo il male che l'afflisse:
lei ci dirà che sorte l'ha distrutta,
e poi da te saprà gli altri dolori.

PROMETEO: Sta a te ora compiacere a loro,
che anche sono sorelle di tuo padre.
Piangere e lamentare i propri mali
se muove pianto in quelli che ci ascoltano,
giova, Io: così giova indugiare.

IO: Non saprei come rifiutarlo a voi.
E ciò che avete voglia di sapere
vi dirò chiaro, se anche mi è vergogna
narrare la bufera più che umana
che mi assalì e distrusse la mia forma.
Visioni mi apparivano la notte
vaganti nella stanza di fanciulla,
voci leggere, possenti parole:
«O beata fra tutte le fanciulle,
perché ti serbi così a lungo vergine?
Nozze grandi la sorte ti prepara:
desiderio di te ha ferito Zeus,
arde d'amore e vuole da te amore.
Non disprezzare il talamo di Zeus:
vai, esci ai prati profondi di Lerna,
ai pascoli, agli stazzi di tuo padre,
perché l'occhio di Zeus si sazi in te».
Infelice, ogni notte questi sogni
mi prendevano. E infine ebbi il coraggio
di svelare a mio padre i miei terrori
notturni. Lanciò a Pito e a Dodona
moltissimi indovini per conoscere
che cosa bisognava fare o dire,
quali cose gradissero gli Dei.
Tornando, riferivano responsi
oscillanti, indecisi, indecifrabili.
Poi una voce limpida pervenne
alle orecchie di Inaco: era un ordine
chiaro: scacciarmi dalla nostra casa,
dalla mia terra, e che vagassi, sciolta,
come animale pronto al sacrificio,
fino ai confini ultimi del mondo.
Se non voleva, il fulmine di Zeus
annientava nel fuoco la sua gente.
Il responso di Apollo lo convinse,
e mi scacciò, mi escluse dalla reggia:
non voleva mio padre né io volevo,
ma la briglia di Zeus lo costringeva,
la sua violenza. E tutto si stravolse,
all'improvviso, l'anima e la forma.
Così ebbi le corna che vedete,
e mi trafisse il pungolo del tafano,
e mi lanciai balzando forsennata
alle acque di Cercnea dolci a bere,

alla fonte di Lerna. Mi scortava
il nato dalla terra, l'ira ferma
di Argo, il guardiano dallo sguardo fitto.
Poi un fatto imprevisto ed improvviso
lo privò della vita. E l'estro mi cacciava
sferza divina, via di terra in terra.
Questo avveniva. E se hai da dirmi
che resta ancora da patire, svelalo:
non avere pietà, non confortarmi
con parole non vere. Le parole
ambigue sono il male che più odio.
CORO: No, no, non più dire. Ahi,
mai avremmo detto, mai,
di udire un giorno
così straniere parole,
e dolori pene angosce
tristi a patire tristi a vedere
penetrarci nel cuore come gelo.
O terribile sorte,
si rabbrividisce alla vicenda di Io.
PROMETEO: Presto piangete, colme di spavento.
Ancora attendi, che tu sappia tutto.
CORIFEA: Parla, svela. È conforto a chi è malato
saperlo chiaro il male che rimane.
PROMETEO: Il primo desiderio fu appagato
per me, e fu semplice, conoscere
da lei, dal suo racconto, le sue prove.
Udite le altre che dovrà patire
questa fanciulla per volere di Era.
E tu, seme di Inaco, ricorda,
sappi la meta della lunga via.
Prima ti volgerai da qui all'aurora
verso terre inarate, e giungerai
presso gli Sciti nomadi, che abitano
case di giunco sopra carri alti,
e hanno frecce che giungono lontano:
non li accostare, segui sempre il suono
del mare lamentoso tra gli scogli:
vai oltre quella terra. Alla sinistra
sono i Calibi, artefici del ferro,
da cui ti guarderai: sono selvaggi,
nemici agli stranieri. E giungerai
a un fiume che porta un nome di violenza,
all'Ibriste, penoso da varcare,

né tu lo varcherai prima di giungere
al Caucaso, l'altissimo tra i monti,
dalla cui vetta sgorga la potenza
del fiume come raffica di vento.
Varcherai cime prossime alle stelle
e scenderai il cammino verso sud
e incontrerai la torma delle Amazzoni
odiatrici degli uomini, che un giorno
abiteranno Temiscira lungo
il Termodonte e dove Salmidesso
s'apre, morso selvaggio, contro il mare,
trista ospite, matrigna per le navi.
Ti apriranno la via, festose. Allora
giungerai allo stretto dei Cimmeri,
alle lagune dalle anguste soglie,
poi con coraggio che strazia le viscere
supererai il fiordo di Meotide,
e durerà per sempre la leggenda
del tuo passaggio. Il Bosforo avrà nome
da te. Alle spalle lascerai l'Europa
ed entrerai nel continente, l'Asia.
Dite, non è il signore degli Dei
sempre violento? Lui, il Dio, per voglia
d'una mortale, la cacciò errabonda.
Amare nozze prometteva Zeus,
fanciulla: perché il racconto che hai udito
sappi, appena è l'inizio delle pene.
IO [*ha il pianto della disperazione*].
PROMETEO: Tu piangi e gridi e gemi: che farai
quando saprai i dolori che rimangono?
CORIFEA: Quali sventure ancora le dirai?
PROMETEO: Un mare tempestoso di dolori.
IO: Che guadagno mi è vivere? Perché
non mi lanciai da questa pietra dura,
a finire d'un balzo tutti i mali?
Meglio morire, e poi più nulla, invece
che patire sempre giorno dopo giorno.
PROMETEO: Male sopporteresti la mia pena,
poiché il destino a me non dà la morte.
La morte, è vero, libera dai mali,
ma per me nessun termine fu detto.
Se non cadrà la signoria di Zeus.
IO: Il potere di Zeus potrà cadere?
PROMETEO: Gioiresti, credo, a questo grande evento.

IO: Certo: non è per Zeus che soffro tanto?
PROMETEO: E dunque puoi saperlo: avverrà questo.
IO: Chi prederà il suo scettro di sovrano?
PROMETEO: Lo prederanno i suoi pensieri vani.
IO: Come avverrà? Se non ti nuoce, svelalo.
PROMETEO: Farà nozze di cui dovrà dolersi.
IO: Divine? o umane? Se è concesso, dimmelo!
PROMETEO: Quali saranno non è dato dirlo.
IO: Ma sarà la sua sposa a rovesciarlo?
PROMETEO: Sì, avrà un figlio più forte del padre.
IO: E non c'è mutamento al suo destino?
PROMETEO: No, se io non venga prima liberato.
IO: Chi ti libererà, se Zeus non vuole?
PROMETEO: Uno che deve nascere da te.
IO: Un figlio mio ti salverà dal male?
PROMETEO: Sarà alla terza dopo dieci generazioni.
IO: Oscura e strana mi è la profezia.
PROMETEO: Non domandarmi allora le tue pene.
IO: Perché mi offri un dono e me lo togli?
PROMETEO: Uno dei due racconti donerò.
IO: Fammi sapere quali, perché scelga.
PROMETEO: Ecco le profezie, scegli: i dolori
che t'attendono; e chi sarà il liberatore.
CORIFEA: Di una fai grazia a lei, dell'altra a noi,
né giudicarci indegne dell'onore.
Svela a lei come ancora andrà raminga,
a noi il tuo salvatore: questo bramo.
PROMETEO: Se è vostro desiderio, non vi nego
la piena profezia, come bramate.
E prima a te il tuo dolente andare,
Io; scrivilo nel libro del ricordo.
Quando andrai oltre le onde che dividono
due continenti, inòltrati all'oriente
verso il cammino fulgido del sole,
varca un mare sonoro e giungerai
alle pianure gorgonèe, a Cistène,
dove sono le Forcidi fanciulle
che hanno forma di cigno, colme d'anni,
e hanno un occhio solo e un solo dente
e che raggio di sole mai non scorse
e mai la luna di nessuna notte.
Laggiù sono le tre sorelle alate,
le Gorgoni nemiche dei mortali
e che hanno chiome dense di serpenti

né chi le vide ebbe più il respiro.
Questo io dico perché tu ti guardi.
E odi un'altra lugubre visione:
guàrdati dai grifoni, la canea
di Zeus dai musi lunghi e senza voce,
e dagli Arimaspi cavalcatori,
che hanno un solo occhio nella faccia,
e dimorano presso la sorgente
del fiume Pluton dove scorre oro.
Non accostarli mai. Raggiungerai
una terra remota ed una gente
scura, che vive presso le sorgenti
del sole, dove è il fiume Etiope.
Rasentane le rive e giungerai
ad una cateratta: là, dai monti
dove nasce il papiro, si riversa
il Nilo santo dalle dolci acque.
Ti guiderà alla terra triangolare
di Nilopide, e qui per fato, Io,
fonderai ai tuoi figli una colonia.
Se qualcosa è per te confuso e oscuro
ripeti le domande, sappi chiaro.
Il tempo è lungo, più che non vorrei.

CORIFEA: Se alla profezia del suo vagare
qualcosa fu taciuto o tralasciato,
parla. Se hai detto tutto, fa' la grazia
che chiedevamo, come ti ricordi.

PROMETEO: Tutto ha udito del suo peregrinare.
E perché sappia che non udiva invano
dirò ciò che soffrì prima di giungere,
darò la prova delle mie parole.
Tralascerò la folla dei racconti,
andrò alla meta della lunga via.
Quando giungesti ai piani di Molossia,
presso l'erta del monte di Dodona,
dove è il seggio profetico di Zeus
di Tesprozia, e le querce che hanno voce,
miracolo incredibile, ma da esse
e senza enigmi, luminosamente,
fosti chiamata la sposa di Zeus
nella gloria (il ricordo ti lusinga?):
da questo luogo, ferita dall'estro,
lungo la via del mare ti lanciasti
al golfo ampio di Rea. E la bufera

ti ricacciò errabonda in corsa apposta:
ma quel golfo di mare avrà il tuo nome,
sappilo bene: sarà detto Ionio,
ricordando ai mortali il tuo cammino.
Questo segno ti dò che la mia mente
vede lontano, oltre ciò che è chiaro.
Dirò il resto insieme a lei e a voi,
ritrovando le orme del racconto.
Vi è una città ai confini della terra,
presso le foci e i cumuli del Nilo,
Canopo: qui Zeus ti ridarà il senno
col tocco d'una mano mansueta.
Genererai allora Epafo scuro,
che avrà nome dal tocco della mano
generatrice, e coglierai i frutti
della terra che il vasto Nilo irriga.
Cinque generazioni passeranno,
e una messe di fanciulle da te sorta
verrà ad Argo ancora contro voglia
fuggendo nozze con il loro sangue,
i cugini sconvolti dall'amore,
gli sparvieri incalzanti le colombe,
predatori di nozze non predabili:
ma negherà un Dio i loro corpi.
Li accoglierà la terra dei Pelasgi
vinti da morte in una veglia atroce:
ognuna d'esse spegnerà il suo uomo,
gl'immergerà nel sangue la sua spada:
Cipride voglia questo a chi mi odia.
Ma una delle fanciulle il desiderio
ammalia, di non uccidere lo sposo
ed il suo cuore spezzerà la lama:
sceglie, preferirà essere detta
donna, debole, ma non vuole uccidere.
Stirpe di re genererà in Argo.
Molto lungo è narrare tutto chiaro:
ma dal tuo seme nascerà un forte,
dalla freccia gloriosa, e sarà lui
il mio liberatore. Questo disse
a me la madre antica profetando,
Temide, della stirpe dei Titani.
Ma come e quando, lungo è il racconto,
e conoscerlo a te non giova, Io.

IO [*con un grido disumano*]: Lo sfacelo la follia

l'arsura dell'estro!
la freccia che trafigge non di ferro!
Il cuore dà calci di terrore
la vista si stravolge
l'ira l'assurdo mi ruba via
la lingua non è più mia
la parola è melma che urta
le onde della mia maledizione. [*Si dilegua.*]

TERZO STASIMO

strofe

CORO: Saggio, saggio, il primo
che ebbe nella mente,
che disse con la parola:
«Meglio è sposare chi ti è vicina;
e chi lavora con le proprie mani
non s'invaghisca di nozze
con chi si rammollisce nel denaro
o fa il pavone per la nobiltà».

antistrofe

Mai vediate nessuna di noi
o Moire, compagne del talamo di Zeus:
mai sia unita con uno dei celesti.
Spaventa la sorte di Io,
vergine non vogliosa di nozze,
per volere di Era
dissolversi errabonda nel dolore.

epodo

Dico: nozze tra uguali, nozze tranquille.
Gli dèi, i grandi signori,
non gettino l'occhio su di noi
se al loro amore non si può sfuggire;
è guerra non guerreggiabile,
via che chiude ogni via,
non si sa che si diviene,
non si vede per dove
si può scampare a un pensiero di Zeus.

ESODO

PROMETEO: Eppure Zeus, anche se è superbo,

sarà meschino. Si prepara nozze
che lo rovescieranno dal suo trono,
l'annienteranno. E la maledizione
che Crono gli lanciava rovinando
dal seggio antico, si farà in tutto vera.
Nessuno degli Dei può rivelargli
come sfuggire a questa sorte: io solo.
Io lo so, io so come. Riposi, allora,
forte del tuono di cui trema il cielo,
lanciando la sua folgore di fuoco.
Perché non basteranno tuono e folgore
quando cadrà per sempre e senza gloria.
Da sé ora si prepara un avversario
molto duro da vincere, un prodigio,
e la sua fiamma sarà più che folgore,
la sua percossa sarà più che tuono,
e sperderà il funebre tridente
del mare, che agita la terra,
lancia di Posidone: a questi mali
urterà Zeus e allora imparerà
se servire è altra cosa che regnare.
CORIFEA: Certo lo speri, e perciò ingiuri Zeus.
PROMETEO: Questo sarà, se anche è grato dirlo.
CORIFEA: Uno verrà, signore sopra Zeus?
PROMETEO: Che avrà pene più gravi anche di questa.
CORIFEA: Ma tu non tremi minacciando questo?
PROMETEO: Per me non c'è la morte: di che tremo?
CORIFEA: Potrebbe darti angoscia anche più amara.
PROMETEO: E lo faccia. Da lui mi attendo tutto.
CORIFEA: Inchinarsi alla Nemesi è sapienza.
PROMETEO: Adora, prega, adula il forte, sempre!
Di Zeus m'importa meno che di nulla.
Si muova, regni questo breve tempo,
come vuole. Il suo regno non è lungo.
[*Vede avvicinarsi Ermete.*]
Ma chi vedo: ecco il portaordini di Zeus,
ecco il valletto del signore nuovo.
Porta un nuovo messaggio, non c'è dubbio.
ERMETE: Tu, il primo dei sapienti, tu, il più amaro
dei cuori amari, il peccatore, il Dio
che divise la gloria degli Dei
con gli uomini che passano, e rubasti
il fuoco, parlo a te: il Padre ordina
si dica di che nozze vai gridando,

da chi sarà abbattuto il suo potere:
e senza enigmi, ma preciso e chiaro.
Prometeo, fa' che non ritorni ancora:
vedi che Zeus così non si ammansisce.
PROMETEO: Parole gravi, dense di pensiero,
le tue: quelle d'un servo degli Dei.
Siete signori nuovi, e vi pensate
di abitare la rocca dell'eterna
serenità: ma da quella rocca
ho sentito cadere due sovrani.
Il terzo lo vedrò crollare presto
e con più obbrobrio. Credi che io tremi,
che m'inginocchi innanzi ai nuovi Dei?
Come poco ci penso. Dunque, sbrigati,
rifà la strada da cui sei venuto.
Niente saprai di ciò che vuoi sapere.
ERMETE: Eppure tali gesti d'arroganza
ti hanno fatto approdare a questi mali.
PROMETEO: Questa sventura non la cambierei
con la tua servitù, sappilo bene.
Meglio essere schiavi a questa pietra
che i messi di fiducia di Zeus Padre:
e rendo questa offesa a chi mi offese.
ERMETE: Si direbbe che godi del tuo stato.
PROMETEO: Godere! Così vorrei che i miei nemici
godessero. Tra questi ci sei tu.
ERMETE: Anche me incolpi della tua sventura?
PROMETEO: Breve dirò: odio tutti gli Dei
cui feci bene e mi hanno reso male.
ERMETE: So che sei pazzo, veramente pazzo.
PROMETEO: Sì, se odiare i nemici è una pazzia.
ERMETE: Ti si sopporta perché sei infelice.
PROMETEO [*ha un lamento di angoscia*].
ERMETE: Zeus non conosce grida di dolore.
PROMETEO: Il tempo invecchia, il tempo insegna tutto.
ERMETE: A te non ha insegnato la saggezza.
PROMETEO: Già, se parlo con te, che sei un servo.
ERMETE: Dunque a Zeus, pare, non rispondi nulla.
PROMETEO: Già, che gli debbo molto, e gli son grato.
ERMETE: Mi beffeggi, mi tratti da ragazzo.
PROMETEO: Lo sei, e sei più stolto d'un ragazzo,
se credi che saprai da me qualcosa:
non esiste tormento né lusinga
che m'induca a svelare il vero a Zeus,

se prima non mi libera dai ceppi
infami. E lanci la sua fiamma fumida,
o con le ali bianche della neve
e con i tuoni sotterranei turbi,
sconvolga tutto sulla terra, mai
io non mi piegherò, io non dirò
chi deve rovesciarlo dal potere.
ERMETE: Guarda bene se è questo che ti giova.
PROMETEO: Ho già pensato tutto, ho già deciso.
ERMETE: O folle, abbi la forza d'esser saggio
dinanzi alla sventura! Abbi la forza!
PROMETEO: Che tenti, è come se esortassi il mare.
Tu non pensarlo mai che un giorno tremi
al volere di Zeus, diventi femmina,
e venga a supplicare il molto odiato,
a tendere le mani rovesciate
col gesto delle donne, che mi liberi
dalle catene: questo non può essere.
ERMETE: Molto parlare, sembra, è un dire vano.
Non ti spetri. Neppure le preghiere
ti commuovono. Sei come il puledro
quando si doma, che mastica il morso,
si ribella, combatte con le redini.
Ma è una bravata che non ha ragione:
l'arroganza, l'arroganza sola
senza un pensiero, vale men che niente.
Ma se le mie parole non convincono,
rifletti alla bufera ed ai marosi
che ti assaliranno, senza fuga il Padre
frantumerà nel tuono e nella folgore
questa roccia irta e ti seppellirà:
ti reggerà la morsa della pietra.
Poi dopo lungo scorrere di tempo
risorgerai e rivedrai la luce,
e il cane di Zeus, il cane con le ali,
l'aquila fulva come il sangue, avida,
straccerà il grande straccio del tuo corpo,
verrà senza richiamo, silenziosa,
a dilaniarti tutto il lungo giorno,
a cibarsi del tuo fegato nero,
e questa pena non avrà mai fine,
se non appaia un Dio che ti succeda
nei tuoi dolori, o tu vorrai discendere
nell'Ade senza luci, nell'abisso

del Tartaro, ove è tenebra. Rifletti,
perché non è una minaccia vana,
così fu detto, e la parola di Zeus
non sa mentire, si fa vera sempre.
Rifletti, medita. E non pensare
che la superbia valga il buon consiglio.
CORO: Ermete parla bene, come è giusto
ora: ti esorta a gettare l'orgoglio
e seguire la via del buon consiglio.
Convinciti. Se un saggio erra è triste.
PROMETEO: Sapevo l'annuncio che mi ha gridato,
ma patire odio da chi odia non è infamia.
Dunque lanci la freccia di fuoco a doppio taglio,
il cielo si squarci nel tuono e si dissolva
nel vento selvaggio, la raffica
scuota il ceppo della terra dalle radici,
l'onda del mare con fragore brutale
ingombri le vie degli astri,
lanci di peso il mio corpo nelle tenebre del Tartaro,
nella ferrea vertigine della Necessità.
Ma per me non ha la morte.
ERMETE: Ecco davvero i pensieri e la parola della demenza.
Il suo grido non fallisce il segno della demenza.
La sua follia non cede.
Ma voi, che soffrite con le sue sventure,
subito fuggite via da questo luogo,
che non vi sperda la mente
il muggito brutale del tuono.
CORO: A questa voce, a questo consiglio
siamo sorde.
Questa parola che ci getti avanti
non si sopporta.
Perché ci inviti a essere vili?
Insieme a lui si deve patire tutto.
Imparammo a odiare chi tradisce,
tra tutti i mali del mondo
è quello che si disprezza.
ERMETE: Allora ricordate ciò che vi predìco.
Quando la maledizione vi avrà prese
non accusate la sorte,
non dite che fu Zeus
a gettarvi in un male impreveduto.
No, ma voi, con le vostre mani.
Voi sapevate.

Non improvvisa, furtiva
vi raccoglie stolide
Ate, come una rete sterminata. [*Esce.*]

PROMETEO: Non è più parola. La terra trema.
È l'urlo cupo sordo del tuono,
il bagliore del lampo, il vortice del fuoco,
turbina polvere, i venti si lanciano
violenti, in lotta aperta,
cielo mare sconvolti.
È la mano di Zeus su me,
visibile, viene: io tremo.
Guardate, tu santità di mia madre,
tu cielo che volgi la luce del mondo:
quello che soffro è contro la giustizia.

Agamennone

Tragedia
Traduzione di Manara Valgimigli

L'unica trilogia di Eschilo giuntaci interamente è cosiddetta Orestea, *o* Orestiade, *composta da* Agamennone, Coefore *e* Eumenidi, *con la quale Eschilo vinse gli agoni tragici del 458, nel secondo anno della ottantesima Olimpiade, sotto l'arcontato di Filocle.*

*Nell'*Agamennone *si narra il ritorno del re ad Argo, dopo la guerra di Troia, e la sua morte per mano della sposa Clitemestra. L'uccisione era già stata presagita dalla schiava del re, Cassandra.*

Partendo per Troia Agamennone aveva promesso a Clitemestra di farle segnali con il fuoco nel caso avesse conquistato la città. Clitemestra aveva pertanto posto un uomo di guardia. Nel prologo la vedetta, dall'alto della reggia di Agamennone scorge una serie di segnali luminosi che portano rapidamente ad Argo la notizia della caduta di Troia.

Intanto il coro, ancora ignaro dell'esito della spedizione, si mostra preoccupato, ma Clitemestra non tarda ad informarlo e i seniori argivi intonano un canto di trionfo.

Non molto tempo dopo sopraggiunge il messo Taltibio che conferma l'accaduto e narra il viaggio di ritorno; annuncia inoltre l'arrivo imminente di Agamennone. Il re giunge infatti di lì a poco, portando con sé il bottino di guerra e la schiava Cassandra.

Clitemestra finge di accoglierlo a braccia aperte, ma già Cassandra, prima di entrare nella reggia, vaticina la propria morte e quella di Agamennone, nonché il matricidio di Oreste.

Il coro sembra intanto turbato da tristi presagi e ricorda il sacrificio di Ifigenia compiuto dal padre, Agamennone, all'inizio della guerra. Clitemestra entra dunque nel palazzo e compie la sua vendetta. Rivendicherà poi insieme ad Egisto il delitto: lei per il sacrificio di Ifigenia, Egisto per vendicarsi delle sciagure che Atreo aveva inflitto al padre Tieste.

Il coro rimprovera duramente Egisto e Clitemestra seda la lite.

L'idea intorno alla quale è costruito l'intero dramma è dunque la follia dell'uomo, Agamennone, che giunge ad uccidere per ambizione e sete di gloria, sacrificando la figlia Ifigenia, e viene per questo punito dalla giustizia divina. In tal senso Clitemestra è soprattutto lo strumento del fato che deve compiersi, prima ancora di essere una moglie e una madre sfinita dal dolore per la figlia uccisa. La sua indifferenza, la sua fredda impassibilità di fronte al delitto compiuto non fanno che confermare questa tesi. L'uxoricidio di

Clitemestra non fa che alimentare la maledizione che grava sulla stirpe degli Atridi: tradendo e uccidendo il marito ha rinnegato nel modo più abbietto i suoi doveri sacri di moglie e le conseguenze della sua terribile colpa costituiranno la trama della seconda tragedia della trilogia, Le Coefore.

Con questa tragedia e le due seguenti l'arte di Eschilo raggiunge il suo acme per la potenza creativa e profondità etica. La connessione tra i tre drammi è in questo senso strettissima. Tuttavia i presupposti tragici sono già interamente contenuti nel primo: nelle terribili colpe del re e soprattutto nel fatidico delirio di Cassandra che profetizza i mali che colpiranno la casa degli Atridi a causa della prima colpa di Atreo. L'intensità del pathos viene accresciuta dal fatto che Eschilo fa morire Agamennone sulla scena, nel proprio bagno. È questo un motivo originale del poeta.

Personaggi

Scolta
Coro di vecchi Argivi
Clitemestra
Araldo
Agamennone
Cassandra
Egisto

PROLOGO

La reggia degli Atridi, con nel mezzo la grande porta d'onore, da un lato la porta del gineceo, dall'altro quella delle stanze per gli ospiti, dove è il bagno. In alto, sul tetto, accovacciata, ma col capo sollevato a guardare verso oriente, la Scolta. Non è ancora l'alba.

SCOLTA: Agli dèi chiedo la liberazione da questa fatica; la fine chiedo di questa vigilia che da un anno dura. Qui, sul tetto degli Atridi, accovacciato per terra e con la testa sollevata fra i gomiti a guisa di cane, ho imparato a conoscere le adunate notturne degli astri che brillano padroni luminosi del cielo, e quelli che portano l'inverno e quelli che portano l'estate, e quando nascono e quando tramontano. E anche ora aspetto il segnale della fiaccola, il raggio del fuoco che rechi la notizia, che gridi la presa della città. Così vuole di una donna il maschio cuore impaziente. E quando, la notte, su questo giaciglio battuto dal vento, bagnato dalla rugiada, non visitato da sogni – perché la paura mi sta dappresso e non il sonno, la paura che m'impedisce di chiudere al sonno le ciglia – quando mi provo a cantare un canto o a mormorare una nenia sommessa, allora io gemo e piango la sorte di questa casa che non più come prima buoni reggitori governano. Bene venga alla fine la liberazione da questa fatica, risplenda una volta fra le tenebre la buona novella del fuoco. [*Pausa. Appare una fiamma sul monte Aracneo. La Scolta si leva in piedi. Guarda con segni di giubilo.*] Finalmente! Ti saluto, lampada della notte, che nella notte fai splendere luce diurna, e danze numerose susciti in Argo a ringraziare gli dèi di questa ventura. Evviva, evviva! Alla donna di Agamennone con chiara voce voglio darne l'annuncio. Si levi ella subito dal letto, e per la reggia innalzi il grido, levi il canto di giubilo a questo fuoco. La città di Ilio è caduta. Visibilmente il rogo lo annunzia. Voglio danzare io stesso il proemio dell'inno. Buon gioco ebbe la sorte del mio signore, e bene anch'io ne avrò: tre volte sei mi hanno gettato i dadi in questa guardia del fuoco. Possa io dunque, al suo ritorno, prendere e baciare la mano del mio signore. Sul resto silenzio. Un grosso bove ho sopra la lingua. Se avesse voce, la casa stessa parlerebbe chiare parole. E io, a chi sa, volentieri parlo; con chi non sa, neanche io so. [*Per una scala interna, rientra in casa.*]

PARODO

Dalla parodo di destra entrano nell'orchestra quindi vecchi Argivi.

CORIFEO: Il decimo anno è questo da quando il grande avversario di Priamo, Menelao re e con lui Agamennone, duplice trono e duplice scettro avuti in onore da Zeus, saldo giogo di Atridi, da questa terra uno stuolo di mille navi argive levarono, esercito vendicatore. E dal cuore gonfio di collera gridarono il grande grido di guerra. Simili erano ad avvoltoi che dolenti dei figli strappati loro dal nido, in alto sul nido volteggiano e con gli alati remi battono l'aria e lamentano la fatica di avere inutilmente scaldato nel covo gl'implumi. Ma ode dall'alto un dio, o Apollo o Pan o Zeus. Ode degli avvoltoi l'acuta querela, e a vendetta di questi metèci dell'aria, anche se punitrice tarda, spedisce contro i predatori la Erinni. Così contro Alessandro i due figli di Atreo spedisce Zeus, il potente iddio protettore degli ospiti. E intorno alla donna adultera suscita una dopo l'altra battaglie: e si vedranno guerrieri che piegano le membra, e ginocchia puntate nella polvere, e lance spezzate, di Troiani e di Danai insieme. Dovunque sia ora il destino, per tutti è segnato e già volge a suo compimento. Sacrifici empi non ardono, né sotto aggiungendo esca né sopra versando unguenti: nessuno potrà placarne le inflessibili collere. E noi che con questa vecchia carne non potemmo pagare il debito di guerra e indietro fummo lasciati, qui siamo rimasti a reggere sui bastoni il nostro vigore infermo. Simile a linfa che in membra di infanti appena cominci a salire, tale è quella dei vecchi, e Ares non ha quivi dimora. Che cosa è un vecchio quando le fronde già sono inaridite? Se ne va per la via su tre piedi, è meno saldo di un bimbo, e vagola simile a fantasma di un sogno diurno. [*I Coreuti non vedono ancora la regina, che in scena entrerà solo alla fine del Coro; ma hanno visto i suoi servi, e già fumano altari anche davanti al palazzo.*] E tu, figlia di Tindàro, regina Clitemestra, che cerchi, che c'è di nuovo, che sai, quale notizia hai avuta, che mandi tutt'attorno sacrifici votivi agli dèi? Degli dèi che proteggono la città, superi e inferi, degli dèi delle case e delle piazze, di tutti sopra gli altari bruciano le offerte. Da tutte le parti si levano fiamme, fino al cielo si allungano, ravvivate da schiette, da molli blandizie di purissimi unguenti, nutrite da libami che vengono dalle stanze regali. Deh, parla, di' ciò che puoi dire, ciò ch'è lecito a noi sapere. Medica tu questa nostra ansia. Ancora presentimento di male? Splenda dai sacrifici una dolce speranza che tenga lontano il dolore, insaziato dolore che il nostro cuore divora!

strofe

CORO: Io posso celebrare la marcia vittoriosa, la marcia bene auspicata di guerrieri eroici; perché dagli dèi ancora mi scende nel cuore persuasione di canti e conforto di canti mi spira l'età. E dirò la potenza del duplice trono acheo; e come i due duci, concordi al comando della giovinezza di Grecia, con mano e lancia vendicatrici, mossero contro la terra dei Teucri, sospinti da un alato impetuoso prodigio. Apparve il re degli uccelli ai re delle navi. Due aquile erano, la nera e la bianca. Apparvero presso la reggia, dalla parte del braccio che vibra la lancia. Spiccavano in alto nelle lor sedi aeree, e divoravano una lepre femmina, gonfia del suo peso di figli, ghermita nell'ultima corsa. Intona lugubre canto, lugubre canto intona; ma il bene trionfi.

antistrofe

Vide il sapiente indovino dell'esercito; e conobbe che la coppia dei due guerrieri Atridi erano essi i divoratori della lepre, i capi della spedizione. E così disse interpretando il prodigio: «Giorno verrà che la città di Priamo sarà distrutta da quest'armata pronta a partire; e quante ricchezze le genti di Troia avevano accumulate dentro la loro corona di torri, violentemente la Moira saccheggerà. Purché la collera di un dio non fulmini prima e non copra di tenebra il grande esercito che intorno a Troia accampato la serra come una morsa. Pietosa è della lepre la sacra Artemide e irata agli alati cani di Zeus che la misera madre tremebonda prima del parto sacrificarono con gli stessi suoi figli. Odia la dea il convito delle aquile». Intona lugubre canto, lugubre canto intona; ma il bene trionfi.

epodo

«Benigna tu sei, o bella Artemide, ai teneri cuccioli di feroci leoni e ai piccoli ancora lattanti di tutte le fiere agresti; ma in bene si compia, ti prego, questo presagio, che favorevole apparve, se anche per te esecrando. E te invoco, soccorritore Peana: non voglia la dea con venti contrari e lunghe dimore tener ferme alla riva le navi dei Danai; né voglia apprestare un altro sacrificio, contrario a natura questo, contrario a imbandigione di carni, artefice di liti domestiche, che fa nemica una sposa al suo sposo. Terribile furia resterà nella casa, ricordevole e subdola, e pronta a risorgere per vendetta dei figli». Tali funeste vicende, sebbene congiunte a prosperi eventi, dal volo degli uccelli preannunciò Calcante alla casa del re. E tu con questi presagi accorda lugubre canto, lugubre canto intona; ma il bene trionfi.

strofe

Zeu, quale mai sia il tuo nome, se con questo ti piace esser chiamato, con questo t'invoco. Né certo ad altri posso pensare, nessun altro all'infuori di te riconoscere, se veramente questo peso vano dall'anima voglio scacciare.

antistrofe

Tale fu grande un giorno e fiorente di ogni audacia guerriera, e di costui nemmen più si dirà che esistette; poi venne un secondo, e anche questo scomparve trovato un terzo più forte. Chi con cuore devoto canta epinici a Zeus, questo soltanto avrà colto suprema saggezza.

strofe

Le vie della saggezza Zeus aprì ai mortali, facendo valere la legge che sapere è soffrire. Geme anche nel sonno, dinanzi al memore cuore, rimorso di colpe, e così agli uomini anche loro malgrado giunge saggezza; e questo è beneficio dei numi che saldamente seggono al sacro timone del mondo.

antistrofe

Neanche allora il duce anziano delle navi achee biasimò l'indovino Calcante, e secondò egli stesso la sorte che lo colpiva. Con le vele chiuse, con le provvigioni che si vuotavano, sempre più gli Achei perdevano vigore, fermi di fronte a Calcide, sul lido di Aulide rumoreggiante di flutti.

strofe

E i venti che venivano dallo Strimone, i venti dell'ozio funesto, i venti della fame, i venti nemici all'approdo, dispersione di uomini errabondi, distruzione di navi e di ormeggi, prolungando senza fine l'attesa, corrodevano il fiore degli Achei. E quando l'indovino, denunciata l'ira di Artemide, nuovo rimedio propose ai duci anche più amaro dell'amara tempesta, percossero gli Atridi con lo scettro la terra e non frenarono il pianto.

antistrofe

E il maggiore dei re così parlò: «Mala sorte è la mia se obbedienza rifiuto, mala sorte se la figlia sacrifico, splendore della mia casa, e qui, presso l'altare, nei fiotti di sangue della vergine sgozzata, contamino le mie mani paterne. Quale delle due sorti è peggiore? Come posso disertare le navi e tradire l'alleanza? E dunque plachi il sacrificio i venti e sgorghi il sangue della vergine! Questo, con ira e furore, mi è forza desiderare. E così sia».

strofe

E immerse il collo nel collare della necessità. E spirando dal mutato cuore sacrilegio, empietà, profanazione, ecco, fu pronto a tutto osare. Poiché i mortali incoraggia con suoi turpi consigli miserabile insania, fontana di calamità. Così sofferse il padre di farsi sacrificatore della figlia, aiuto alla guerra punitrice del ratto di una femmina, lustrazione alle navi per il loro salpare.

antistrofe

Non valsero preghiere della figlia, né che il padre chiamasse ella per nome, né la vergine età, a piegare i duci bramosi di guerra. E ai servi del sacrificio, dopo i voti agli dèi, dette suoi ordini il padre. Prona ella era, col volto a terra, caduta sulle sue vesti. Lei prendessero come capra selvatica; lei, con risoluto cuore, sollevassero sopra l'altare; e la sua bocca, la bella prora del suo bel volto, perché non gridasse maledizione alla casa, volle ancorata e chiusa

strofe

con la violenza di muti bavagli. Le scivolarono ai piedi le vesti del colore del croco; e dagli occhi pietosi con dardi di pietà feriva ora l'uno ora l'altro i suoi sacrificatori. E pareva un'immagine dipinta, e voleva parlare, ella che tante volte nelle stanze del padre, ai conviti, aveva fatto udire il suo canto, e tante volte, con quella sua voce pura di intatta vergine, amorosamente, in onore del padre amato, intonato aveva il peana del buono augurio alla terza libagione.

antistrofe

Quello che poi seguì io non vidi, né posso dire. Ma non è mai vana la profetica arte di Calcante. Solo a chi ha sofferto, bilancia di giustizia concede sapienza. Il futuro, dopo accaduto lo puoi conoscere. Prima, segua il suo corso. È come voler piangere anzitempo. Chiaro sarà coi raggi del giorno che nasce. E dunque almeno in questo sia buona oggi fortuna; in questo che chiede e vuole colei che qui presso è la sola custode, la sola difesa della terra di Api.

PRIMO EPISODIO

Ormai è giorno. Dalla porta del gineceo, seguita dalle ancelle, viene avanti la regina Clitemestra.

CORIFEO: Qui siamo venuti per fare onoranza al tuo potere, o Clitemestra. È giusto onorare la sposa del re quando del re suo sposo il trono è deserto. Hai tu avuto buone novelle che fai sacrifici, o solamente ti affidi a buone speranze? Volentieri udirei; ma non mi adonto se taci.

CLITEMESTRA: Messaggera lieta, dice il proverbio, è l'aurora che nasce da lieta notte. Gioia udirai anche maggiore della speranza. Della città di Priamo sono padroni gli Argivi.

CORIFEO: Come dici? Non capisco: tanto è, questo che dici, incredibile.

CLITEMESTRA: Troia è degli Achei. Capisci ora?
CORIFEO: Pianto di gioia m'inonda il cuore.
CLITEMESTRA: Vedo: scoprono i tuoi occhi il tuo cuore fedele.
CORIFEO: Ma sei certa? Hai prove sicure?
CLITEMESTRA: Sicure: se non m'inganna un dio.
CORIFEO: Forse ti illudono fantasmi di sogno?
CLITEMESTRA: Non sono donna da credere a parvenze di mente assonnata.
CORIFEO: O forse ti esaltano voci che volano e cadono?
CLITEMESTRA: Come fossi una bimba tu mi schernisci.
CORO: E quando, dimmi, la città fu presa?
CLITEMESTRA: Ripeto: la stessa notte che generò quest'aurora.
CORIFEO: E quale nunzio poté giungere così veloce da Ilio fin qui?
CLITEMESTRA: Efesto fu che dall'Ida mandò il primo segnale luminoso. E una fiamma accendeva altra fiamma, di là fino qui, come in una corsa di messaggi di fuoco. Trasmise l'Ida l'annunzio fin sulla nuda vetta del monte Ermeo in Lemno. Poi dall'isola di Lemno la grande fiaccola l'accolse la cima del monte Atos che è sacra a Zeus; e fu il terzo messaggio. E poi, con un balzo, valicato il dorso del mare, torcia di pini, orofulgente come sole, allegro impeto di viaggiante fuoco, il quarto messaggio di luce giunge alle vedette del monte Macisto. Né indugia il Macisto, non si lascia vincere da storditezza o da sonno, non trascura il suo turno di messaggero, e la vampa del rogo, lungi scorrendo sui flutti dell'Euripo, reca il segnale ai guardiani del Messapio. Questi a loro volta rispondono fuoco con fuoco e spingono ancora più oltre l'annunzio accendendo un cumulo di erica secca. Acquista forza la fiamma, non perde splendore, varca di un lancio la valle del fiume Asopo, e sembra un chiarore di luna; e giunta sull'alto del Citerone, quivi suscita un'altra vicenda, un altro messaggio di fuoco: perché pronta la guardia accoglie quel folgoreggiare lontano e accende un incendio che tocca le stelle. Irrompe questo di là dalla palude Gorgopide e giunge sul monte Egiplancto. E anche qui incita le scolte perché all'appello del fuoco subito risponda un'altra risposta di fuoco. Accendono esse smisurato rogo e sollevano così alte lingue di fiamma che il loro fiammeggiare oltrepassa la rupe che è sopra lo stretto Saronico. E ancora il fuoco si precipita avanti e raggiunge il giogo Aracneo dove è la vedetta più prossima alla città. E finalmente la luce è qui, raggia sul tetto degli Atridi, luce che è l'ultima figlia generata dal fuoco dell'Ida. Questa fu la vicenda dei miei lampadofori in corsa, che l'uno tolse dall'altro il segnale, e nella corsa vincono insieme l'ultimo e il primo. Questa è la prova ch'io dico, questo il concordato segnale, questo è l'annunzio che da Troia il mio sposo trasmise fino a me.

CORIFEO: Subito voglio, o regina, ringraziare gli dèi. Ma tu parla, ti prego, ancora. Ancora e più lungamente vorrei ascoltare da te e della notizia stupire.

CLITEMESTRA: Da oggi gli Achei sono padroni di Troia. Io sento le urla discordi che si levano dalla città. Olio e aceto versati nel medesimo vaso non stanno insieme, ma contrastano nemici. Così vincitori e vinti; e odi voci distinte e diverse, nella diversa fortuna. E vedi mogli e sorelle che giù per terra si stringono ai cadaveri dei mariti e dei fratelli, e vecchi genitori chini sui figli, e tutti, piegato il collo sotto giogo servile, lamentano dei loro cari la morte. E vedi i vincitori. La fatica della battaglia notturna li sospinge errabondi, affamati, in cerca di quel pasto mattutino che la città può fornire. E qua e là in disordine, come ognuno è tratto dal caso, prendono stanza nelle case dei vinti, e più non temono ora sotto l'aperto cielo né rugiade né geli. Felici sono, e senza più bisogno di scolte, potranno dormire tutta la notte. E se avranno rispetto degli dèi della città occupata, e dei sacri delubri della terra conquistata, non più, da vincitori che sono, saranno vinti. Non cada sui nostri soldati, prima di partire, bramosia di prede sacrileghe, non si lascino vincere da cupidigia. Bisogna che ora verso le proprie case felicemente compiano il ritorno, percorrendo il cammino contrario della duplice pista. Che se anche riguardo agli dèi l'esercito ritorni innocente da colpe, può bene svegliarsi d'un tratto il male sofferto dai morti: non sempre la vendetta colpisce immediata. Donna io sono, e pensieri di donna tu ascolti da me. Ma il bene trionfi e agli occhi di tutti il trionfo sia chiaro. Delle molte fortune questa su tutte io mi voglio godere.

CORIFEO: Donna, come uomo di senno tu parli, e dici cose assennate. A te e alle prove da te udite mi affido e ringrazio gli dèi: che ci hanno concesso una grazia non inferiore alle pene sofferte.
[*Clitemestra esce di scena.*]

PRIMO STASIMO

CORIFEO: O Zeu re, o Notte amica che così grande splendore di gloria ci hai conquistato! Sulle torri di Troia gettasti una fittissima rete; né giovinetto né uomo potranno sfuggire al grande laccio di schiavitù, sventura e rovina che tutto prende. Il grande Zeus ospitale io venero. Zeus fu che Ilio distrusse. Contro Alessandro da tempo tendeva l'arco; ma non volle che prima del tempo né di là dalle stelle il dardo cadesse invano.

strofe

CORO: Di Zeus è il colpo; possono ben riconoscere questo i Troiani; è facile seguirne la traccia. Ebbero essi la sorte che il dio stabilì. Contro i mortali che calpestano santità di diritti dice taluno che sono inerti gli dèi. Empio è chi dice così. Maledizione è figlia di audacie non lecite, là dove spiri potenza oltre il giusto e là dove opulenza trabocchi dalle case. Bene supremo è misura. Innocente sia la fortuna e basti a chi è savio. E a chi tracotante scalcia contro la grande ara di Giustizia, nessun riparo offrono le ricchezze né scampo da morte.

antistrofe

Gli fa violenza e seco lo trae ai suoi mali consigli una persuasione funesta che è figlia di Ate; e ogni rimedio è vano. Non resta celata la colpa, che anzi risplende di paurosa luce agli occhi di tutti. È come moneta falsa il colpevole, che, sfregata per prova e battuta, appare qual è, un pezzo di nero ferro; è come fanciullo che insegue un uccello che vola; e giustizia lo giunge quando intollerabili danni reca alla sua città. Le sue preghiere nessun dio le ascolta; e lui che violando Giustizia di questi mali è cagione, Giustizia lo abbatte. Così Paride: che entrò nella casa di Menelao e ne rapì la donna e oltraggiò la mensa ospitale.

strofe

E la donna, partendo, suono di scudi e fremito di lance e tumulto di navi in arme levò tra le sue genti; e a Ilio recava per sua dote nuziale la morte. Audace, veloce, leggera, varcò ella le porte della città. E fra gemiti e pianti così parlarono allora i profeti della casa regale: «Ahi, triste casa, ahi, signore della casa! ahi, talamo, e tu donna fuggita su orme di adultere strade! Silenzioso, umiliato, dolente, senza parole di sdegno, sta Menelao in disparte. Nel suo desiderio di amore, gli sembra ancora di scorgere, in fantasma, regina della casa, la donna oltremarina. Statue belle di lei non hanno più grazia; dagli occhi vuoti l'amore è fuggito.

antistrofe

E anche immagini di sogno e parvenze di gioia gli recano soltanto vanità e dolore. Ché in vano, se in sogno taluno crede vedere una cara sembianza, subito gli sfugge dalle braccia e già la visione è lontana sulle ali che seguono il cammino del sonno». Tale mestizia è nella casa, sul focolare della casa del re. Ma c'è una mestizia ancora più grande, di tutte le case, per tutti coloro che partirono in guerra dalla terra di Grecia, un dolore di cuori pazienti, che punge e ferisce il cuore di ognuno. Nella partenza li accompagnarono i familiari, ne ricordano il volto, e ora alle case, invece di uomini vivi, ritornano ceneri e urne.

strofe

È Ares che i vivi scambia coi morti, che nella battaglia regge la bilancia, che da Ilio rimanda ai famigliari, tolta dal rogo, una polvere greve di amari compianti, che di una cenere di uomini riempie i lebèti, peso leggero. Loda ciascuno i suoi morti, e quello che di guerra era esperto, e quello che in guerra cadde da prode; ma anche lamenta che per donna altrui tutti morirono. Così mormorano in silenzio e un iroso dolore serpeggia contro gli Atridi giustizieri di una loro propria vendetta. Altri là stesso, sotto le mura di Ilio, coi loro corpi intatti ebbero sepoltura; e la terra nemica ricopre i suoi vincitori.

antistrofe

Gravi sono le voci dei cittadini se le muove rancura; e alle maledizioni dei cittadini paga chi deve suo debito. C'è nella mia angoscia l'attesa di non so che tenebroso. Su chi fu causa di tante uccisioni hanno aperto lo sguardo gli dèi. E chi godé buona fortuna offendendo giustizia, o prima o poi, nella vicenda mutevole degli anni, le nere Erinni lo estinguono; e fra gli estinti non c'è forza che valga. Grave cosa aver gloria oltre misura. Cade su gli alti vertici il fulmine di Zeus. Felicità non invidiata io lodo. Non mai io sia distruttore di città; né mai io stesso, prigioniero di guerra, mi veda soggetto ad altrui.

epodo

La lieta novella del fuoco trascorre veloce per la città. Chi può sapere se vera o se inganno di dèi? Chi è così fanciullo, o così sconvolto di mente, che si lasci infiammare da strani messaggi di fuoco, e subito dopo si abbatta deluso da mutate notizie? A donna impulsiva si addice lodare fortuna prima che il vero apparisca. Credula troppo è la donna nei suoi desideri e rapidamente pascola illusioni; ma anche rapidamente voci e vanti di donna periscono.

SECONDO EPISODIO

CORIFEO [*guarda verso sinistra e vede che viene avanti, correndo, l'Araldo*]: Queste fiaccole luminose, questi roghi, queste successioni di fuochi, ben presto sapremo se dicevano il vero, o se invece fu sogno ingannevole questa gioia di luce che giunse fin qui. Vedo venire dalla parte del mare un araldo che ha la fronte ombrata da rami di olivo, e coperto di polvere. Anche questa, la sitibonda polvere, la sorella gemella del fango, mi dà sicurezza. Non più dunque un messaggero muto, non più un araldo che bruci cataste di legna sui monti e solo con fumo e fiamme mi faccia segnali; ma parlerà costui, mi dirà con parole se io devo rallegrarmi o se... Oh, no! Io non voglio udire parola contraria! Lieta conferma egli aggiunga ai lieti segnali già apparsi. E chi diverso voto faccia alla nostra città, possa del suo malaugurio cogliere il frutto.

ARALDO [*entra, si china a baciare la terra, si rialza*]: O terra dei miei padri, o mia terra di Argo, nella luce di questo decimo anno io ritorno a te. Delle tante speranze svanite appena questa ho toccato. Non più speravo che morto – ed era la mia più cara speranza – in questa terra di Argo avrei avuto sepoltura. E ora ti saluto, o terra, e te saluto, luce del sole, e te, Zeus, di questa terra iddio supremo, e te signore di Pito che più non scagli dall'arco saette contro di noi. Troppo ci fosti, in riva allo Scamandro, nemico. E ora, ancora una volta salvaci, Apollo re; allontana da noi il male. E tutti invoco e prego gli dèi della città; ed Ermes, il protettore mio, il divino araldo dagli araldi amato e venerato; e voi, eroi indigeti, che nell'andare ci accompagnaste, anche al ritorno accogliete benigni il superstite esercito, ciò che di noi è campato dalle lance di guerra. E tu reggia del mio re, casa diletta, e voi seggi venerandi, e voi immagini di dèi illuminate dal sole oriente, accogliete oggi, come non mai nel passato, con volto radioso e con onore, il sovrano che ritorna dopo sì lungo tempo. Ritorna il re Agamennone, e luce reca con sé nella notte, a voi e a tutti questi insieme. E dunque accoglietelo in festa, ché questo egli merita. Troia scalzò dal fondo con la vanga di Zeus giustiziere; con questa vanga il suolo di Troia volse e sconvolse. E distrutti sono gli altari, distrutti i templi degli dèi, perita è di tutta quella terra ogni semenza. Tale giogo gettò sul collo di Troia il maggiore degli Atridi, il re che col favore dei numi oggi ritorna, il più degno, fra quanti mortali oggi vivono, di ricevere onore. Paride, e la sua città insieme, non può vantare ciò che fece maggiore di ciò che patì. Scontò la duplice colpa di ratto e di furto; si vide sfuggire la preda; e ne mieté questa messe, sterminio della casa paterna e della stessa sua patria. Duplice colpa e duplice pena pagarono le genti di Priamo.

CORIFEO: Che tu sia felice, araldo dell'esercito acheo.

ARALDO: Felice sono: né più m'importa ora, se così piacesse agli dèi, di morire.

CORIFEO: Molto ti travagliò l'amore di questa nostra terra?

ARALDO: Tu vedi come per la gioia ho gonfi gli occhi di pianto.

CORIFEO: Conoscevate dunque la dolcezza di questo male?

ARALDO: Come dici? Non capisco.

CORIFEO: Dico se affliggeva anche voi di noi lo stesso desiderio che noi di voi.

ARALDO: Piangeva questa terra i suoi figli soldati che laggiù la piangevano?

CORIFEO: Dal nostro buio e muto cuore salivano molti lamenti.

ARALDO: E quale tristezza, quale amarezza era in voi?

CORIFEO: Da tempo medicina al dolore non ho che il silenzio.

ARALDO: Temevi forse, assente il re, di qualche altro?

CORIFEO: Come or ora dicevi, anche morire sarebbe per me somma grazia.

ARALDO: Sì, perché tutto è andato bene. Ma nel lungo trascorrere degli anni, a lieti eventi succedono non lieti. Solo gli dèi sono in tutto eternamente felici. Che cosa dirò degli stenti, dei bivacchi all'aperto, dei duri giacigli nelle strette corsie delle navi? Imprecazioni e lamenti ogni ora del giorno. E a terra tanto più e peggio. Si doveva dormire sotto le mura del nemico, e dal cielo la pioggia e per terra la guazza dei prati ci inzuppavano continuamente le vesti, e avevamo i capelli irsuti come selvaggi. E poi c'era l'inverno che fa cadere morti gli uccelli, e le nevi dell'Ida lo rendevano anche più intollerabile; e c'era l'estate quando il mare senza onde, senza fiato di venti, si stende assonnato nei suoi giacigli meridiani... Ma perché seguitare questi lagni? Ormai tutto è passato, ogni male è finito, nemmeno i morti pensano più a risorgere. Perché fare il conto dei morti, e noi vivi affliggerci ancora della sorte nemica? Ciò ch'è stato è stato. Per noi superstiti dell'esercito argivo, posti sulla bilancia vantaggi e danni, il vantaggio ha vinto. E dunque, in questa luce del sole, glorioso inno sorvoli sopra la terra e sul mare: «Troia finalmente è caduta; e l'esercito argivo nei templi degli dèi di Grecia queste spoglie di guerra ha inchiodato che sono e saranno nei secoli il suo più splendente trofeo». Chi ha udito e udrà questa voce, deve celebrare la città e i suoi capi; e deve riconoscere la grazia di Zeus che l'impresa portò a compimento. Tutto ora sapete.

CORIFEO: Mi arrendo, vinto, alle tue parole. Sempre vivo è nei vecchi desiderio di certezza. Ma più specialmente a Clitemestra e alla casa queste notizie dovranno piacere; anche io ne gioisco.

CLITEMESTRA [*rientra in scena dalla porta del gineceo*]: Già prima io levai il mio grido di giubilo quando balzò nella notte il primo messaggio di fuoco annunziando la presa e la rovina di Ilio. Mi scherniva taluno e diceva: «Da legna che brucia ti lasci illudere, e credi Troia espugnata. Solo un cuore di donna si può esaltare a tal segno». E ai loro discorsi pareva che svagata di mente io fossi. E tuttavia facevo sacrifici; e altri e altri, per tutta la città, dietro l'esempio di me donna, acclamavano liete grida, dicevano parole di augurio, e nei templi degli dèi, con vittime e con incensi odorosi, placavano le fiamme divoratrici. E ora che giova tu mi dica di più? Tutto saprò da lui stesso, dal re. Ora non ho altra premura che accogliere nel modo migliore lo sposo mio che ritorna. Venerato sposo! Quale giorno a una donna può splendere più dolce di questo? E le porte di casa spalancare al marito che incolume gli dèi mi resero dalla spedizione di guerra. Questo intanto al mio sposo tu riferisci:

«Ritorni al più presto nella città che lo ama. Nella casa ritroverà la sua sposa fedele quale la lasciò: cagna di guardia a lui amica, ai nemici nemica, sempre la stessa. Nessun sigillo in quel lungo tempo violò. Piaceri di altro uomo non conobbi più ch'io non conosca tempera di spada; né calunnia mi accusa». Orgoglioso è il vanto, ma vero; e donna onesta il vero non si vergogna a proclamarlo. [*Rientra nella reggia.*]

CORIFEO: Parole ben chiare ella disse, e spiccate: e tu, che chiaramente dovrai riferirne, hai capito. Ma dimmi ora di Menelao, se è salvo e se con voi ritorna l'amato signore di questa terra.

ARALDO: Ahimè, belle menzogne non danno frutto di durevole gioia agli amici.

CORIFEO: Oh, potessi tu darci buone notizie e vere. Ma buono e vero disgiunti facilmente si scoprono.

ARALDO: Dalla flotta achea lui e la sua nave scomparvero. Questa è la verità.

CORIFEO: Ma da Ilio lo vedeste partire? O insieme vi raggiunse procella che lui strappò dall'armata?

ARALDO: Hai colto nel segno come bravo arciere; e hai detto in breve un grande disastro.

CORIFEO: Ma gli altri, i compagni di navigazione, che dicono, lo credono vivo o morto?

ARALDO: Di certo non sa niente nessuno. Lo saprà il sole che tutto vede quaggiù.

CORIFEO: E come fu questa tempesta che la collera degli dèi scatenò sulle navi? E come finì?

ARALDO: Fausto giorno non bisogna contaminarlo con parole infauste. Vogliono gli dèi il proprio onore ciascuno. Quando un nunzio, con volto cupo di tristezza, deprecabili sventure annunzia alla città, e disfatto l'esercito e la città ferita e tutta la sua gente, e molti guerrieri tratti fuori dalle molte case e votati alla morte dalla duplice sferza di Ares – ama Ares la guerra! maledizione di duplice lancia, coppia omicida! – allora deve il nunzio, recando tal peso di calamità, intonare il peana delle Erinni. Ma quando il nunzio liete novelle reca, e la città è salva e della sua salvezza è in festa, come posso io al bene mescolare il male e narrare la tempesta che non senza una divina collera si abbatté su gli Achei? Congiurarono insieme, benché prima sempre nemici, il fuoco e il mare; e della loro funesta alleanza diedero prova distruggendo l'armata degli Argivi. Si levò nella notte un furore di onde in tumulto; e le navi si frangevano l'una contro l'altra ai venti di Tracia, violentemente cozzando con le corna dei rostri; e fra i turbini dell'uragano, in mezzo a uno scrosciare di pioggia, scomparivano alla vista, come gregge fugato e travolto da un pastore impazzito. E quando al mattino novamente splendé la luce del sole, vediamo su tutto il mare Egeo affiorare cadaveri di Achei e frantumi di navi. E noi, e la nave nostra dallo scafo intatto, chi ci sottrasse, come di furto, alla morte, chi ottenne grazia per noi? Non certo un uomo, ma un dio, appena toccando con la mano il timone. Fortuna fu, la benevolente e liberatrice Fortuna, che si sedette al banco del timoniere; e così non avemmo, all'approdo, né da patire colpi di mare né da sbattere contro la terra rocciosa. Ma poi, anche sfuggiti a questo Ade marino, quando fu il giorno chiaro, tuttavia malcerti della fortuna, ci rodeva l'animo il troppo recente dolore della flotta così malamente fiaccata e annientata. E certo, se alcuno di quei naufraghi ancora è vivo, come noi di loro crediamo siano morti, il medesimo diranno loro di noi. Il meglio sia! E almeno Menelao, prima di tutti e sopra tutti, aspèttati che ritorni. Purché da qualche parte vivo e verde lo scopra un raggio di sole, e ci sia l'aiuto di Zeus che ancora non voglia spenta del tutto la casa degli Atridi, c'è ancora del suo ritorno alla reggia qualche speranza. Questo ti ho detto; e sappi che ti ho detto la verità. [*Esce di scena per la stessa via donde era venuto.*]

SECONDO STASIMO

strofe

CORO: Chi fu che dette a colei tale nome, e così verace nome, se non un essere a noi occulto che prevedendo il futuro colse con la parola nel segno? Elena, la sposa di guerra, la donna della discordia! Elena, la sterminatrice di navi, di genti, di città! Sollevò ella le morbide e preziose cortine del talamo regale e fuggì, e salpò al soffio di un vento gagliardo. Dietro lei alla caccia subito mossero numerose schiere di uomini in armi, seguendo l'orma via via invisibile dei remi. E approdarono alle frondose rive del Simoenta. E fu la contesa mortale.

antistrofe

Nozze e lutto, parentado di morte, verso Ilio sospinse una divina collera, che anche se tardi compì sua vendetta. E l'oltraggio contro la mensa ospitale, contro Zeus ospitale, volle pagassero i cognati e tutti coloro che a gloria degli sposi cantarono lo squillante imeneo. Ma poi, disimparato quell'inno, un altro di dolore ne dovettero apprendere; e a gran voce ora piange l'antica città di Priamo, e maledice a Paride, lo sposo di nozze funeste, lei che per anni sopportò lutti infiniti e il sangue inutilmente versato dei suoi cittadini.

strofe

Così talvolta nella propria casa un pastore alleva un cucciolo di leone appena staccato dalla poppa materna; che nei primi giorni è domestico, gioca coi fanciulli, e anche i vecchi lo amano; e spesso lo prende fra le braccia come fosse un bambino e quello lo guarda con occhio gaio, e muove la coda e gli lambisce le mani perché vuole mangiare.

antistrofe

Ma, subito cresciuto, scopre la natura dei padri, e ricambia le cure di chi lo allevò, preparando a se stesso, ospite non invitato, un convito di bestie sgozzate, e la casa è inondata di sangue, dolore ineluttabile, strazio grande di morti innumerevoli. Ahimè, un sacerdote di Ate è colui, che un dio nemico mandò a quella casa perché vi fosse allevato.

strofe

Parve in principio venire con Elena a Ilio come un sorriso di mare in pace, come una gemma che brilla pudica tra gemme, come un dolce ferire degli occhi, come un profumo d'amore che penetra e punge. Ma poi ella mutò, a termini amari volse le nozze, e fu funesta alle case, funesta alle genti che l'accolsero, dal dio vendicatore degli ospiti mandata ai Priamidi, e fu come una Erinni, cagione di pianti e di lutto a tutte le spose.

antistrofe

C'è tra i mortali antichissimo detto che quando una grande fortuna è giunta al suo colmo non muore senza figli, e da prosperità rampolla e fiorisce insaziabile male. Io penso diverso dagli altri. E dico che solo la colpa produce altre colpe a lei simili, e solo nei focolari governati da giustizia bella prole di figli genera sempre il destino.

strofe

Violenza partorisce tra i malvagi violenza, antica violenza sempre nuove violenze, ogni volta che del nuovo parto spunti il giorno segnato; invincibile demone, mostro impetuoso che si avventa alle case, negra Ate che è sempre uguale alla madre.

antistrofe

Giustizia risplende nei fumosi tuguri perché il vivere onesto ella onora; dalle regge costellate di oro, dalle mani macchiate di sangue torce gli occhi e fugge; pie dimore cerca; non cura ricchezze segnate da falsi sigilli di lode; e tutto conduce al suo fine.

TERZO EPISODIO

Dalla parodo di sinistra entra, sul carro, Agamennone. Dietro lui, nel medesimo carro, siede Cassandra; le cinge il capo una benda sacerdotale, ha in mano un ramo di alloro, indossa il mantello da profeta; guarda dinanzi a sé con occhi fermi, incantati.

CORIFEO: O re distruttore di Troia, prole di Atreo, come devo io salutarti, come dirti la mia venerazione senza esaltare e senza abbassare l'omaggio che ti è dovuto? Troppi fra gli uomini preferiscono il parere all'essere e soverchiano la giusta misura. A compiangere l'infelice ognuno è pronto, anche se non gli morde il cuore nessuna pena; e con chi è felice si rallegra sforzando ad un riso di letizia un volto che non ride. Ma chi è savio e conosce bene il suo gregge, non si lascia ingannare da sguardi che sembrano muovere da cuore benevolo e offrono solo blandizie di una amicizia impura. Quando tu armasti per Elena la spedizione di guerra, allora, non te lo voglio celare, una immagine non bella io ebbi di te, e tu non bene reggesti il governo dei tuoi pensieri sacrificando a morte uomini valorosi per riportare qui un'impudica che di qui aveva lei stessa voluto partire. Ma ora, e non per leggerezza dell'animo e non senza amicizia, io sono devoto a coloro che tale impresa così felicemente compirono. Saprai più tardi, se vorrai informarti, chi con giustizia, dei cittadini, e chi senza giustizia, rimase a guardia di questa città.

AGAMENNONE: Ad Argo e agli dèi della terra di Argo vuole giustizia che io rivolga la prima parola! Favorirono gli dèi il mio ritorno e aiutarono la vendetta che giustamente alla città di Priamo feci pagare. Nella causa di giustizia non ascoltarono parole gli dèi, e senza esitare deposero i suffragi nell'urna di morte, sterminio di uomini e distruzione di Troia; all'altra urna, appena si avvicinò la speranza, appena la sfiorarono mani lasciandola vuota. Non più che una colonna di fumo è ora il segno della città occupata; vive, soltanto le procelle di Ate sono rimaste colà. E con la cenere che si spegne la città che si spegne solleva in alto i grassi vapori della sua opulenza. Di tutto ciò dobbiamo agli dèi gratitudine e memoria perenni: intorno alla città serrammo i lacci di una collera oltre misura; per una donna il mostro argivo converse in cenere la città. Dai fianchi del cavallo uscì il giovane mostro: era una moltitudine armata di scudi ondeggianti, e al tramonto delle Pleiadi, con un balzo, fu sopra alle torri; era un leone affamato che solo quando ebbe leccato anche il sangue della famiglia del re fu satollo. Rivolto agli dèi, lungo fu questo preludio di gratitudine. I tuoi sentimenti, io gli ho uditi, li ricordo, sono anche i miei, concordia ci unisce. Pochi uomini hanno da natura il dono di onorare l'amico felice senza invidia; il veleno della malignità, quando ha messo radici nel cuore, raddoppia il male di quello stesso che ne è ammalato, perché oltre al peso del proprio soffrire anche la vista della felicità altrui gli è cagione di cruccio. Per esperienza io parlo: conosco bene lo specchio dell'amicizia, dove passano come fantasmi di ombre coloro che un giorno si dimostrarono amici. Odisseo soltanto, benché suo malgrado avesse partecipato all'impresa, una volta congiuntosi meco, mi fu sempre fedele compagno; sia egli morto o sia vivo, così dico di lui. Per il resto che riguarda la città e gli dèi, convocherò pubbliche adunanze e insieme provvederemo. Ciò che è bene si deve provvedere che anche nel tempo séguiti a essere bene. E dove anche bisognino farmaci salutari, noi procureremo per il bene di tutti, o bruciando o tagliando, di stornare da noi il contagio del male. Rientro ora nella mia reggia e presso il focolare domestico; e per prima cosa saluterò con la destra gli dèi che lontano da qui mi guidarono e qui nuovamente mi hanno riportato. Venne meco vittoria; possa la vittoria saldamente rimanere con me. [*Nell'atto che fa per scendere dal carro, gli viene incontro dalla reggia Clitemestra seguita da ancelle che reggono molti e ampi tappeti di porpora.*]

CLITEMESTRA: Cittadini, venerabili cittadini di Argo qui presenti, io non ho vergogna di dire davanti a voi al mio sposo il mio amore di sposa. Viene meno col passare del tempo il pudore. Non dico cose che da altri abbia apprese; della stessa mia vita vi voglio parlare, quanto mi fu intollerabile nei lunghi anni che questi fu sotto le mura di Ilio. Per una donna, sedere al focolare domestico sola, lontana dal proprio sposo, è già per se stessa grande afflizione. E poi ci sono i messi, ora uno ora un altro, e l'uno porta notizie peggiori dell'altro, e tutti nella casa gridano grida di sventura. Se tante ferite quest'uomo avesse avute quante da fonti diverse ne arrivavano voci, più fori che una rete da pesca avrebbe avuto il suo corpo. E se tante volte egli fosse morto quante di momento in momento mi venivano a dire, tre corpi come un secondo Gerione avrebbe potuto vantare di avere, tre volte sarebbe stato sepolto nel suo mantello di terra, ogni volta in ognuno dei suoi tre corpi sarebbe morto. Ecco perché sempre più esacerbandomi tali notizie, tante volte sospesi a un laccio il mio collo che poi i familiari prontamente accorsi scioglievano. Ed ecco perché non è qui, come dovrebbe, il figlio, testimone e pegno della mia fedeltà e della tua: Oreste, dico. Non ti stupire di questo. È nella casa di un ospite amico, Strofio focese. Mi prediceva costui duplice male: e il rischio che te minacciava in Ilio, e qui tumulto di popolo che avesse rovesciato il Consiglio del re. Perché questo sempre interviene fra gli uomini, che quando uno è caduto, tanto più lo calpestano. In questa mia discolpa, tu intendi, non c'è inganno. In me le fonti del pianto, da prima impetuose, si sono ormai asciugate, dentro di me non ne rimane più stilla. Io ho consumato gli occhi nelle lunghissime veglie continuamente invocando dall'ostinato buio delle notti i tuoi segnali di fuoco. E nei sogni, a farmi balzare dal letto bastava il ronzio lieve di un'ala di zanzara. E sempre mi vedevo davanti immagini di tue sofferenze, assai più numerose del breve tempo che avevo dormito. Ora, dopo tanto patire, con l'animo finalmente ricreato, posso ben salutare quest'uomo il cane che guarda l'ovile, la gomena che salva la nave, la stabile colonna che sostiene l'alto tetto della casa. Tu sei come al padre il figlio unico nato, sei come la terra che appare ai naviganti insperata, sei come luce di cielo che splende dopo la tempesta, sei come acqua di fonte che disseta il viandante. Gioia grande sfuggire alla mala ventura. Queste parole io ti debbo di saluto e di reverenza. E l'invidia resti lontana. Già troppe sventure soffrimmo, e ora, mio sposo amato, scendi da questo carro. Ma sulla nuda terra non posare, o re, il tuo piede, il piede che calpestò Ilio distrutta. [*Rivolgendosi alle ancelle, con impazienza*:] Ancelle, perché indugiate? Non vi ordinai di stendere tappeti sul suo cammino? Voglio che sotto i suoi piedi fiorisca un cammino di rosse porpore che lui senza più deviare guidino alla sua casa — oh, speranza già disperata! — e Giustizia lo scorga. Il resto, col favore degli dèi, come il destino comanda, e con giustizia, lo compirà un pensiero che non dorme.

AGAMENNONE: Figlia di Leda, custode della mia casa, conveniente alla lunga assenza fu il tuo parlare, e a lungo tu hai parlato. Ma se onorarmi è lecito, da altri dovrei ricevere questo onore. Né a me si addicono mollezze come fossi una donna. E nemmeno che tu mi accolga come fossi un re barbaro, col volto chinato a terra e gridando parole di omaggio. Non distendere tappeti, non farmi invidiato il cammino. Gli dèi vogliono essere onorati così. Che un mortale posi il piede su tale bellezza di colori, non è senza sgomento per me. Come un uomo tu mi devi onorare, non come un dio. Anche senza tappeti e stoffe variopinte la buona rinomanza ha voce. La moderazione è dei celesti il dono più grande. Felice è da reputare solamente colui che felicemente compié la sua vita. Se in tutto io opero come si deve, posso non temere della fortura.

CLITEMESTRA: Comunque, rispondimi con franchezza.

AGAMENNONE: Con tutta la franchezza, sii certa.

CLITEMESTRA: In un momento di paura avresti promesso agli dèi questo voto?

AGAMENNONE: In perfetta coscienza ti dissi la mia risoluzione.

CLITEMESTRA: Che cosa credi avrebbe fatto Priamo se fosse stato lui il vincitore?

AGAMENNONE: Sarebbe passato senz'altro sopra i tappeti.

CLITEMESTRA: E dunque non avere riguardo di ciò che possa mormorare la gente.

AGAMENNONE: Voce di popolo ha grande potere.
CLITEMESTRA: Non c'è felicità senza invidia.
AGAMENNONE: Non si conviene a donna desiderio di contese.
CLITEMESTRA: Ma sta bene a persone felici lasciarsi talvolta anche vincere.
AGAMENNONE: Così gran conto tu fai di questa vittoria?
CLITEMESTRA: Cedi: ma sia a me come un tuo dono la mia vittoria.
AGAMENNONE: Ebbene, se così vuoi, così sia. E subito un'ancella mi slacci i calzari che come servi accompagnano il piede nell'andare. [*Mentre una delle ancelle toglie i calzari dai piedi di Agamennone, altre distendono tappeti dal carro alla porta di mezzo della reggia. Subito dopo, Agamennone scende. Ma, prima di avviarsi, parla restando ancora presso il carro; e indica a Clitemestra la vergine Cassandra, seduta sul carro, immota.*] E mentre vo su queste rosse porpore marine, nessun invido sguardo cada dal cielo sopra di me. Ho ritegno grande a pestare col piede le ricchezze di casa, a guastare questo lusso di drappi e di tappeti. Ma di ciò basti. Tu vedi qui questa straniera. Accoglila con benignità. Benigni guardano dall'alto gli dèi chi ha mite il comando. Nessuno piega di buon grado il collo al giogo della schiavitù. Costei, fiore a me scelto fra le molte prede, dono dell'esercito, da Ilio mi segue. Ecco, mi arrendo al tuo volere; e rientro nella casa calcando i rossi tappeti. [*Solo, si avvia sui tappeti. Dietro lui le ancelle via via li tolgono. Dietro le ancelle, Clitemestra.*]
CLITEMESTRA: Ma c'è il mare – chi mai lo asciugherà? – il mare c'è che di molta porpora succhi preziosi sempre alimenta e rinnova per tingere stoffe. E la tua casa, o signore, col favore degli dèi, di tutto possiede abbondanza; non conosce la tua casa penuria. E io migliaia di altri tessuti avrei fatto voto di calpestare se dai templi fatidici mi fosse giunta la voce che era questo il mezzo e il prezzo di riscattare la tua vita. Finché la radice dell'albero è intatta, frondeggiano i rami in alto e sul tetto distendono ombre a riparo dalla canicola ardente. Il tuo ritorno al focolare domestico è come d'inverno un soffio di tepore che annuncia l'estate; è come quando Zeus dai grappoli ancora acerbi matura il vino, e già nella casa spira un refrigerio se finalmente quivi è ritornato il suo signore e re. [*A questo punto Agamennone entra nella reggia. Sulla soglia della reggia dice Clitemestra le ultime parole. Sola, sul carro, rimane Cassandra.*] Zeu, Zeu che tutto adempi, anche i miei voti adempi. All'opera che stai per adempiere, devi tu provvedere. [*Entra nella reggia.*]

TERZO STASIMO

CORO: Perché qui sul mio cuore, davanti al mio cuore presago, un'ombra di paura svolazza e non la posso scacciare? Perché il mio canto, non pagato, non chiesto, è un canto funesto di vaticinio? Perché su quest'ombra, come a incubi torbidi di sogno, non posso sputare, e non mi siede sul trono del cuore fidente speranza? Tempo è trascorso da quando, raccolte a bordo le gomene, fuggiva lontano il lido di Aulide, e verso Ilio correva la nostra armata navale.

antistrofe

Coi miei occhi ho veduto il ritorno del re: io stesso ne sono testimone. Eppure, un inno senza lira, che nessuno mi apprese, che solo è dentro di me, il funebre canto della Erinni, il mio cuore intona. E nessuna fiducia ho più, nessuna speranza. Ahimè, non vaneggia il mio cuore! Palpita contro il mio petto che conosce giustizia, vorticosa tumultua la danza di un destino infallibile. Ahimè, ahimè, potessero questi presagi cadere dalla mia ansia come menzogne e fallire!

strofe

Come sanità troppo florida non è mai sazia e non conosce limite, e dappresso le sta malattia che tuttavia la incalza, così troppo facile fortuna urta ben presto invisibili scogli. Oh se prudenza alleggerisse in tempo la casa, con un misurato gettito, di parte almeno delle accumulate ricchezze! Non affonderebbe intieramente la casa con tutto il suo carico, non inghiottirebbe il mare la barca. Bastano i doni abbondanti e molteplici del cielo, bastano i doni della terra che si rinnova nei solchi ogni anno, per allontanare la fame.

antistrofe

Ma nero sangue di creatura ferita a morte, una volta caduto a terra, non c'è incantesimo che lo possa avvivare una seconda volta. E anche colui che dall'Ade sapeva riportare in vita gli estinti, non lo costrinse Zeus previdente a cessare? Che se il destino voluto dagli dèi non impedisse ad altro destino di prevalere, allora dal cuore, prima assai che parole, eromperebbe il mio sentimento. Ora invece in una cupa angoscia io fremo e gemo. Sotto le ceneri il mio cuore brucia; e dal suo groviglio nemmeno un filo ho speranza di poter districare che sia salvezza a qualcuno.

QUARTO EPISODIO

CLITEMESTRA [*esce dalla reggia, sola*]: Dentro vieni anche tu; a te dico, Cassandra. Poiché per sua clemenza Zeus ti volle partecipe, qui nella mia casa, schierata con gli altri numerosi servi, delle acque lustrali, presso l'ara del dio che la casa protegge, discendi dal carro, deponi la tua tracotanza. Anche il figlio di Alcmena, dicono, un giorno fu venduto, e per forza dové mangiare pane di servitù. Se dunque discese sul tuo capo questa necessità, è beneficio grande per te trovare padroni di ricchezza vetusta. Ché quanti, per inattesa fortuna, mieterono mèssi abbondanti, crudeli sono costoro coi servi, oltre misura e sempre. Tu conosci ora qual è nostro costume.

CORIFEO [*dopo una pausa*]: A te, a te, ha finito colei di parlare, e chiare parole ti ha detto. Sei dentro una rete mortale. Obbedisci, obbedisci... Ma forse non vuoi.

CLITEMESTRA: Se pur ella non parla, come rondine, un ignoto linguaggio forestiero, saprò io insinuarle persuasione nel cuore.

CORIFEO: Seguila; nella tua condizione presente il meglio ella dice. Obbedisci; lascia codesto tuo seggio; discendi dal carro.

CLITEMESTRA [*dopo una pausa*]: Non ho tempo io da perdere qui per costei davanti alla porta. Già pronte sono, presso il focolare che arde nel mezzo della casa, le vittime del sacrificio. Tu devi partecipare al rito. Non fare indugio. Se sorda sei, se il mio parlare non intendi, rispondi almeno come fanno i barbari, anziché con la voce con cenni.

CORIFEO: Di un interprete, di un chiaro interprete la straniera ha bisogno. Ai modi, pare una bestia or ora catturata.

CLITEMESTRA: Pazza ella è, certo; un suo delirio ascolta. Lasciò pur ieri la città conquistata, oggi è qui giunta. E il freno non lo sa portare se prima, nel suo furore orgoglioso, non lo abbia spruzzato di una bava di sangue. Né io voglio invilire me stessa gettando al vento altre vane parole.

[*Clitemestra rientra nella reggia; la porta rimane aperta. Cassandra, sul carro, si leva in piedi.*]

CORIFEO: Ma io non posso adirarmi con te, troppa pena io sento. Lascia, o sventurata, lascia questo tuo carro, cedi al destino, accetta il nuovo tuo giogo.

DIALOGO LIRICO

Cassandra, in piedi sul carro, ha gli occhi fissi a un simulacro di Apollo che è presso la porta della reggia. Tuttavia immobile, senza un gesto, rompe in un grido.

strofe

CASSANDRA: Ahi, ahi, ahimè, o Terra! Apollo, Apollo!

CORIFEO: Perché tu gridi e gemi così, invocando il Lossia? Non è dio Apollo che voglia lamenti funebri.

antistrofe

CASSANDRA: Ahi, ahi, ahimè, o Terra! Apollo, Apollo!

CORIFEO: Ancora con grida funeste ella chiama il suo dio. Ma non ama Apollo ascoltare grida di dolore.

strofe

CASSANDRA: Apollo, Apollo, dio che mi conduci, dio che mi perdi! Perduta mi hai, del tutto, una seconda volta.

CORIFEO: Vaticinare ella sembra di sue proprie sventure. Permane il soffio divino anche nel suo cuore di schiava.

CASSANDRA: Apollo, Apollo, dio che mi conduci, dio che mi perdi! Dove, ahimè, dove mi hai condotta, a quale tetto?

CORIFEO: Al tetto degli Atridi. Se non lo sai, io te lo dico; e saprai che non dico menzogna.

strofe

CASSANDRA: Ahi, ahi! Dunque a una casa che è in odio agli dèi, che stragi innumerevoli seppe di consanguinei, che vide teste mozzate; a una casa macello di uomini, a un suolo impregnato di sangue...

CORIFEO: Pare che come una cagna buone narici abbia la forestiera; e va fiutando se ancora senta odore di uccisi.

antistrofe

CASSANDRA: Sì, qui sono di ciò che dico le prove: piccoli figli che piangono, e gole scannate, e carni cotte e imbandite, e il padre che le divora!

CORIFEO: Conoscevamo la tua gloria profetica, ma qui non cerchiamo profeti.

[*Cassandra è discesa dal carro; si è avvicinata alla reggia.*]

strofe

CASSANDRA: Ah, ah! Che cosa prepara costei, quale nuovo dolore, quale altra grave sventura qui nella casa prepara? Intollerabile ai congiunti, senza rimedio; e il soccorso è lontano.

CORIFEO: Questo tuo vaticinio non intendo; gli altri fatti conosco, perché tutta la città ne grida.

antistrofe

CASSANDRA: Ah, sciagurata! Questo dunque farai? Il tuo compagno di letto, mentre lo ristori nel bagno... Oh, come dico la fine? E presto sarà la fine. Colpi su colpi avventano un braccio dopo l'altro.

CORIFEO: Non ancora capisco, smarrito sono tra enigmi e oracoli ciechi.

strofe

CASSANDRA: Ahimè, ahimè, orrore, orrore! Che cosa è questo che io vedo? Forse una rete di Ade? No, la compagna di letto è la rete, una rete da caccia, lei è la complice che uccide. Levi qui dunque, sulle genti di Atreo, la turba insaziata delle Erinni, il suo grido di giubilo per il sacrificio infame.

CORIFEO: Quale Erinni tu vuoi che qui nella casa levi il suo grido?

Non mi rallegra la tua parola. E sul mio cuore precipita un flutto di sangue pallido come a chi cade trafitto da lancia, che il volto si sbianca agli ultimi raggi di vita, e rapida viene la morte.

antistrofe

CASSANDRA: Ahi, ahi, vedi, vedi! Lontano tieni dalla giovenca il toro! Lo avvolge nel peplo, insidiosa con sue nere corna lo abbatte, e cade egli nel molle lavacro. Di un bagno ingannevole, di un bagno mortale, questa è la vicenda.

CORIFEO: Io non sono di oracoli conoscitore esperto, ma questo mi somiglia un presagio di sventura. Da oracoli quale mai buona novella venne ai mortali? Mali su mali accumulando, le ambigue arti profetiche questo solo, paura dei profeti, possono insegnare.

strofe

CASSANDRA: Ahimè infelice, misera sorte mi aspetta! Io grido il mio dolore, io verso il mio pianto sul pianto del re. Dove, perché, sventurata, mi traesti fino qui? Perché insieme con lui io morissi, non altro che questo.

CORIFEO: In delirio tu sei, sei invasata dal nume; e su te stessa canti lugubre canto, come biondo usignolo non mai sazio di gridi che Iti Iti amaramente chiama, e piange tutta la vita in una selva di mali.

antistrofe

CASSANDRA: Ahimè, ahimè, del canoro usignolo è felice la sorte! Di ali vestirono gli dèi il suo corpo e gli diedero dolce la vita anche nel pianto. A me questo rimane, che in due mi fenda il duplice taglio di una scure.

CORIFEO: Donde vengono a te, da quale dio, così veementi deliri e così ciechi furori? E come questi oracoli paurosi tu li moduli in canti di così infauste voci e insieme di così acuto squillo? Chi pose a te sulla strada dei vaticinii termini così malaugurati?

strofe

CASSANDRA: Ahi nozze, nozze di Paride funeste alla mia gente! Ahimè Scamandro, fiume della mia terra! Me infelice, tu mi nutristi allora, sulle tue rive io crebbi. E ora lungo il Cocito, lungo le rive dell'Acheronte, andrò presto a vaticinare.

CORIFEO: Troppo chiaro oracolo è questo che hai pronunciato. Anche un fanciullo lo intende. E io sono ferito come da un morso cruento per la tua lacrimevole sorte. Tu gemi e piangi sventura, e a me è strazio l'udirti.

antistrofe

CASSANDRA: Ahi passione, passione della città perduta, della città distrutta! Oh pascolanti greggi, a mille a mille, per salvare le torri, da mio padre immolate! Nessun rimedio bastò perché la città non patisse la sorte che ora patisce. E anch'io ben presto, con l'anima accesa dal dio, su questa terra cadrò.

CORIFEO: Ai vaticinii di prima bene si accorda il vaticinio nuovo. Certo un nume malevolo si è abbattuto su te con tutto il suo peso, e ti sforza a cantare vicende di dolore e di morte. Ma il fine non riesco a vedere.

CASSANDRA: Ebbene, non più ora l'oracolo terrà sotto i veli celato suo sguardo come giovane sposa, ma come vento che soffi impetuoso e lucente lo vedrai gettarsi contro il sole che nasce, e verso la luce vedrai ribollire, come onda, un'onda di mali ancora più grande. Non più parlerò per enigmi. E voi fatemi testimonianza che dei misfatti antichi, seguendo in corsa il mio fiuto, io bene seppi ritrovare le tracce. Questi tetti mai li abbandona un coro di voci concordi; ma è un coro di infauste voci, non dice parole benigne. Vedi, per dare a se stessa più ardire, di umano sangue si è abbeverata la turba; e qui nella casa aspetta, e nessuno la può scacciare: dico la turba ubriaca delle cognate Erinni. Qui nella casa hanno posto loro sede, e cantano l'inno della colpa primigenia, e abbominio sputano, ognuna a sua volta, sul letto del fratello, nemiche a chi lo calcò. Sbaglio, oppure colpisco come arciere nel segno? O sono una ciurmatrice che con profezie fallaci va bussando di porta in porta? Fammi testimonianza, e giura che io conosco, che io dico di queste case le scellerataggini antiche.

CORIFEO: E come potrebbe fermezza di giuramento, con ferma schiettezza giurato, portare vantaggio ad alcuno? Stupisco piuttosto che tu, cresciuta al di là dal mare e al nostro parlare straniera, in tutto abbia colto il vero, come fossi stata con noi.

CASSANDRA: L'indovino Apollo mi assegnò questo compito; ma ebbi pudore, prima, di dir queste cose.

CORIFEO: Forse colpito da desiderio di amore, anche se dio? Più molle ha il cuore chi è felice.

CASSANDRA: E a forza mi voleva, e grazia e lusinghe spirava per me.

CORIFEO: Dell'amore che anche genera figli vi amaste?

CASSANDRA: Promisi al Lossia; e mentii.

CORIFEO: E già eri presa dall'arte divinatrice?

CASSANDRA: Ai miei cittadini già tutte avevo predette le loro sventure.

CORIFEO: E non fosti punita dalla collera del Lossia?

CASSANDRA: Della colpa fu questa la pena, che nessuno più mi credette.

CORIFEO: Eppure credibili cose a noi sembra che tu presagissi.

CASSANDRA: Ahimè, ahimè, sventura, sventura! Di nuovo terribile il travaglio fatidico mi turbina dentro, con suoi preludi mi scuote. Là, non vedete? Fanciulli sono, seduti nella reggia, simili a larve di sogni. Vedete vedete, fanciulli sono, uccisi dai loro congiunti; e le mani hanno piene di carni, delle loro proprie carni, e le offrono in pasto, entragni e viscere, miserabile peso, e il padre ne assaggia. Per questo, io te lo annunzio, qualcuno sta meditando vendetta. È un leone imbelle, che si ravvolge in un letto, che si tiene acquattato dentro la casa, e aspetta – ahimè – il ritorno del mio signore. Mio signore dico, perché devo anch'io portare giogo di schiava. E il condottiero dell'armata navale, l'espugnatore di Ilio, non sa quale maleficio l'abbominevole cagna, con lieto volto, con disteso parlare, ma occulta come Ate, prepara contro di lui. Oh sventurato! Tanto ella osa. Femmina uomo uccide. Con quale nome di mostro aborrito la posso chiamare? Amfesibena? Scilla annidata fra scogli, flagello dei naviganti? Come chiamarla questa madre di Averno che anche sui suoi, furibonda, respira implacabile guerra? Oh, quale grido gridò di trionfo, la spudorata! Come in battaglia, tra nemici in fuga. Gioire parve del suo ritorno e della sua salvezza. Ebbene, tu creda o no a quello che io dico, non conta; ciò che deve accadere accadrà. Vedrai tu stesso tra poco; e dirai che anche troppo io fui profetessa verace.

CORIFEO: La cena di Tieste tu dici, che mangiò carni dei propri figli. Capisco e rabbrividisco. E mi prende orrore che verità vere udii, non immagini finte. Per il resto non so, sono come uno che corre fuori di strada.

CASSANDRA: Di Agamennone, questo ti dico, vedrai la morte.

CORIFEO: Taci, sciagurata, chiudi la bocca.

CASSANDRA: Nessun medico c'è che a questo che dico possa portare rimedio.

CORIFEO: Se sarà come dici; ma prego non sia.

CASSANDRA: E tu prega. Pensano quelli a dar morte.

CORIFEO: Ma chi, quale uomo, tale sacrilegio sta preparando?

CASSANDRA: Tu batti una strada assai lontana dal mio vaticinio.

CORIFEO: Non vedo bene in che modo né chi compirà ciò che annunzi.

CASSANDRA: Eppure lingua greca io parlo.

CORIFEO: Anche il dio di Pito, e tuttavia i suoi oracoli sono oscuri.

CASSANDRA: Ahi, ahi, quale fuoco m'investe! Ahimè, ahimè, Apollo liceo, pietà! Sì, lei è la bipede leonessa che, assente il generoso leone, in letto si giacque col lupo! Lei è che anche me ucciderà! Me sventurata! Come un osceno miscuglio prepara. Nella coppa della vendetta anche la mercede per me vuole mescolare; e mentre contro il marito affila la spada, anche la colpa di avermi tratto fin qui vuole con la mia morte farsi pagare. [*Spezza lo scettro, si toglie dal capo le bende, le getta a terra, le pesta.*] Ma perché io porto ancora con me questo ludibrio di insegne, e lo scettro, e intorno al collo le bende fatidiche? Via da me, voglio io spezzarvi e stracciarvi prima di morire io stessa. Alla malora! Giù a terra! Sia pari alla mia la vostra sorte! Un'altra invece di me arricchite delle vostre ricchezze di morte. [*Si strappa il mantello dalle spalle.*] Ecco, vedete, è Apollo medesimo che mi trae di dosso la veste di profetessa, lui che già prima anche in questi sacri ornamenti si compiacque vedermi vilipesa e schernita da tutti, da amici e nemici insieme, e vano il mio profetare. E dovevo sentirmi chiamare vagabonda, come una mendicante miserabile e morta di fame. E ora, il profeta che mi fece profeta, è lui che mi ha qui trascinata a questo destino mortale. E non l'altare della casa paterna, ma un ceppo da macello mi aspetta, arrossato dal caldo sangue della mia gola scannata. Non però invendicata lasceranno gli dèi la mia morte. Altri a suo tempo verrà vendicatore nostro: a uccidere sua madre il figlio da lei generato, e a punire gli uccisori del padre. In esilio è ora; errabondo, bandito da questa terra; ma ritornerà per coronare di questo edificio di sventure domestiche l'ultimo fastigio. E gli indicherà la via il supplice gesto del padre abbattuto. Perché dunque ancora io qui m'indugio e gemo? Non vidi già Ilio patire come patì? Non vedo ora, di quelli che presero Ilio, per giudizio dei numi, mutata fortuna? Ebbene, anche di me così sia! E vado, e affronto la morte. Giuramento solenne hanno giurato gli dèi. Le porte dell'Ade [*guarda le porte della reggia*] sono queste che io saluto. E un colpo ben dato io prego; cosicché senza spasimi, scorrendo il mio sangue a facile morte, io chiuda questi miei occhi.

CORIFEO: O donna che molto hai sofferto, donna che molto sai, a lungo hai parlato. Ma se veramente conosci il destino che ti aspetta, perché, come giovenca incitata da un dio, così volenterosa ti avvii all'altare?

CASSANDRA: Non c'è scampo, ospiti, non c'è salvezza maggiore, indugiando.

CORIFEO: Ma l'ora estrema più di ogni altra è preziosa.

CASSANDRA: È venuto il mio giorno; non giova fuggire.

CORIFEO: E dunque sappi attingere forza dal tuo animo forte.

CASSANDRA: Ahimè, nessuno che sia felice si sente dire così.

CORIFEO: È grazia ai mortali una morte gloriosa.

CASSANDRA: Ahi, padre mio! Te io piango e i tuoi nobili figli. [*Si avvolge il capo e si dirige verso la reggia; poi, come presa da orrore, subito si ritrae.*]

CORIFEO: Che cosa accade? Quale paura ti respinge?

CASSANDRA: Orrore, orrore!

CORIFEO: Perché gridi così? quale ribrezzo ti prende?

CASSANDRA: Soffiano strage, gocciano sangue le case!

CORIFEO: Come dici? Questo è odore di vittime che ardono sopra gli altari.

CASSANDRA: Un tetro alito io sento, come di tomba.

CORIFEO: Non sembra, dalle tue parole, che la reggia spiri fragranze di Siria.

CASSANDRA: Ebbene, io vado: anche tra i morti a piangere la mia morte e la morte di Agamennone. Basta di vivere! [*Di nuovo si avvia alla reggia, di nuovo ritorna indietro.*] Ahimè, ospiti! No, non sono un uccello che fra cespugli gema di paura. Di questo piuttosto vogliate, me morta, fare testimonianza, il giorno che donna, per vendetta di me, donna, perisca, e che uomo, per vendetta di uomo a mala femmina sposo, anch'esso perisca. Questo dono ospitale vi chiedo sul punto di morte.

CORIFEO: Oh sventurata, quale pena di te, di questo da te presagito destino! [*Cassandra sale i gradini della reggia. Ancora una volta si ferma. Più che al Coro, parla ora a se stessa.*]

CASSANDRA: Ancora una sola parola: non voglio cantare su me un canto di morte. Alla luce di questo ultimo raggio di sole io prego. Prego dai miei vendicatori che gli uccisori del re anche della uccisa schiava, che fu così facile preda, paghino insieme la pena. [*Entra nella reggia; e la porta ora si chiude.*]

CORIFEO: Oh, la sorte degli uomini! È come il sogno di un'ombra la loro felicità. Se viene sventura, anche quel sogno svanisce come tratto di umida spugna cancella un dipinto. Dolore e pietà. Della buona fortuna nessuno dei mortali è sazio; nessuno c'è che a felicità, dalla soglia di casa levando la mano, «no, non entrare» dica, e la tenga lontana. Concedettero a quest'uomo i Beati di prendere la città di Priamo; onorato dagli dèi, ritorna egli alla sua casa. Ma se ora dovrà espiare il sangue dei padri, se deve a quei morti, morendo egli stesso, di altre morti pagare la pena, ebbene, chi mai dei mortali, che questo oda, potrà vantarsi di avere sortito nascendo una stella benigna?

QUINTO EPISODIO

Si odono, da un lato della reggia, gridi di Agamennone.

AGAMENNONE: Ahimè, trafitto sono al cuore da una ferita mortale.

CORIFEO: Ascolta! Chi grida là dentro colpito da ferita mortale?

AGAMENNONE: Ahimè, ahimè, un'altra ferita ancora.

CORIFEO: La cosa è compiuta! Queste sono grida del re. Pensiamo insieme, amici, al meglio che si possa fare.

COREUTI: Questo dico, dare l'allarme in città perché tutti accorrano qui alla reggia.

– Meglio è irrompere subito dentro e cogliere i malfattori con in mano la spada ancora bagnata di sangue.

– Questo, questo è da fare; e tagliare ogni indugio.
– Oh, è chiaro: così costoro incominciano; questo è l'annunzio della tirannide che preparano alla città.
– E noi intanto perdiamo tempo, e quelli non dormono, e si mettono sotto i piedi la bella saggezza del nostro indugiare.
– Deve pur consigliarsi prima chi vuole operare; ma io, che cosa consigliare non so.
– Dico anch'io lo stesso: chi è morto non si risuscita con le parole.
– E dunque noi, per tirare in lungo i nostri giorni, piegheremo il collo ai dominatori che sono la infamia di questa casa?
– Non è sopportabile. Meglio morire. Meglio la morte che questa tirannia.
– Ma solo da grida udite vogliamo credere morto il nostro re?
– Di ciò solo che sa con certezza può uno sdegnarsi: immaginarsi di sapere non è sapere.
– D'accordo su questo: informarsi bene dell'Atride che cosa gli è capitato. [*Si apre la porta delle stanze degli ospiti, dove è il bagno. Sulla porta appare Clitemestra. Ha in mano la scure. Dietro di lei si vede il cadavere di Agamennone, riverso in una tinozza d'argento, appena ricoperto da un grande mantello insanguinato. Presso Agamennone, il cadavere di Cassandra. Nessuna ancella. Clitemestra è sola.*]

CLITEMESTRA: Delle molte parole che or ora dissi quali necessità richiedeva, non mi vergogno di dire ora il contrario. Come altrimenti un proprio nemico, che abbia volto di amico, può uno trattarlo come nemico, se non serrandogli addosso una maligna siepe ingannevole, e così alta che non la possa saltare? A questo scontro da molto tempo io pensavo. La mia vittoria, la compiuta vittoria, venne. Ritardò; ma venne. E ora qui sono, dove ho colpito; qui sto, dove ho compiuto il debito mio. Sì, questo ho fatto. E anche il modo ti voglio dire. Perché costui non sfuggisse al suo destino, perché scampo non avesse, in una rete senza uscita, come in una rete da pesci, io lo ravvolgo. Oh, quale fastoso mantello di morte! Due volte lo colpisco; due volte egli grida; e lascia cadere giù le sue membra. E su lui caduto un terzo colpo aggiungo per dono votivo a Zeus salvatore dei morti. E così morendo, egli rutta fuori la sua anima. Irrompe dalla ferita un getto violento di nero sangue, e mi percuote, e mi sembra uno spruzzo di rugiada; e io ne gioisco, come di una gioiosa pioggia un campo di grano negli aperti calici delle sue spighe in fiore. Così stanno i fatti, o venerandi cittadini di Argo. Vogliate voi rallegrarvene o no, io me ne glorio. E se fosse lecito fare libagioni sopra un cadavere, su questo sarebbe giustizia, e somma giustizia. Di tanti misfatti, di tante maledizioni egli aveva qui nella casa riempita la coppa; e ora che è ritornato, se la beve tutta fino all'ultima goccia.

CORIFEO: Ci stupisce il tuo parlare, tali vanti udendo e così spudorati contro il tuo sposo.

CLITEMESTRA: Voi volete provarmi come io fossi una donna insensata. Ma il mio cuore non trema. A persone che sanno io parlo. O lode o biasimo è lo stesso per me. Sì, questo è Agamennone, mio sposo; per questa mia mano è qui cadavere; e fu giustizia. Così è.

strofe

CORIFEO: Quale erba avvelenata, o donna, tu hai masticato, quale acqua di mare hai bevuto per attirare su te tale furore e le imprecazioni e le maledizioni della tua gente? Ma già ti scaccia, ti taglia fuori di qui la tua gente, dalla città ti bandisce, peso di odio ai tuoi cittadini.

CLITEMESTRA: Tu dunque ora mi condanni al bando della città, e all'odio e alle maledizioni dei cittadini. Ma contro quest'uomo non avevi niente allora da dire quando, senza fare di lei nessun conto, come se avesse dovuto ammazzare una bestia da pascolo in mezzo a un numeroso gregge di belle pecore lanose, sacrificò la sua propria figlia, la creatura più diletta delle mie viscere, per incantare i venti della Tracia. Non bisognava allora bandire lui da questa terra in pena delle sue colpe? Tu badi invece a ciò che feci io, e mi stai davanti giudice implacabile. Ora ti dico che di questo solo mi puoi minacciare, e sai che sarò pronta a renderti la pariglia, che solo vincendomi con la forza sarai padrone di me. Ma se gli dèi decidono il contrario, già troppo tardi e a tue spese avrai imparato saggezza.

antistrofe

CORIFEO: Altezzosa sei, arrogante parli. Nella tua libagione di sangue hai perduto il senno e credi che quello spruzzo di sangue che hai sulla fronte come un lieto ornamento risplenda. Disonorata ormai e deserta di amici, colpo per colpo tu devi pagare.

CLITEMESTRA: E tu ascolta, ascolta il mio giuramento che non può fallare. Per la giustizia che vendicò la mia figlia, per Ate e per la Erinni alle quali immolai quest'uomo, sappi che nessuna ombra di paura mi entrerà nella casa finché ad accendere il fuoco sul mio focolare ci sarà Egisto, amico benevolo come sempre. Non è un piccolo scudo Egisto alla mia sicurezza. Giace qui a terra l'uomo che oltraggiò la sua donna e fu la delizia delle Criseidi di Ilio. E qui con lui vedi la sua prigioniera di guerra, la profetessa, la vaticinatrice che gli fu compagna di letto e gli è anche qui compagna fedele, come quando calcarono insieme la tolda delle navi. Ebbero ambedue la paga che si meritarono: lui, così come vedi; lei cantò come cigno il suo ultimo canto, il suo canto di morte, e poi si giacque, la bene amata, al suo fianco. E fu quest'uomo che a me qui la condusse, quasi aggiungendo un più gustoso sapore al banchetto dei miei piaceri.

DIALOGO LIRICO

strofe

CORIFEO: Oh se rapidamente mi cogliesse la morte, una morte senza dolore, che non sta troppo tempo in agguato sul letto, la morte che reca ai mortali l'eterno interminabile sonno! Giace colui che vegliava su noi con occhio benigno. Molto soffrì per una donna, e da una donna fu ucciso.

efimnio

Ahimè, ahimè, Elena pazza! Tu sola molte innumerevoli vite sotto le mura di Troia facesti perire; e ora un ultimo inobliabile fiore hai aggiunto a compiere la tua corona di morte versando un sangue che nessuno potrà lavare. Certo abitava discordia allora nella casa degli Atridi, e discordia generando discordia fu la rovina del re.

CLITEMESTRA: Non invocare su te, oppresso da ciò ch'io feci, destino di morte; non volgere contro Elena la tua collera, non dire lei l'omicida non incolparla di avere lei sola di tanti eroi Danai distrutta la vita e aperta in noi una ferita che più non si chiude.

antistrofe

CORIFEO: O demone vendicatore che sulla reggia ti abbatti dei due nipoti di Tantalo, e anche per mezzo di donne, di due donne eguali di animo, eserciti il tuo potere e a me laceri il cuore; ora sei qui, fermo su questo cadavere, ed esulti e canti, corvo di malaugurio, com'è tuo costume, il canto della vendetta.

efimnio

Ahimè, ahimè, Elena pazza! Tu sola molte innumerevoli vite sotto le mura di Troia facesti perire; e ora un ultimo inobliabile fiore hai aggiunto a compiere la tua corona di morte versando un sangue che nessuno potrà lavare. Certo abitava discordia allora nella casa degli Atridi, e discordia generando discordia fu la rovina del re.

CLITEMESTRA: Bene hai raddrizzato ora il tuo dire nominando il demone che tre volte ingrassò nel sangue di nostra stirpe. Da lui si alimenta nelle nostre viscere tanta sete di sangue; e prima che cessi la ferita antica, nuovo sangue scorre.

strofe

CORIFEO: Grave alla casa e grave di collere è il demone che tu ricordi, ahimè ahimè, funesto ricordo, di rovinose fortune mai sazio. Ahi ahimè, tutto muove da Zeus, di tutto è artefice Zeus, di tutto è causa; niente si compie fra gli uomini senza il suo volere, niente avviene che non sia da lui stabilito.

efimnio

Mio re, mio re, come ti piango? dal fondo del cuore fedele quali parole ti dico? Giace il tuo corpo in questo tessuto di ragna, ignominiosa morte ha spento il tuo respiro. Ahimè ahimè, giaciglio ignobile, ingannevole colpo mortale! Mano di donna ti ha vinto, della tua donna armata di scure a due tagli.

CLITEMESTRA: Tu vuoi che questa sia opera mia. No, non dire così. Io non sono la moglie di Agamennone. Il volto io ho della donna di questo morto. Ma io sono l'antico acerrimo demone vendicatore di Atreo che me ripagò della cena orrenda sacrificando quest'uomo a vendetta dei figli giovinetti.

antistrofe

CORIFEO: Tu incolpevole di questo assassinio? E chi mai e come potrà farti testimonianza? Sarà stato tuo complice il demone vendicatore che viene dai padri. E ancora imperversa tra fiumi di sangue di consanguinei il nero Ares, avanzando fin dove al raggrumato sangue dei figli mangiati darà piena vendetta.

efimnio

Mio re, mio re, come ti piango? dal fondo del cuore fedele quali parole ti dico? Giace il tuo corpo in questo tessuto di ragna, ignominiosa morte ha spento il tuo respiro. Ahimè ahimè, giaciglio ignobile, ingannevole colpo mortale! Mano di donna ti ha vinto, della tua donna armata di scure a due tagli.

CLITEMESTRA: No, neppure fu indegna di lui la sua morte. Non fu lui che con frode fece entrare nella casa la maledizione? Oh, Ifigenia, mio germoglio da lui germogliato, da me cresciuto, e ora infinitamente pianto! La sorte che a mia figlia fece patire meritò bene di patire egli stesso. Non vanti nell'Ade parole orgogliose. Se morì ferito di spada, espiò la colpa che primo egli commise.

strofe

CORIFEO: Non so che fare, dalla mia mente in ansia sfugge ogni pronto consiglio, non so dove volgermi. La casa rovina. Io tremo a questo rovescio di pioggia che è pioggia di sangue e la casa ne crolla. Non sono più gocce soltanto. Spada di giustizia per altre vendette ancora, su altre coti, la Moira affila.

efimnio

O Terra, o Terra, mi avessi tu accolto nel tuo grembo prima che dovessi vedere il mio re giacere nel fondo di una vasca da bagno! Chi gli darà sepoltura? chi gli farà il lamento? Oserai tu fare questo, tu l'omicida, e sul tuo sposo levare il compianto, e tu tributargli, violando giustizia, a riscatto di un'opera nefanda, tale grazia non grata? E chi sulla tomba dell'eroe divino si darà pena di dire l'elogio funebre con lacrime vere, con verità di cuore?

CLITEMESTRA: Non spetta a te darti pensiero di questo. Da me fu abbattuto, da me ucciso, io lo seppellirò. Non fa bisogno ci siano lamentazioni familiari. Ci sarà Ifigenia laggiù, la figlia, ad accogliere come deve, con lieto volto, il padre, e al passo della trista riviera, presso il veloce Acheronte, gli getterà al collo le braccia, lo bacerà.

antistrofe

CORIFEO: Oltraggio risponde ad oltraggio. Difficile è giudicare. Chi preda è predato, chi uccide è ucciso. Finché rimane saldo Zeus sopra il suo soglio, anche rimane saldo che chi ha fatto patire patisca. Questa è la legge. Chi potrà mai dalle nostre case scacciare il seme della maledizione? Incatenata a sventura è la stirpe degli uomini.

efimnio

O Terra, o Terra, mi avessi tu accolto nel tuo grembo prima che dovessi vedere il mio re giacere nel fondo di una vasca da bagno! Chi gli darà sepoltura? chi gli farà il lamento? Oserai tu fare questo, tu l'omicida, e sul tuo sposo levare il compianto, e tu tributargli, violando giustizia, a riscatto di un'opera nefanda, tale grazia non grata? E chi sulla tomba dell'eroe divino si darà pena di dire l'elogio funebre con lacrime vere, con verità di cuore?

CLITEMESTRA: Tu sei pur giunto a un detto di verità. E ora io voglio col demone dei Plistenidi fare patto: rassegnarmi al male presente anche se duro; ma per l'avvenire esca fuori il demone da questa casa e a un'altra dia travaglio e strazio di reciproche morti. Se anche una parte minima dei beni della casa io abbia, tutto mi basta purché di qui possa scacciare questa follia di consanguinei che l'un l'altro si uccidono.

ESODO

Dalla parodo di destra entra Egisto seguito da suoi armati.

EGISTO: O luce amica di un giorno che porta giustizia! Posso ben dire ora che numi vendicatori guardano di lassù sulla terra alle colpe degli uomini mortali, se qui io vedo con mia gioia, nel peplo intessuto dalle Erinni, disteso quest'uomo che paga alla fine le mali arti di suo padre. Atreo fu, il re di questa terra e padre di costui, che il padre mio Tieste e fratello suo – chiaro voglio parlare – essendo con lui in contesa per il regno, lo mise al bando dalla città e dalla reggia. Ritornò supplice l'infelice Tieste al focolare di Atreo, e vi trovò così sicura accoglienza che non dové, morendo, macchiare lui del proprio sangue il suolo paterno. Se non che Atreo, l'empio padre di questo morto, facendo finta, con lieto volto ma con un suo zelo feroce e nemico, di voler celebrare il ritorno del fratello come un giorno solenne, imbandì al padre mio, dono ospitale, le carni dei suoi figli. Seduto al suo desco, in disparte, sminuzzò egli i piedi e le mani e le dita perché non fossero riconoscibili. Tieste, lontano da ogni sospetto, subito ne prese e mangiò. E fu pasto, come vedi, esiziale a tutta la stirpe. Poi, appena capì l'opera oscena, dette un grido, cadde all'indietro rigettando quelle carni straziate, e, rovesciata con un calcio la mensa, accompagnò l'atto con questa maledizione: «Così perisca tutta intiera la gente di Plistene». Ecco perché tu vedi costui qui a terra. Era pur giusto che anch'io ordissi questa trama di morte. Me, terzo dei figli, Atreo risparmiò e insieme col misero padre mi mandò in esilio che ancora ero in fasce. Cresciuto negli anni, qui novamente mi ricondusse Giustizia. E allora, pur restando fuori dalla reggia, assalsi quest'uomo legandolo a tutte le fila della trama funesta. Così anche il morire mi sarà bello ora che vedo costui nei lacci della giustizia.

CORIFEO: La tua protervia nel male mi fa ribrezzo. Dici di avere volontariamente ucciso quest'uomo, dici di avere tu solo macchinato la morte miseranda; e io dico che il tuo capo non sfuggirà, siine certo, a maledizioni e lapidazioni di popolo, giusta vendetta.

EGISTO: E sei tu, dell'ultimo banco dei rematori, che gridi così? Chi è sul ponte della nave comanda. E saprai che è duro alla tua età, vecchio come sei, dover apprendere a rigare diritto. Catene e fame, anche per raddrizzare un vecchio sono medicine straordinarie. Questo che hai davanti agli occhi non lo vedi? Non tirare calci contro lo sprone: se ci urti, è peggio.

CORIFEO: Ma tu sei una femmina, che aspetta in casa chi ritorna dalla guerra; e intanto dell'eroe contamini il letto, al capo della spedizione ordisci questa trama mortale.

EGISTO: Anche queste parole ti saranno fonte di pianto. Tu sei il contrario di Orfeo: quello incatenava tutti con la dolcezza della sua voce, tu irriti tutti coi tuoi sciocchi latrati, e sarai tu incatenato. Ma, domato da me, diventerai più mite.

CORIFEO: Sarai tu dunque il re degli Argivi? tu che dopo tramata contro di lui questa morte non avesti il coraggio di essere tu stesso a colpire e a uccidere?

EGISTO: Ma l'inganno era compito di donna è chiaro. Troppo sospetto ero io, antico e naturale nemico del re. E ora coi suoi mezzi vedrò di governare la città. E a chi non sente le briglie gli metterò sul collo un giogo pesante; non lo terrò come un cavallo di volata, nutrito di buon orzo; la fame e il buio del carcere lo vedranno obbediente.

CORIFEO: E perché, vile, non lo colpisti tu quest'uomo, e lo uccise una donna che è la peste del paese e degli dèi del paese? [*Parlando a se stesso*] Ma c'è Oreste; Oreste vede la luce, è vivo, ritornerà qui accompagnato da buona fortuna, e con la forza del suo pugno vittorioso ucciderà lui costoro, tutti e due insieme.

EGISTO: Tali cose dici e tali hai l'aria di voler fare che ti accorgerai ben presto... Avanti, guardie fedeli, questo è il momento.

[*I soldati di Egisto impugnano le spade; e così i vecchi del Coro.*]

CORIFEO: Avanti dunque, ognuno impugni la spada sguainata.

EGISTO: Ho anch'io la spada nel pugno e sono pronto a morire. [*Si pone a capo della propria schiera; e così il Corifeo.*]

CORIFEO: Parli di morire? Accettiamo l'augurio. Non cerchiamo migliore fortuna.

[*Tra le due schiere viene avanti, risolutamente, Clitemestra, cercando di proteggere Egisto.*]

CLITEMESTRA: Oh, non più, amatissimo Egisto; non aggiungiamo altri lutti. Già troppi ne mietemmo, triste mietitura. Basta ora, non più. Siamo ancora insanguinati. Rientrate tutti, tu e questi vecchi, ognuno nella dimora che il destino gli ha assegnata. Altro fare e patire non giova. Quello che avvenne, doveva avvenire. Di tanti mali colma è la misura. Siamone paghi. Assai malamente il demone ci ha feriti col suo artiglio pesante. Così vi parla una donna, se alcuno crede di doverla ascoltare.

EGISTO: Ma dovranno ancora costoro stolide ingiurie raccogliere contro di me, e avventare propositi folli tentando il destino, e perdere saggezza e fare violenza a chi ora comanda?

CORIFEO: Non è costume di Argivi rendere omaggio a un uomo vile.

EGISTO: Bada, anche domani io ti posso punire.

CORIFEO: No, se un dio guidi a queste case Oreste.

EGISTO: Si sa bene che le speranze sono il cibo degli esuli.

CORIFEO: E tu fai pure, ingràssati di delitti, insudicia Giustizia, puoi farlo.

EGISTO: Mi pagherai cara questa tua demenza, ricordati.

CORIFEO: Ardito sei e tronfio come un gallo davanti alla gallina.

CLITEMESTRA: Non badare a questi vani latrati. Io e tu, padroni ormai di questa reggia, ristabiliremo l'ordine come si deve.

[*Clitemestra ed Egisto rientrano nella reggia per la porta centrale che si chiude su loro. Gli armati e il Coro escono dalle due parodo opposte.*]

Le Coefore

Tragedia
Traduzione di Manara Valgimigli

*È questa la seconda tragedia della trilogia l'*Orestea. *Ci è giunta mutila dell'argomento originario e dei primi versi, ricostruiti successivamente.*

Vi si narra il ritorno in patria di Oreste, figlio di Agamennone e Clitemestra, che ancora bambino era stato allontanato dalla casa paterna quando la madre aveva ucciso Agamennone.

La tragedia si apre con l'arrivo di Oreste da Delfi: qui il dio gli aveva ordinato di vendicarsi. Clitemestra ha intanto avuto un presagio e invia Elettra e le ancelle presso la tomba di Agamennone a portare doni. Elettra si reca con il coro presso il tumulo del padre e scorgendovi sopra una ciocca di capelli intuisce che il fratello è vicino. Di lì a poco, infatti, Oreste, che si era nascosto, si fa riconoscere dalla ragazza, mostrandole un tessuto che lei stessa aveva per lui.

I due fratelli si abbracciano commossi: Elettra è certa che la vendetta verrà consumata e che Oreste riconquisterà il trono che gli spetta.

*Oreste si reca da Clitemestra fingendosi un messo della Focide giunto ad annunciare la morte di Oreste. Clitemestra quasi non trattiene la gioia e chiama la vecchia nutrice di Oreste, Clissa, affinché comunichi a Egisto la notizia: la povera vecchia si dispera, ma prima che abbia il tempo di avviarsi si sente il grido di Egisto ferito a morte. Oreste giunge sulla scena con la spada ancora insanguinata e dopo un attimo di esitazione, dettato dalle suppliche della madre, le si scaglia contro e la uccide. Questo momento di esitazione da parte di Oreste è una splendida trovata di Eschilo: sottolinea l'intimo travaglio del giovane e rende sacra la sua vendetta. Grazie a questo stratagemma il poeta non permette che Oreste venga considerato, al pari di Clitemestra nell'*Agamennone, *un mero strumento del destino: Oreste vive intensamente il suo dramma e non compie la sua vendetta meccanicamente. Il suo cammino verso la decisione finale è tutt'altro che piano: tormentato da continue angosce e inquietudini si convince della necessità del suo gesto solo attraverso uno sforzo estremo di razionalità, ma dopo il terribile atto la disperazione non tarderà a travolgere nuovamente il suo animo.*

Lo spettatore intravede subito dalla porta della reggia i cadaveri di Clitemestra e di Egisto, mentre Oreste è sconvolto dall'orribile visione delle Furie vendicatrici.

Il matricidio di Oreste si propone come un'insolubile antinomia: da una parte Oreste ha il pieno e legittimo diritto di vendicare l'uccisione del padre, dall'altra il nuovo delitto costituisce a sua volta una colpa da espiare, nonostante gli stessi dèi abbiano istigato Oreste alla vendetta, nonostante l'anima stessa del padre morto, da lui chiamata, gli abbia narrato i particolari più raccapriccianti dell'uccisione, spingendolo al tragico gesto, e nonostante quest'ultimo si sia rivelato a tutti gli effetti necessario. Tutto sembra contribuire alla decisione di Oreste, ma nulla è in grado di scagionarlo dalla colpa.

Ancora una volta emerge con straordinaria potenza il principio centrale dell'arte di Eschilo: la stirpe risponde della responsabilità morale dei singoli componenti, giacché l'uomo che si macchia di una colpa non solo viene personalmente maledetto dagli dèi, ma trascina con sé anche la sua discendenza.

Personaggi

Oreste
Pilade
Coro delle Coefore
Elettra
Portiere
Clitemestra
Cilissa, nutrice di Oreste
Egisto
Servo di Egisto

PROLOGO

La scena raffigura, nel fondo, il recinto del palazzo degli Atridi; oltre la gran porta di mezzo, c'è anche, a destra degli spettatori, una porta minore che conduce alle stanze delle donne. A sinistra del proscenio, in posizione simmetrica alla porta secondaria, si leva la tomba di Agamennone. Presso la tomba doveva esserci una specie di simulacro di Ermes.
Entra, dalla parodo di sinistra, Oreste: età e veste di efèbo, con lunga capigliatura, e il petaso calato su le spalle, e la clamide; scalzo; cinge la spada. Lento e solenne si avvicina alla tomba. Lo segue Pilade; che si ferma, con alcuni servi, un poco in disparte. In Argo; un po' prima del tramonto del sole.

ORESTE: Erme ctonio, tu che su la potenza vegli di mio padre, sii il mio salvatore, t'imploro, il mio alleato nella battaglia. Io vengo a questa mia terra; io ritorno... [*sale sul tumulo*] e su l'alto di questa tomba, a mio padre grido la invocazione sacra: odimi, o padre, ascoltami... e già una ciocca di miei capelli a Inaco offersi, al fiume che nutrì la mia fanciullezza, e una seconda [*si taglia con la spada una ciocca di capelli*], questa, consacro ora al padre che piango... Non ero presente, io, o padre, a piangere la tua morte; non distesi, io, la mano al tuo funerale... [*Pausa. Oreste vede, dalla parodo di destra, non dalla reggia, avanzare un corteo di donne.*] Oh, che cosa io vedo? quale corteo è questo che avanza, di donne in neri pepli avvolte? quale sventura io debbo immaginare ancora? un dolore nuovo s'è abbattuto su la mia casa? o forse – così mi sembra – a mio padre queste donne recano libami, le offerte che placano i morti? Certamente questo: ché anche Elettra io vedo venire avanti, la mia sorella, che fra tutte si riconosce nel suo lutto doloroso. O Zeu, fa' che io vendichi la morte di mio padre; siimi tu alleato benevolente in questa battaglia. Pilade, ritiriamoci da parte: voglio veder meglio che cosa è questa litania di supplici donne. [*Oreste e Pilade si ritirano nella parodo di sinistra, celandosi.*]

PARODO

Dalla parodo di destra avanzano donne vestite di nero, velate, con vesti e veli stracciati, e i capelli tagliati in segno di lutto. Talune recano vasi funerari; altre si battono il petto e il capo, e hanno il volto rigato di sangue. In mezzo a loro è Elettra. Sfilano senza parlare, solo facendo gridi e gesti di dolore: scendono nell'orchestra; si raccolgono intorno alla tomba; ivi depongono arredi e vasi. Allora cantano; e, durante il canto, Elettra rimane immobile, come incerta, in silenzio.

strofe

CORO: Fuor della reggia mandata qui venni, libagioni recando; e colpi aspri di mano risuonano; e le guance segnate sono di sangue e di ferite, solchi pur ora da l'unghia incisi; ma sempre di gemiti nutresi il cuore. E strappi laceratori di intessuti lini stridono ai colpi dolorosi; intorno alle persone fluttuano pepli battuti da sventure che non sanno riso di cielo.

antistrofe

Ché in suo chiaro linguaggio, il dio dagl'irti capelli, profeta di domestici sogni, dal sonno vendetta spirando, nel colmo della notte, un pauroso ululo dai recessi della casa fece sonare, greve cadendo giù nelle stanze delle donne. E di questo sogno gl'interpreti, che dal dio hanno voce di verità, dissero che sotterra i morti irosamente gemono e vendetta chiedono contro gli uccisori.

strofe

Tale grazia non grata, a riparo di mali — ahi, terra madre! — bramando, qui mi spinge la femmina maledetta. Ma io tremo a profferire la parola. Quale lavacro può espiare sangue a terra caduto? Ahi, focolare di ogni miseria! Ahi, casa nell'abisso travolta! Tenebre impenetrabili al sole, dai viventi aborrite, la casa ricoprono dopo la morte del re.

antistrofe

Regale maestà che prima, senza lotta senza contesa senza discordia, penetrava di reverenza la parola e l'animo dei cittadini, ora non c'è più; e c'è solo paura. Il buon successo è dio fra gli uomini, e più che dio. Ma bilancia di giustizia rapida coglie taluni in piena luce; altri altre pene attendono col tempo tra luce e ombra; e altri avvolge tenebra infinita.

strofe

Ma dove sangue su sangue, bevuto dalla terra nutrice, s'è rappreso in un grumo che attende vendetta, e più non cola, spietata Ate trascina via il colpevole e tutto lo copre di germogli di mali.

antistrofe

Violata castità di vergini non ha medicina, e tutte le acque correnti, anche se da un'unica via scendessero per lavare il sangue della mano impura, discenderebbero invano.

epodo

Quanto a me – poiché gli dèi questa dura sorte m'imposero e alla mia terra, e lungi dalle case paterne mi gettarono in questo destino di schiava – giusto o non giusto sia, e pur contro il mio animo, devo obbedire a chi comanda, e contenere l'amaro odio. E qui, sotto i veli, la miseranda fine io piango del mio re, in questo dolore che celo irrigidita.

PRIMO EPISODIO

ELETTRA: O mie ancelle, della casa custodi, che siete qui meco venute a questa offerta propiziatrice, datemi consiglio. Che debbo dire versando queste libagioni di dolore? quale parola devo proferire che gli sia gradita? quale preghiera al padre rivolgerò? Posso dire che da parte di sposa amata a sposo amato reco io queste offerte... sì, da parte di mia madre? Ahimè, non ho cuore per questo; non so che dire versando questo libame su la tomba del padre. O la parola dico, come è costume tra gli uomini, che egual dono di bene egli ricambi a coloro che inviano queste corone, dono che degno sia del male che egli patì? Oppure, in silenzio, con atto di spregio – ahi, padre ucciso! – versàti alla terra questi libami, indietro ritorno, così come uno che sozzure gitta, e butta via il vaso, e gli occhi torce? Soccorretemi, amiche, in questo consiglio: un comune odio abbiamo nella casa. Non vi chiudete dentro nel cuore per paura di alcuno. Egualmente il dì fatale attende colui ch'è libero e colui che è soggetto al cenno di un padrone. Parla, se qualche cosa di meglio tu hai.

CORIFEA: Come un altare io venero la tomba di tuo padre; e dunque, poiché così vuoi, ti dirò schietto il mio pensiero.

ELETTRA: Parla, come la reverenza ti inspira di questa tomba.

CORIFEA: Versa i libami, e solenni voti pronuncia: a quelli che gli sono benevoli.

ELETTRA: E chi dei suoi posso io chiamare con questo nome?

CORIFEA: Te stessa, anzi tutto; e chiunque Egisto odia.

ELETTRA: Per me dunque e per te farò io questi voti?

CORIFEA: Da te medesima ormai puoi giudicare e dire.

ELETTRA: E chi altri ancora aggiungerò alla nostra parte?

CORIFEA: Ricordati di Oreste, anche se lontano.

ELETTRA: Bene hai detto questo; assai bene mi hai richiamato il ricordo.

CORIFEA: E contro i colpevoli dell'uccisione... ricordati, ricordati.

ELETTRA: Che debbo dire? istruiscimi, io non so, guidami...

CORIFEA: Che contro costoro qualcuno venga, o dio o mortale.

ELETTRA: Giudice dico, o giustiziere?

CORIFEA: Ah, dillo senz'ambagi, uno che ricambi morte con morte.

ELETTRA: Ma questo non è empio per me domandare agli dèi?

CORIFEA: E come è empio che il malvagio sia ripagato del suo male?

ELETTRA [*sale su la tomba; e compie il rito con l'aiuto delle ancelle*]: O messaggero potente degli dèi del cielo e degli dèi dell'Ade, vieni in mio soccorso: Erme ctonio, reca tu per me questo messaggio, e fa' che mie preghiere ascoltino i demoni di sotterra, custodi vigili del sangue di mio padre; e la terra medesima, che tutto produce e di tutto nuovamente riceve e alimenta i germogli fecondi. Ecco [*due Coefore versano acqua lustrale su le mani di Elettra*], quest'acqua lustrale su le mani versando, i morti invoco e dico: «Padre, abbi di me pietà, e la luce del tuo Oreste riaccendi nella casa. Ché ora noi come errabondi siamo, e venduti da quella stessa che ci generò; la quale un altro uomo prese in tua vece, Egisto, il complice della tua morte. E come schiava io sono; e in bando dai suoi beni è Oreste; ed essi, arrogantemente, in mezzo al tuo faticato regno, spadroneggiando tripudiano. Oh, torni qui Oreste, e fortuna lo accompagni! Così io ti prego, e tu ascoltami, o padre. E a me concedi che più casta io sia della madre, e più pure siano le mie mani». Tali, per noi, i vostri voti. Ma, per i nemici, io invoco che apparisca, o padre, il tuo vendicatore; e quelli che hanno ucciso, a lor volta siano uccisi, secondo giustizia. Questo io frappongo alla loro preghiera maledetta, contro loro pronunciando questa maledizione. E tu dall'Ade a noi reca l'invocato bene, con l'aiuto degli dèi, con l'aiuto della terra e della Giustizia vincitrice. Su questi voti io spando queste libagioni; e voi, secondo il rito, incoronate di pianti le offerte, intonando il peana del morto.

CORIFEA [*canta solamente la Corifea: le altre accompagnano il canto con grida e lamenti, e con gesti e danze di dolore. Intanto Elettra versa i libami*]: Lacrime lacrime date, suono di pianto che cade per il caduto signore! E il pianto s'intoni a questo presidio dei buoni, a questa difesa dai tristi che storni e tramuti sacrilego scempio di versati libami. Ascoltami, o re venerato, ascolta, o signore, dal buio dell'Ade levando il tuo cuore. Ahimè, ahimè, ahimè! Qual eroe armato di lancia verrà a liberare la casa? chi tra le mani lo scitico Are ricurvo in opera di guerra agitando? chi per l'elsa impugnando la spada che uccide da presso?

ELETTRA: Ecco che già, bevuti dalla terra, i libami riceve mio padre [*fa per scendere giù dalla tomba e vede i capelli offerti da Oreste*]... Oh, una strana cosa! udite anche voi, o compagne.

CORIFEA: Parla: mi balza il cuore di sgomento.

ELETTRA: Una recisa ciocca di capelli io vedo, qui, sulla tomba.

CORIFEA: Di chi mai, di uomo o di fanciulla ben cinta?

ELETTRA: Ognuno può capir ciò facilmente.

CORIFEA: E come io, già così vecchia, dovrò apprendere da una più giovane?

ELETTRA: Nessuno c'è che potrebbe, all'infuori di me, fare simile offerta.

CORIFEA: Certo, perché nemici sono coloro a cui si converrebbe tal segno di lutto.

ELETTRA: Sì sì, quest'ala di capelli, a guardarla, si assomiglia molto...

CORIFEA: A quali capelli? questo vorrei sapere. [*Discende dalla tomba e si avvicina alle donne del Coro recando seco la ciocca dei capelli.*]

ELETTRA: Ai capelli della mia gente... guarda, raffronta.

CORIFEA: Dunque, furtivo dono di Oreste, tu dici?

ELETTRA: Oh, i suoi capelli sono; io lo vedo.

CORIFEA: E come osò Oreste venire fin qui?

ELETTRA: Si recise la ciocca per offerta al padre, e la mandò.

CORIFEA: Non meno lacrimevole è questo che dici, se più non dovrà egli toccare col piede la sua terra.

ELETTRA: E anche me invade nel cuore un'onda di amarezza, e ferita sono come da un acuto dardo; e dagli occhi assetate gocce mi cadono, irrefrenabili, come da gonfia tempestosa nube, alla vista di questi capelli. Posso io credere che un altro qualunque dei cittadini di Argo sia padrone di chioma come questa? Né certo colei che uccise poté recidersela, mia madre dico, ella che mai ebbe pe' figli, la maledetta, sentimenti di madre. Ma come posso io, così acquetarmi al pensiero che questo sia dono del più caro a me dei mortali, di Oreste... Ah, ch'io mi lascio lusingare dalla speranza! Ahimè! Oh, se amica voce, a guisa di messaggero, questo ricciolo avesse, e io non fossi più, così, tra due pensieri agitata; e chiaro mi dicesse di gettarlo via con orrore, se da nemico capo fosse stato reciso; o piuttosto potesse, se del mio stesso sangue, partecipare meco a questo lutto, ornamento di questa tomba e onore di mio padre! Invochiamo gli dèi: sanno bene essi da quale tempesta, come naviganti, noi siamo travolti. Ma se il destino vuole ch'io tocchi salvezza, da piccolo seme grande albero sorgerà. [*Si china per riporre il ricciolo su la tomba; e scorge le orme.*] Ma ecco delle tracce, un secondo indizio... sì, tracce di piedi, e simili, eguali alle mie... Sì, due coppie ci sono, qui, di orme di piedi... di lui, di lui, e di uno che l'accompagna! Le impronte del tallone e di tutta la pianta, misurate, combaciano in tutto con le mie orme. [*Lunga pausa: e poi, con disperato grido.*] Ahi, non c'è che dolore e morte dell'anima!

[*A questo punto, dal fondo della parodo, ov'era celato, si avanza Oreste; e saluta con parole pacate e gravi.*]

ORESTE: Prega che per l'avvenire ti sia propizia la sorte, annunziando che tue preci hanno dagli dèi compimento.

ELETTRA: [*chiusa e dura nel suo pudore*]: E quale grazia, ora, ho avuta io dagli dèi?

ORESTE: Tu sei al cospetto di colui che or ora invocavi.

ELETTRA: E chi dei mortali puoi sapere tu che io invocassi?

ORESTE: Io so che Oreste, più volte, con affettuoso grido, tu hai invocato.

ELETTRA: Ebbene, che cosa ho ottenuto io delle mie preghiere?

ORESTE: Io sono. Non cercare altri che più ti ami di me.

ELETTRA: Oh, certo una ingannevole rete, ospite, tu mi getti d'attorno.

ORESTE: Contro me stesso allora io ordirei l'inganno.

ELETTRA: Delle mie sventure tu vuoi ridere?

ORESTE: Delle mie tu dici, se delle tue rido.

ELETTRA: Ma dunque Oreste tu sei, a Oreste io parlo?

ORESTE: Ora che vedi me, qui, stenti a riconoscermi; e prima, solo a vedere questa ciocca funebre di capelli, ti esaltasti, e ti parea vedermi, e cercavi le tracce dei miei passi nelle mie orme, ... di me, di questo tuo fratello, che ti è in tutta la persona così somigliante. Ma guarda, avvicina il ricciolo al punto dove fu reciso; e guarda questo tessuto, opera delle tue mani, riconosci il battere dei licci, vedi questo disegno di caccia... [*Elettra si abbandona, commossa, al fratello ritrovato.*] Oh, raffrènati, non lasciarti troppo vincere l'animo dalla gioia; perché quelli che più ci sono vicini di parentela so bene che più ci sono nemici.

CORIFEA: O tu che sei della casa paterna il più amato sostegno, speranza già pianta di un seme di salvezza, fida ormai nella tua forza, e riconquisterai la casa di tuo padre.

ELETTRA: O mio dolce volto, tu sei tutto per me! Ché te io debbo pur chiamarti padre; e in te si volge l'amore della madre – odiata ella è, com'è giusto; – e l'amore anche della sorella, senza pietà sacrificata e il fratello tu sei in cui riponevo ogni fede, tu solo mio signore e re. Cratos e Dica, e il terzo più grande di tutti, Zeus salvatore, vengano in nostro soccorso.

ORESTE: Zeu, Zeu, vieni a vedere quello che qui accade! Vedi la prole dell'aquila fatta priva del padre, del padre fra i nodi ucciso e le spire di una vipera immonda. E gli orfani figli tormenta una digiuna fame, ché non anche cresciuti sono da riportare la preda paterna al nido. Qui siamo, dinanzi a te, tu puoi vederci, me ed Elettra, figli ambedue privi del padre, ambedue lontani dalla casa, ambedue cacciati nel medesimo esilio. Se tu questi giovani figli disperdi del re sacrificatore, di colui che te grandemente di sacrifici onorava, come potrai ricevere ancora ricchezza di doni da una mano come la sua? se i nati dell'aquila lasci perire, come potrai tu ancora inviare ai mortali sicuri presagi? Questo tronco regale, una volta seccato del tutto, non potrà più provvedere agli altari nei giorni delle ecatombi. Deh, abbi pietà di noi! tu che con facile mano puoi risollevare in alto la casa, che sembra oggi del tutto abbattuta.

CORIFEA: O figli, o salvatori del focolare paterno, tacete, che nessuno vi ascolti, o figli, e con stolto parlare tutto non riferisca a coloro che comandano. Oh, se costoro potessi io un giorno veder morire tra vortici fumosi di picea fiamma!

ORESTE: Certo non fallirà del potente Lossia l'oracolo, che mi ordina di affrontare fino all'estremo questa rischiosa sorte; e a gran voce, ogni istante, mi incita, e procellosi mali minaccia che aggelano il mio cuore in febbre, se mio padre non vendico degli uccisori suoi, colpo per colpo intimando, morte per morte, in un taurino impeto che non conosce riscatto di denaro. E diceva che con la stessa mia vita avrei pagato disobbedienza, tra infiniti intollerandi dolori. E le collere svelando che sorgono su dalla terra, ai mortali funeste, dei morti non vendicati, annunziava le malattie che su le carni si arrampicano con selvagge bocche, lebbrose ulceri che succhiano e rodono la sanità antica, e bianco pelame fiorisce sul corpo piagato. E ancora, dice, altri assalti delle Erinni che si maturano e compiono su dal sangue del padre ucciso, il colpevole vede dilatando nell'ombra le chiare pupille. Ahi, tenebroso dardo di sotterra scagliano i morti, i consanguinei caduti che domandano vendetta! ahi, delirio e terrore popolano di fantasmi le notti, e il colpevole urgono e travolgono! e lungi dalla città egli è cacciato in fuga, a colpi di sferza dalle punte di bronzo, putrido corpo disfatto. A cotale impuro non è lecito partecipare a conviti, né a gioia di libagioni; e dagli altari lo allontana la non visibile ira del padre, e nessuno lo accoglie nella sua casa, e nessuno scioglie con lui la sua vela; finché di ogni rispetto privo, dagli amici respinto, bruttamente si consuma in una lenta morte distruggitrice. Come dunque in tale parola del dio non aver fede? E anche se fede non avessi, è pur forza che quest'opera io compia. Ché tutto ciò che m'incita, in quest'unico punto converge, e gli ordini del dio, e il cordoglio grande del padre; e anche povertà m'angustia; e sdegno che cittadini, dei più gloriosi fra gli uomini, i quali Troia distrussero con magnanimo cuore, siano così a due femmine soggetti. Perché costui ha cuore di femmina; e se non lo sa, lo saprà tosto.

LAMENTAZIONE FUNEBRE

Ai piedi della tomba, da una parte e dall'altra, stanno Oreste e Elettra: nel mezzo il Coro.

CORIFEA: O grandi Moire, con l'aiuto di Zeus fate che la cosa si compia, qui dove il giusto volge ora sua via. – Oltraggio per oltraggio si paghi! – Così, suo debito reclamando, alto grida Giustizia. – La piaga mortale paghi con altra piaga mortale chi uccise! – Chi fece patire patisca! – Così dice sentenza tre volte antica.

strofe

ORESTE: O padre, o mio padre di sventura, quale preghiera, quale offerta, potrò io, così di lontano, su le ali dell'aria, inviare fino a te, fin laggiù dove giaci nel sonno, luce che sia ristoro alla tua tenebra? E comunque, un compianto in tua lode può recar voce di grazia per gli Atridi che supplicano alle tue porte?

strofe

CORO: Figlio, l'anima del morto non doma di fuoco vorace mascella; anche se tardi, disvela un dì la sua collera. Si fa su l'ucciso il compianto, e il vendicatore si leva. Compianto di padre, di padre diletto, compianto che giusta vendetta dimanda, aiuta alla caccia, dovunque in sua brama ansimando si getta.

antistrofe

ELETTRA: Ascoltaci dunque, o padre, che a turno diciamo i nostri assai lacrimosi dolori. Di due tuoi figli è questo che te su la tomba piange funebre lagno. E una tomba è questa che i tuoi figli ambedue supplici accoglie, ambedue esiliati protegge. Che c'è più di bene per noi? che cosa è esente da mali? Ahi, con triplice assalto Ate ci abbatte.

CORIFEA: Oh no, che ancora potrebbe, volendo, da questi mali un dio far sorgere canti di più lieto squillo! Invece di funebri lagni sopra una tomba, inno di vittoria nelle stanze regali suona; ed ecco te riconduce nuovamente consacrato figlio.

strofe

ORESTE: Oh, se piuttosto sotto le mura di Ilio, dalla lancia ferito di un soldato di Licia, fossi tu morto, o padre! Lasciato avresti nome di gloria nella tua casa, e ai figli donata una vita da tutti ammiranda nelle vie del mondo; e tu una tomba eccelsa avresti, laggiù, di terra oltremarina, alla tua gente men triste...

antistrofe

CORO: ... e amico agli amici che a Troia gloriosamente morirono, anche sotterra saresti insigne venerato signore, e dei grandi monarchi ministro che nell'Ade governano. Ché re dei re, finché vivo, tu fosti; di coloro che dalle Moire ricevono e compiono ufficio regale, tra le mani scettro reggendo di mite comando.

antistrofe

ELETTRA: Oh neppur sotto le mura di Troia dovevi, o padre, essere ucciso, né insieme con gli altri feriti di lancia, laggiù, presso la riva di Scamandro, sepolto; ma quelli piuttosto che lui uccisero, dovevano essi, così come lui, abbattuti cadere, e io avessi appreso da lungi il loro fato di morte, da questo travaglio non tocca.

CORIFEA: Certo, o figlia, migliori dell'oro sono questi tuoi voti, più grandi di grande fortuna iperborea; ed è facile cosa far voti. Ma suono di duplice sferza qui giunge oramai al suo segno: in nostro soccorso qualcuno sotterra è già desto; e sozze sono di sangue dei dominatori le mani. Maledizione su loro! Buona pe' figli decisa è la sorte!

strofe

ORESTE: Questo presagio fin dentro le orecchie mi penetra sì come dardo. O Zeu, o Zeu, tu che dall'imo dell'Ade, anche se tarda, punitrice vendetta dirigi contro mani audaci e nefande di mortali... ebbene, anche su genitori la vendetta egualmente si compie.

strofe

CORO: Deh, cantare io possa un serrato inno di gioia su l'uomo colpito, su la donna morente! Perché debbo celare nell'animo ciò che di dentro comunque traspira? Dinanzi alla prora del cuore un vento di ira impetuoso turbina e di implacato odio.

antistrofe

ELETTRA: E quando mai Zeus, di duplice armato florida fiamma, farà scendere giù la sua mano – ahimè, ahimè – loro capo fendendo? Oh, abbia da lui la mia patria questo pegno di fede! Giustizia io chiedo della ingiustizia. E tu ascoltami, o Terra; e voi m'udite, potestà della Terra.

CORIFEA: Ma è legge che stille di sangue a terra versate nuovo sangue domandano ancora. E strage invoca l'Erinni, vendetta dai morti già morti, che vendetta su vendetta conduce.

strofe

ORESTE: Ahi ahi, Terra, e voi sovranità degl'Inferi, potentissime maledizioni dei morti, guardate! guardate qui degli Atridi quello che resta! Privi sono di ogni sostegno, e dalle lor case banditi. Dove più volgersi, o Zeus?

antistrofe

CORO: Ecco che ancora il mio cuore sobbalza a udire così disperato grido: e ogni speranza si spegne e il sangue si annera al suono delle tue parole. Ma quando ancora, nell'aiuto fidando, si rinsalda il coraggio, scaccia via esso ogni torbida angoscia, e tutto s'irradia di fulgida luce.

antistrofe

ELETTRA: Ma che cosa possiamo noi dire? se non ricordare i dolori che da lei, dalla madre, soffrimmo? Può ella ora cercar di placare i nostri cuori crucciati; ma non c'è magia che gl'incanti. Come lupo vorace, implacabile cuore ci dette ella stessa, la madre.

strofe

CORO: Commo Ario cantai, e al modo di Cissia lamentatrice. E mani vedevi, l'una su l'altra balzando, da l'alto da lungi vagare avventarsi colpire, e capelli strappare, e gocce di sangue stillare; e di colpi percosso sonava questo nostro piagato capo!

strofe

ELETTRA: Ahimè ahimè, miserabile impudente madre, che con miserabili esequie, senza onore di cittadini il re, senza segni di lutto il marito, senza compianto, osasti seppellire!

strofe

ORESTE: Oh, di qual vituperio tu parli! Ahimè ahimè! Ma tal vituperio del padre pagherà ella, con l'aiuto degli dèi pagherà, con l'aiuto di queste mie mani. E dopo, uccisa ch'io l'abbia, possa io pure morire.

antistrofe

CORO: Mutilato fu, sì, anche questo tu devi sapere. E così, straziato cadavere, sotto terra lo pose, bramosa di dare al marito tal modo di morte che intollerabile peso ti fosse per tutta la vita. Odi tu, Oreste, del padre l'oltraggio nefando?

antistrofe

ELETTRA: Tu dici del padre la morte; e io scacciata fui, spregiato ludibrio vile, e in un canto della casa rinchiusa, come trista cagna. E non facile riso, ma lacrime agli occhi mi salivano, infinito versando, celato, lamentevole pianto. Odi tal mio destino, scrivilo nella mente.

antistrofe

CORO: Ascolta, ascolta: e attraverso le orecchie, fin giù nel fondo dell'anima saldo, conficca coteste parole. Così è ciò che fu; ciò che sarà, in tua furibonda passione tu stesso ti appresti ad apprendere. Con impeto fermo e diritto discenderai nella lotta.

strofe

ORESTE: A te dico, o padre: vieni in aiuto a chi t'ama.

ELETTRA: E anch'io t'invoco, o padre, tutta bagnata di pianto.

CORO: Tutti diciamo in coro, con grido concorde:

ORESTE, ELETTRA, CORO: Vieni alla luce, o padre; nostre preghiere ascolta; sii contro i nemici con noi.

antistrofe

ORESTE: Ares con Ares combatterà, Giustizia contro Giustizia.

ELETTRA: O dèi o dèi, vendetta di sangue, giusta vendetta compite.

CORO: Un tremore mi serpe le vene a udir questi voti.

ORESTE, ELETTRA, CORO: La sorte da tempo è decisa e attende; a chi prega verrà!

strofe

ORESTE: Ahi sventura, nata con questa casa! Ahi, percosse cruente, dal ritmo discorde, di Ate!

ELETTRA: Ahimè, aspri intollerabili affanni!

ORESTE, ELETTRA, CORO: Ahimè, dolore che mai non si placa!

antistrofe

ORESTE: Dentro la casa è rimedio di bende per queste ferite; non altri di fuori lo reca, ma solo domestica mano...

ELETTRA: ... con lotta crudele, cruenta...

ORESTE, ELETTRA, CORO: Questo è l'inno agli dèi di sotterra.

CORIFEA: E voi udite, deità della terra, udite la nostra preghiera; ai figli mandate soccorso; benevoli siate alla loro vittoria.

[*Oreste ed Elettra salgono sul tumulo, e inginocchiati e chini, percuotono con le mani la terra.*]

ORESTE: Padre, che non da re moristi, rendimi, ti prego, l'impero della tua casa.

ELETTRA: Anch'io, padre, tu mi vedi!, ho bisogno di te: fuggire voglio la grande vergogna di essere schiava ad Egisto.

ORESTE: Perché solo così potranno esserti offerti i solenni conviti che si devono ai morti; se no, tu solo, presso gli eroi onorati di convito, inonorato sarai, quando i sacrifici fumano sopra la terra.

ELETTRA: E anch'io allora, del mio retaggio, libami a te recherò, uscendo dalla casa paterna il dì delle nozze. Ché prima di ogn'altra cosa venererò questa tomba.

ORESTE: O Terra, riportami su il padre a dirigere questa battaglia.

ELETTRA: O Persefassa, concedigli dunque bella vittoria.

ORESTE: Il bagno ricorda, dove ti uccisero, o padre.

ELETTRA: La rete ricorda, dove ti avvolsero, e il laccio inusato.

ORESTE: Da ceppi senza ferro tu fosti preso, o padre.

ELETTRA: E dentro turpi viluppi insidiosi.

ORESTE: Odi tu l'ignominia? e non ti desti, o padre?

ELETTRA: E diritto non levi, o diletto, il tuo capo?

ORESTE: O manda Giustizia a combattere, in aiuto dei tuoi, aperta, battaglia; o concedi che anche noi eguale arma s'impugni, se tu, già vinto, vuoi vincere ora.

ELETTRA: Ascolta quest'ultimo grido, o padre: vedi i tuoi piccoli, qui, su la tua tomba accucciati; abbi pietà dei figli della figlia, dei figli del figlio.

ORESTE: Non volere che dei Pelopidi questo seme si sperda e finisca: solo così tu non muori, anche morto.

ELETTRA: Perché del padre morto salvano i figli il nome e l'onore; come sugheri che in alto sostengono la rete, dal fondo del mare salvando la trama di lino.

ORESTE: Ascolta, ascolta: per te sono questi lamenti; e tu stesso sei salvo se pregi il nostro compianto.

[*Oreste ed Elettra discendono dal tumulo.*]

CORIFEA: Lungo fu il vostro compianto, ma non biasimevole: dovevate tal pregio a tomba non lacrimata. Ma già tu l'animo hai pronto e diritto a operare; opera dunque oramai, e sperimenta fortuna.

ORESTE: E sia. Ma non è fuori del mio cammino sapere perché mandò ella questi libami, qual motivo la spinse, dopo tanto tempo, a cercar di sanare così immedicabile male. Forse a un morto che più non ricordi credé ella inviare tal miserabile offerta? Non riesco a capire. Ed è troppo piccolo il dono di fronte alla colpa. Per una goccia sola di sangue tutti i libami potresti versare, e sarebbe fatica vana. Così è il detto. Rispondi, ti prego, alla mia domanda, se sai.

CORIFEA: Lo so, figlio, ché ero presente. Nella notte, sogni la scossero e visioni tremende; ed ella questi libami inviò, la femmina maledetta.

ORESTE: E anche il sogno sapete? potete con esattezza dirmelo?

CORIFEA: Un serpe credé generare; così ci narrò ella stessa.

ORESTE: E come finiva, a che metteva capo il racconto?

CORIFEA: Entro fasce l'avvolse, come fanciullo.

ORESTE: E che cibo cercava lo strano mostro?

CORIFEA: Il seno ella gli porse nel sogno.

ORESTE: E come non fu ferito il suo seno da tale orrore?

CORIFEA: Tanto che un grumo di sangue le succhiò col latte.

ORESTE: Oh, non vano fantasma fu questo!

CORIFEA: Ed ella dal sonno balzò spaventata gridando; e, da più parti, lampade, per la tenebra cieca della casa, rifulsero al grido della regina; e subito manda queste funebri offerte, sperato rimedio che tronchi il suo male.

ORESTE: Or ecco, io questa terra prego e la tomba di mio padre, perché il sogno così abbia per me compimento. E il sogno interpreto sì che in ogni punto a verità si congiunga. Che se il serpe dallo stesso grembo uscì ond'io uscii, e nelle stesse fasce fu avvolto di me fanciullo; e sua bocca aprì su la mammella che fu nutrice mia, un grumo di sangue mischiando al dolce latte; ed ella un urlo gridò di terrore a tal morso: ebbene, come di sangue nutrì la madre spaventevole mostro, così di sangue bisogna che muoia; e sono io il serpe, io sono che la uccido, come il sogno predice.

CORIFEA: Ormai non chiedo del sogno interprete migliore; e così sia. Confida il rimanente ad amici: e di' che cosa debbano alcuni fare, altri non fare.

ORESTE: Brevi parole. Rientri colei [*a Elettra:*] nella casa. Ordino a queste di tenere celati i miei disegni, affinché coloro che con inganno un re venerato uccisero, con lo stesso inganno e nella stessa rete anch'essi siano presi e uccisi. Così disse anche il Lossia, Apollo signore, profeta che mai fu mendace. Io, simile a straniero ospite, in assetto di viaggiatore, con questo mio compagno verrò alle porte della reggia: con Pilade, dico, del quale fui ospite e ospite d'arme nella sua casa. E parleremo ambedue il dialetto del Parnasso imitando il suono della parlata focese. Certo, dei guardiani

alle porte, nessuno vorrà accoglierci con sereno viso, perché la casa, dirà, da spiriti mali è turbata. E noi resteremo così ad attendere, e taluno, passando lì presso, farà congettura malevola; e dirà: «Come mai Egisto, che in Argo dev'essere e sarà stato avvisato, il supplice esclude fuori della porta?». Ma se la soglia io varchi della porta regale, e lui sul trono io trovi di mio padre; o se anche venendomi egli di faccia, mi dica... oh, sii certo, solo che l'occhio io getti su lui, prima che egli mi dica: «Di qual terra sei, ospite?» morto lo stenderò, nel veloce impeto avvoltolo della mia spada. E la Erinni, insaziata di strage, puro sangue berrà nella terza libagione.
Tu ora dunque, o sorella, attenta sorveglia l'interno della casa, perché tutto proceda secondo il disegno; e a voi raccomando prudenza di parola, tacere quando bisogna e a tempo parlare. Per il resto, la potenza di questo morto io prego perché qui volga suo sguardo, a buon fine drizzando i colpi della mia spada.
[*Elettra rientra nella reggia per la porta minore. Oreste con Pilade e i servi escono per la parodo di sinistra.*]

PRIMO STASIMO

strofe

CORO: Molti la terra genera orrendi tremendi flagelli; mostri immani, infesti ai mortali, empiono i seni del mare profondo; in alto, fra il cielo e la terra, balenano fiamme; ogni animale, che voli o che strisci, delle tempeste può dire il procelloso furore.

antistrofe

Ma chi dell'uomo dirà la tracotante audacia, e delle donne accecate nel cuore le violente passioni che traggono seco ruine funeste ai mortali? Quando passione d'amore inumana vince su cuore di femmina, in sua vittoria coppie nuziali travolge di uomini e fiere.

strofe

Mi sia testimone di questo chi non ha labile mente: ricordi quale disegno la trista pensò che il figlio consunse. Disegno di fuoco! Arse del figlio la madre Testiade il rosso tizzone coevo, che il tempo a lui misurava di tutta la vita, da quando suo primo vagito gemette, cadendo dal grembo materno, all'ultimo giorno fatale.

antistrofe

E un'altra femmina ancora con abbominio ricordi, la parricida Scilla, che per favorire il nemico, da auree collane cretesi sedotta, dono di Minos, Niso suo padre a morte sospinse, il capello immortale strappandogli, mentre senza sospetto – cuore di cagna impudica! – egli respirava nel sonno. E subito morte lo colse.

strofe

Ricordai amare passioni. E non è tempo ora ch'io dica l'odiato connubio alla casa esecrando, e i mali consigli di femmina contro un uomo prode nell'armi, contro un re che agli stessi nemici era terrore ed onore? Focolare domestico io amo che non ha fiamma di male passioni, femmineo impero che non ha tracotanze.

antistrofe

Ma di tutti gli scempi il più nominato da tempo è quello di Lemno: dovunque, chiunque, l'obbrobrio ne grida; scellerato misfatto ogni volta alla strage di Lemno si appaia. Ma in odio agli dèi, degli uomini in bando, miseramente la stirpe finisce. Nessuno venera e ama chi è inviso agli dèi. Quale di questi casi non ricordai con ragione?

strofe

Già prossima al cuore è la spada; acuta, diritta, per mano di Dica è già pronta a ferire. Perché ciò ch'è contro la legge non può a terra restare gittato e calpesto, chi violi contro la legge la maestà sacra di Zeus.

antistrofe

Come incudine salda è Giustizia; su l'incudine batte il Destino e foggia sua spada. Ecco la spada! Ed il figlio sangue su sangue accumula ancora, e nel sangue lava a suo tempo l'antica sozzura la tenebrosa inclita Erinni.

SECONDO EPISODIO

Entrano Oreste e Pilade, in abito di mercanti, con un lor seguito di servi che recano mercanzie. Si avanza Oreste e batte alla porta dell'atrio.

ORESTE: Ehi là, custode, ehi là, senti ch'io batto alla porta... Oh là, oh là, custode, ancora una volta, nessuno è in casa?... È la terza volta che chiamo perché qualcuno venga fuori... [*come tra sé*] se pur è cortese ora con ospiti la casa di Egisto.

PORTIERE: Eccomi, apro. [*Esce su la porta.*] Di qual terra sei, ospite? donde vieni?

ORESTE: Annunziami ai tuoi padroni di casa; ché da loro io vengo e reco notizie. Ma presto: già scende veloce la Notte sul suo carro di tenebra, ed è l'ora che i viandanti calino l'àncora nelle dimore che ricevono i forestieri. Venga fuori qualcuno dei padroni di casa, sia pur donna che ivi comandi e, meglio, se uomo [*il Portiere si ritira*]. Perché allora, in quel che uno può dire, non ci sono riguardi che facciano velo: con più franchezza parla uomo con uomo, e più chiaro si esprime.

[*Su la soglia della porta centrale dell'atrio si presenta Clitemestra: la seguono ancelle e servi.*]

CLITEMESTRA: Dite pure, ospiti, quello che vi bisogna; c'è qui per voi tutto ciò che da una casa come questa un ospite si può aspettare: caldi bagni, morbidi letti a riposo delle fatiche, devoti e vigili servi. Se però altra cosa vi mena che richieda maggior consiglio, questo allora è compito d'uomini; e ad essi ne riferiremo.

ORESTE: Un forestiero di Daulide sono, del paese dei Focesi. Mentre ero in via, che conducevo io stesso ad Argo le mie mercanzie – come qui ora mi vedi al termine del viaggio [*indicando i servi e le robe*], – mi si fece incontro un uomo che io non conoscevo né egli conosceva me; e dopo avermi chiesto che strada facevo io, e informatomi lui della sua, quest'uomo, Strofio focese – così vengo a sapere parlando, – mi disse: «Poiché tu, ospite, in ogni modo vai ad Argo, ricordati di dire, ma stai attento, ai genitori di Oreste, che Oreste è morto; non te ne dimenticare. E, se prevalga nei suoi il parere di riaverlo a casa, o se preferiscano seppellirlo fuor della patria, sì ch'egli rimanga in tutto e per sempre ospite nostro, mi riporterai poi, al ritorno, i loro ordini. Ora intanto, fra sue belle pareti di bronzo, un'urna racchiude le ceneri del morto; il quale fu pianto come si doveva». Questo mi disse colui, e questo io ti riferisco. Se poi io parli veramente a chi è arbitro della cosa e cui spetta decidere, io non so; i genitori lo sanno di certo.

CLITEMESTRA: Ahimè, ahimè, dal sommo al fondo la nostra casa rovina! Maledizione che su la casa incombi, chi può lottare con te! Come su tutto spii e miri; e anche se cosa alcuna abbia la nostra cura appartata e riposta, pur di lontano tu, col tuo arco infallibile, la colpisci e l'abbatti. Me infelice, di tutti i miei cari mi hai priva. E ora Oreste, che al sicuro stava e i piedi avea fuori di questa gora mortale, ed era nella casa speranza unica di salvezza dal tuo giocondo delirio; ecco che ora anche Oreste tu me lo scrivi presente nel tuo registro di morte.

ORESTE: In verità io, da così nobili ospiti, per più liete novelle avrei voluto essere conosciuto e ospitato. Che c'è per chi ospita più benevolo dell'ospite? Ma scrupolo avevo nel cuore di non fare a persone amiche questo servigio dopo averlo promesso, ed essere stato così bene ospitato.

CLITEMESTRA: Non per questo troverai accoglienza men degna, né sarai meno amico alla mia casa. Un altro sarebbe venuto egualmente a recarci questo messaggio. Ma è tempo che il forestiero, affaticatosi tutto un giorno in così lungo cammino, abbia le cure che gli convengono. E tu [*si volge a uno dei suoi servi:*] conduci colui nelle stanze degli ospiti, e anche questi che lo seguono, e il suo compagno. E trovino essi colà quello che loro bisogna e come alla casa si addice. Ordino di far questo; e pensate che me ne dovrete dar conto. Noi andremo a comunicar la notizia a chi è a capo di questa casa; non manchiamo di amici; e delibereremo insieme su ciò che sia da fare.

[*Clitemestra coi suoi rientra per la grande porta dell'atrio; Oreste e gli altri, preceduti da un servo, la seguono.*]

CORIFEA: O fedeli ancelle della casa, quando mai mostreremo in aiuto di Oreste la forza del nostro pregare?

CORO: O Terra veneranda, o venerando tumulo, che giaci ora sul corpo del re navigatore, ascoltaci ora, portaci ora soccorso. L'ora è questa che Peito ingannevole discenda con noi al cimento, e che il dio ravvolto di tenebra, Ermes il dio di sotterra, sia vigile scorta in questa contesa di spade omicide.

[*Il Coro ode un lamento; e vede che dalla porta minore, a destra, esce fuori Cilissa, la vecchia nutrice di Oreste.*]

CORIFEA: Pare che l'ospite qualche cosa stia preparando; perché vedo qua, tutta in lacrime, la nutrice di Oreste. [*A Cilissa:*] Dove vai, Cilissa? come esci, tu, dalle porte di casa? e dolore non compro, vedo, ti accompagna.

CILISSA: La regina mi manda. Gli stranieri vogliono che si chiami subito Egisto. Così ella mi ordina di dire: perché, venendo Egisto in persona, possa essere informato direttamente dall'ospite, e più sicuramente, della notizia. Dinanzi ai familiari faceva la faccia triste, ma nel fondo degli occhi un riso di gioia celava. Per lei le cose sono andate bene; ma per questa casa è l'estrema rovina questa notizia che gli ospiti hanno recata, e così chiara, pur troppo. E certo anche costui, udendo, si rallegrerà tutto in cuor suo quando l'apprenderà. Oh me infelice! che groviglio di antiche sventure, di mali intollerabili, in questa casa di Atreo. E sempre ne sanguinava nel petto il mio cuore; ma non mai ebbi a soffrire una pena come questa. Gli altri dolori, pazientemente, li potei sopportare; ma il mio Oreste, che era l'amore della mia vita, che io accolsi dal grembo della madre, che io allevai!... Oh, i suoi acuti strilli, che mi facevano, la notte, andare su e giù per la stanza! e quanti e che affanni per lui! E tutto, ora, inutilmente. Un bimbo, un bimbo che ancora non capisce, come un agnellino si deve tirarlo su; e come no?; e piegare noi la mente ai suoi bisogni. Perché non dice niente il piccolino che è ancora in fasce, se ha sete, se ha fame, se ha bisogno di orinare. Non ha legge la pancina delle creature. Io indovinavo i suoi bisogni; ma più volte, si sa, restavo ingannata; e allora dovevo lavargli le fasce, e facevo tutto, da nutrice e da lavatrice insieme. Così, con questi due uffici, mi fu affidato Oreste dal padre suo. E ora, infelice, vengo a sapere che è morto. E devo andare da colui che è la peste di questa casa, e che sarà ben lieto di apprendere la notizia.

CORIFEA: Ebbene, come vuole la donna che egli venga... preparato?

CILISSA: Come dici? Ripeti, che non capisco bene.

CORIFEA: Se con le sue guardie o anche solo.

CILISSA: Vuole che meni seco il suo seguito di armati.

CORIFEA: Bene: e tu non dirglielo questo a quell'uomo che aborri; ma che vada solo, perché non ha cose paurose da udire; e subito vada; e con lieto animo parlagli. Se un messaggio è storto, un buon messo lo deve raddrizzare.

CILISSA: Ma tu dunque sei di animo lieto dopo la notizia che ora gli stranieri ci hanno recata?

CORIFEA: Zeus farà pur mutar rotta un giorno a questa procella di mali.

CILISSA: E come? Insieme con Oreste ogni speranza se n'è andata via da questa casa.

CORIFEA: No, non ancora: cattivo profeta potrebbe pensare così.

CILISSA: Che dici? Sai tu qualche altra cosa da quello che ci hanno detto?

CORIFEA: Va', da' retta; riferisci il messaggio che ti è stato ordinato. Pensano gli dèi a ciò cui debbono essi pensare.

CILISSA: Vado, vado, seguirò i tuoi consigli. E tutto sia per il meglio, con l'aiuto degli dèi. [*Esce per la parodo di destra.*]

SECONDO STASIMO

strofe

CORO: Ancora, ancora, io t'imploro, o Zeu, padre degli dèi dell'Olimpo: fa' che le sorti si adempiano, ai giusti voti soddisfa di chi nella casa l'impero dell'ordine brama vedere finalmente ristabilito. Giustizia grida ogni mia parola; e tu, Zeu, giustizia difendi.

efimnio

Eia, eia! Di contro ai nemici, lui ch'è già dentro la casa, poni ben saldo, o Zeu; in alto sollevalo, ed egli duplice e triplice merito riconoscente ti renderà.

antistrofe

Mira quaggiù il figlio giovinetto, orfano dell'uomo a te caro; guarda il polledro aggiogato a un carro di sventura; poni al suo corso un termine. Deh, possa io vedere, attraverso la piana, questo impeto di passi protendersi in corsa serbando lor ritmo fino alla meta!

efimnio

Eia, eia! Di contro ai nemici, lui ch'è già dentro la casa, poni ben saldo, o Zeu; in alto sollevalo, ed egli duplice e triplice merito riconoscente ti renderà.

strofe

E voi che dentro la reggia penetrali abitate gioiosi di ricchezze, ascoltatemi, o dèi, con animo benevolente. Fate che dei malefici di un tempo con sangue novello il sangue si lavi, ma con giustizia; altri lutti non generi nella casa la strage antica.

efimnio

E tu che la ben costrutta abiti bocca profonda di Delfo, fa' che lo sguardo rialzi la casa del mio signore; fa' che luce rivegga di libertà splendente, sereni occhi sgombrando dal suo velo di tenebra.

antistrofe

E aiuto ci rechi in sua giustizia il figlio di Maia, ché degli dèi nessuno più prospero vento può spirare all'impresa. Ignoti tramiti spesso egli apre se vuole; ma oscura parola talora dicendo, notturne tenebre distende su gli occhi, sì che neanche alla luce del giorno si svela.

efimnio

E tu che la ben costrutta abiti bocca profonda di Delfo, fa' che lo sguardo rialzi la casa del mio signore; fa' che luce rivegga di libertà splendente, sereni occhi sgombrando dal suo velo di tenebra.

strofe

E allora, finalmente, solenne canto noi canteremo di libertà della casa; femmineo canto che gli eventi, come aura serena spirando, accompagna, e non più trenodia di gemiti acuti. «Ad Argo salvezza! Bene per noi, bene per noi! Lungi la maledizione da quelli che amiamo!»

efimnio

E tu sii saldo nel cuore; e quando l'ora tua di oprare sia giunta, invoca del padre il soccorso, e a lei che incontro ti viene e chiama «O figlio», «Di mio padre figlio», tu grida, e compi vendetta senz'onta.

antistrofe

Abbi nel cuore il cuore di Perseo, e dritto colpisci. Ai tuoi morti laggiù sotto terra, ai tuoi vivi quassù, rendi la grazia che attendono, soddisfa lor funebre ira, dentro la casa poni la tua vendetta di sangue, e chi uccise uccidi.

efimnio

E tu sii saldo nel cuore; e quando l'ora tua di oprare sia giunta, invoca del padre il soccorso, e a lei che incontro ti viene e chiama «O figlio», «Di mio padre figlio», tu grida, e compi vendetta senz'onta.

TERZO EPISODIO

Egisto entra dalla parodo d'onde era uscita Cilissa: solo.

EGISTO: Non a caso io vengo, ma chiamato da un messaggio. Sento che una strana notizia hanno recata certi forestieri venendo qua, né affatto desiderabile: la morte di Oreste. Sopportare anche questo sarà un peso grave per la casa, che tuttavia goccia terrore dalla piaga e dal morso della ferita di prima. Come posso io di questa notizia assicurarmi se è vera e viva? o sono ciarle paurose di donne che sbalzano un poco in aria come faville e subito muoiono senza traccia? Che cosa potete dirmi voi che dia chiarezza al mio animo?

CORIFEA: Anche noi l'udimmo; ma puoi informartene dai forestieri tu stesso, entrando in casa. Non c'è messo che valga, quando uno può informarsi direttamente da sé.

EGISTO: Sì, voglio anch'io vedere e interrogare il forestiero, se proprio lui c'era vicino a Oreste quando morì, o se parla per oscure voci che abbia udite. Né certo potranno ingannarmi costoro: io ho gli occhi bene aperti. [*Entra in casa per la porta di mezzo.*]

CORIFEA: O Zeu, o Zeu, che cosa io dico, di dove comincio? Io voglio, ora, pregare; io voglio far voti; ma, nell'amore che m'urge, come finire dicendo parole che a questo si agguaglino? Ecco che ora tagli di spade omicide già grondano sangue. O l'ultimo colpo mortale daranno alla casa degli Agamennonii, o fiaccole e fuochi brillando per la libertà, impero di leggi restauratrici recupera Oreste, e dei padri la grande fortuna. Tale è la lotta che Oreste, ultimo in campo scendendo, sta per combattere, contro due egli solo. Ma vigila il dio su lui. Deh, sia per lui la vittoria.

VOCE DI EGISTO DALLA CASA: Ahi, ahi, ahimè!

CORO: Che è questo grido, che cosa avviene? Là, dentro la casa, è finita!

CORIFEA: Tiriamoci da parte; la cosa ora si compie; non diamo sospetto di essere partecipi di colpe. Certo la battaglia ormai è decisa.
[*Il coro si ritira in una delle due parodoi. È già notte.*]

SERVO [*esce fuori, gridando, dalla porta di mezzo dell'atrio; e batte, impaziente, alla porta delle donne*]: Ahimè, ahi, ahimè! Il mio signore è morto. Ahimè, per la terza volta grida il mio grido. Egisto non è più. E dunque aprite, fate presto, togliete le sbarre alla porta delle donne. Ma di giovane ben vigoroso c'è bisogno... Oh, non per venir in soccorso a chi già è finito; che vale? Oh là, oh là! Ma a sordi io grido, a gente che dorme io parlo, e vana si perde la mia voce. Dov'è Clitemestra? che fa? Un ferro affilato io vedo che sul capo le pende; è l'ora sua; e già la colpisce.
[*La porta si apre, e Clitemestra esce. È sola.*]

CLITEMESTRA: Che avviene? che gridi? chi chiami al soccorso qui nella casa?

SERVO: Io dico che i morti uccidono i vivi.

CLITEMESTRA: Ahimè, capisco la tua parola oscura. D'inganno morremo come d'inganno uccidemmo. Datemi una scure mortale, presto: ch'io veda se vincitori siamo, o vinti. A questo io giunsi oramai del mio triste destino.

[*Il Servo esce. Si apre la porta centrale; e viene avanti Oreste, stringendo nel pugno la spada insanguinata. Dietro lui è Pilade. Si vede nel fondo, di là dalla porta che rimane aperta, il cadavere di Egisto.*]

ORESTE: Te, appunto te, io cerco: costui ha già la sua parte; e gli basta.

CLITEMESTRA: Ahi, sventura! Morto sei, amatissimo Egisto.

ORESTE: Tu lo ami, costui? e dunque con lui giacerai nella medesima tomba. Anche morto non potrai abbandonarlo mai più. [*Fa per colpirla.*]

CLITEMESTRA [*si apre la veste, scoprendo il seno*]: Fermati, o figlio; abbi rispetto, o figlio, di questo seno, su cui tante volte il capo ti cadde nel sonno, e tu seguitavi con le tue gengive a suggere il dolce latte che ti nutriva.

ORESTE [*lascia cadere la spada, e si volge a Pilade*]: Pilade, che debbo fare? Non uccido la madre?

PILADE: E dove lasci gli oracoli del Lossia, i vaticinii pronunciati dalla Pizia? Non si possono tradire i giuramenti. Meglio avere nemici gli uomini tutti anzi che gli dèi.

ORESTE: Giusto dici; lo riconosco; il meglio mi consigli. [*A Clitemestra, facendo atto di trascinarla dentro:*] Seguimi: accanto a lui, qui ti voglio sgozzare. Anche vivo, lui reputasti da più di mio padre, e con lui anche morta devi dormire: ché questo è l'uomo che ami; e chi amare dovevi, odii.

CLITEMESTRA: Io, ti nutrii; e con te voglio vivere.

ORESTE: Tu, che le mani hai sozze del sangue di mio padre, vuoi vivere insieme con me?

CLITEMESTRA: La Moira, o figlio, fu cagione di ciò.

ORESTE: E anche questa morte la Moira la vuole.

CLITEMESTRA: E tu non temi maledizioni di madre, o figlio?

ORESTE: Tu, madre! che, nato appena, fuor di casa mi cacciasti, nella miseria!

CLITEMESTRA: Non ti cacciai; una casa ospitale ti accolse.

ORESTE: Turpemente venduto fui; io che figlio ero di libero padre.

CLITEMESTRA: E dov'è, dimmi, il prezzo che ne riscossi?

ORESTE: Io ho vergogna a pronunciare la parola del tuo obbrobrio.

CLITEMESTRA: Di' pure; ma anche le follie di tuo padre devi dire.

ORESTE: Non accusare, tu che in casa sedevi, chi faticava alla guerra.

CLITEMESTRA: Triste cosa è a donne viver lontane dallo sposo, o figlio.

ORESTE: Ma la fatica dell'uomo nutre chi ozioso nella casa rimane.

CLITEMESTRA: O figlio, lo vedo, tu vuoi uccidere tua madre.

ORESTE: Non io te, ma tu te stessa ucciderai.

CLITEMESTRA: Guàrdati, sàlvati dalle cagne rabbiose della madre.

ORESTE: E quelle del padre come le fuggo, se esito?

CLITEMESTRA: Sembra che qui, viva ancora, vani lagni io pianga su la mia tomba.

ORESTE: Il fato di mio padre stabilisce questa morte per te.

CLITEMESTRA: Ahimè, ahimè, questo è il serpe che generai, il serpe che nutrii!

ORESTE: Buon profeta fu dunque il terrore del sogno: chi non dovevi, uccidesti; e ora, quello che non dovresti patire, patisci.

[*Oreste trascina la madre dentro la reggia; Pilade lo segue; la porta si chiude. Cauto, rientra nell'orchestra il Coro; mentre si ordina per il prossimo canto, parla la*]

CORIFEA: Anche di costoro io piango la duplice sorte. Ma poi che di tanto sangue al colmo giunse l'infelice Oreste, questo almeno preghiamo, che l'occhio della casa non si spenga in una rovina mortale.

TERZO STASIMO

strofe

CORO: Venne Giustizia alla fine, contro la casa di Priamo, grave di giusta vendetta; e venne alla casa del re Agamennone due volte un leone con doppia battaglia. Fino al termine spinse sua corsa l'esule reduce giunto da Delfo, guidato incitato dai giusti consigli del dio.

efimnio

Gridi di gioia levate, o compagne: liberata è la casa del re; l'obbrobrio è finito; non più dispersione di beni per mano degli empi omicidi; per via diversa s'è volta Fortuna.

antistrofe

Amavano essi combattere all'ombra, e venne su essi dalla insidiosa ombra la pena; e nella battaglia la figlia verace di Dia – che chiamano Dica i mortali cogliendo nel segno – toccò la mano di Oreste soffiando contro i nemici un'ira mortale.

efimnio

Gridi di gioia levate, o compagne: liberata è la casa del re; l'obbrobrio è finito; non più dispersione di beni per mano degli empi omicidi; per via diversa s'è volta Fortuna.

strofe

Non con inganno l'inganno, dall'antro profondo di sua terra parnassia, l'Ambiguo ordinava; e giustizia, anche se tardi, raggiunge la colpa e colpisce. Ché sempre trionfa del dio la parola, negando soccorso ai malvagi. I signori del cielo tu venera, e premio ne avrai.

efimnio

La luce rifulge; le grevi catene già sento della casa cadere. Rialza, mia casa, la fronte; da troppo tempo oramai al suolo prostrata giacevi.

antistrofe

Ma tempo perfetto ben presto la soglia varcherà della casa, quando dal focolare sarà ogni lordura spazzata, e con sacrifici saranno placati gli spiriti della vendetta. E sorti novelle, riversa la faccia in tutto benigna a vedere, nella casa saranno gittate, e nuove fortune vedrà nella casa abitare chi oggi grida e si lagna.

efimnio

La luce rifulge; le gravi catene già sento della casa cadere. Rialza, mia casa, la fronte; da troppo tempo oramai al suolo prostrata giacevi.

ESODO

Si apre la gran porta dell'atrio. Si veggono i cadaveri di Egisto e di Clitemestra, su due feretri, allineati l'uno presso l'altro. Dinanzi a essi Oreste. È notte. Servi della casa portano torce; altri reggono il peplo dove Agamennone fu irretito e ucciso. Genti di Argo, oltre il Coro, empiono l'orchestra.

ORESTE: Ecco, guardate qui la coppia, i due tiranni della mia terra, gli uccisori di mio padre, i saccheggiatori della mia casa. Regali essi erano allora, in trono seduti; ma amanti anche qui ora sono; la loro sorte lo mostra, e il loro giuramento d'amore rimane fermo per sempre a questa prova di fedeltà. Insieme giurarono morte a mio padre, infelice! e giurarono di morire insieme: anche a questi giuramenti hanno tenuto fede. E vedete anche, voi che di queste scelleraggini foste testimoni, vedete qui l'artificio, la catena che incatenò il mio misero padre, i ceppi che gli aggiogarono a coppia i piedi e le mani. [*Ai servi che reggono il grande peplo:*] A voi, dispiegatelo; e qui, in cerchio, mostrate da quale coltre un uomo fu avviluppato. Veda il padre – non mio padre dico, ma quegli che di lassù tutto guarda, il padre Elio – l'empia opera veda di mia madre; e mi assista, e mi sia testimone un giorno, se giudizio si faccia, che con giustizia io questa vendetta perseguii fino alla morte... fino alla morte di mia madre. Oh, nulla ho da dire della morte di Egisto: egli ha la pena che spetta agli adùlteri, come vuole la legge. Ma colei che contro il marito osò macchinare un orrore come questo, contro l'uomo da cui concepì e di cui recò nel grembo peso di figli – peso d'amore allora, e ora, come vedete, di sventura e di odio – ... Che cosa dici tu? Io dico che se nata era murena o vipera, solo che avesse toccato uno, neppure morso, lo avrebbe reso cadavere putrido, nel furore della sua scellerata natura. E questo [*volge l'occhio al peplo*] come lo debbo chiamare, con quale parola anche s'io trovi la parola più mite? laccio da fiera? drappo da inviluppare un morto da capo a piedi nella sua... bara? Meglio rete; ma anche trappola puoi dire; sì, è un peplo che scende fino ai piedi... per legarli! Tale ordigno un predone lo potrebbe avere, uno che medita agguati ai viandanti, uno che vive di rapina e, quante più genti, con simile frode, prende e uccide, tanto più si scalda di gioia nel cuore. [*Pausa. Oreste si volge ancora ai cadaveri, fissando Clitemestra.*] Donna come questa io non abbia mai compagna nella mia casa; senza figli piuttosto mi facciano morire gli dèi.

strofe

CORO: Ahi ahi, miserabile scempio! Odiosa morte l'uccise! Ahi, ahi! Ma più tarda, e più cresce e fiorisce la pena.

ORESTE: Uccise, o non uccise? Ma questo manto l'attesta. Guardate come di sangue lo tinse la spada di Egisto. E gli spruzzi della strage bene s'accordano al tempo: vedete come hanno corroso i bei colori della porpora dipinta. [*Pausa.*] Ahi! Ora soltanto posso dire di mio padre le lodi, solo ora posso farne il compianto, ora che non a lui, ma a questa veste che l'uccise io parlo. E tutto è dolore, ciò che fu fatto e ciò che fu patito, e tutta la mia gente; e io ho altro premio di questa vittoria che una triste sozzura.

antistrofe

CORO: Niuno mai dei mortali la vita senz'affanno trascorse; paga sempre alla vita ciascuno suo prezzo. Ahi, ahi! Se non oggi domani il dolore ne coglie.

ORESTE: Ebbene, ascoltate... perché non so io dove finirà questa mia corsa... Io sono come un auriga che ancora si sforzi di guidare i cavalli ormai fuori di strada. Sempre più sono vinto; non ha più freni l'animo, e mi trascina. E lo spavento, sul cuore, già intona il suo canto, e in folle danza, a quel canto, il cuore tumultua. Ascoltatemi, finché ancora sono in senno. A tutti coloro che mi amano dichiaro e affermo che non senza giustizia uccisi mia madre, lei, peste che uccise mio padre, odio degli dèi. E chi mi stillò nel cuore il filtro di questa audacia – divino consigliere io vanto – fu il profeta di Pito, il Lossia, il quale mi disse che, ciò facendo, di ogni rea colpa ero esente; ma se avessi tralasciato... oh, io non vi dirò la pena, ché nessuno potrebbe, con l'arco della mente, misurarne tutto l'orrore. E ora voi mi vedete: sono pronto. Con questo ramo d'olivo incoronato di lana, io me ne vado supplice al santuario del dio, là nel cuore del mondo, alla dimora del Lossia, dove luce brilla di fuoco inestinguibile, in fuga da questo sangue di madre. Né ad altro focolare permise il Lossia che io mi volgessi. E chiedo al popolo di Argo: «Fatemi voi tutti un giorno testimonianza che così miserando strazio volle in suo consiglio il destino». E ora io vado, esule errante, lungi dalla mia terra, e di me, vivo o morto, questo nome lascio...

CORIFEA: Ma giusto è quello che facesti; non aggiogare il tuo labbro a voci di malo augurio, non infliggerti imprecazioni tu stesso; ché tutto il popolo di Argo tu hai liberato, dei due draghi con mano felice mozzando le teste.

ORESTE: Ahi, ahi! quali femmine sono queste! Negre tuniche hanno, come Gorgoni, e le chiome attorte di serpi fitte... Ahi, non posso più rimanere.

CORIFEA: Quali fantasmi ti travolgono, o figlio, che sei di tutti i figli al padre il più caro? Riprendi animo: non lasciarti vincere, così, da sgomento, tu che sei vittorioso di così grande vittoria.

ORESTE: Non vani fantasmi mi straziano: le rabide cagne di mia madre sono, queste; le vedo!

CORIFEA: Perché tiepido sangue hai su le mani ancora; di qui lo sgomento che nel cuore ti pesa.

ORESTE: O Apollo, Apollo signore, sempre sono di più, sempre di più sono; e dagli occhi gocciano orrido sangue.

CORIFEA: Di purificazione hai bisogno; ma solo che il Lossia ti tocchi, e subito sarai libero di quest'angoscia.

ORESTE: Voi non le vedete queste, ma io le vedo; e mi scacciano... Non posso più rimanere. [*Fugge via.*]

CORIFEA: Ti accompagni fortuna; e che un dio, volgendo su te benevolo sguardo, ti protegga e ti salvi.
[*Cittadini e servi se ne vanno; anche il Coro si ritira, cantando.*]

CORO: È questa la terza procella che su le case del re, impetuosamente soffiando, si abbatte. Fu morte di figli la prima, l'orribile scempio dei figli dell'infelice Tieste. Poi venne lo strazio del re: colui che gli Achei guidò nella guerra, sgozzato periva in un bagno. E ora è venuta la terza... salvezza la dico o rovina? Dove mai finirà, dove mai cesserà, finalmente mutata placata, la furia di Ate?

Le Eumenidi

Tragedia
Traduzione di Manara Valgimigli

Nelle Eumenidi, *atto conclusivo del grande complesso tragico eschileo dell'*Orestea, *Oreste giunge a Delfi, inseguito dalle Erinni, e si reca al santuario di Apollo con le mani ancora insanguinate. Apollo lo conforta assicurandogli protezione e lo esorta a recarsi ad Atene, al tempio di Pallade, per porre fine ai suoi mali. Oreste si avvia, tormentato dalla colpa, e giunto a destinazione, supplica la dea di salvarlo e di liberarlo dall'assillante presenza delle Furie che rendono più insopportabile la sua disperazione, danzandogli intorno e cantandogli canti d'orrore, a simbolo del crudele rimorso che lo divora. Oreste viene giudicato e assolto dall'Areopago in virtù di un principio universale sancito dalla dea Atena, secondo il quale un accusato viene assolto quando esistono tanti motivi per condannarlo quanti ve ne sono per assolverlo.*

Alle Erinni, placate da Atena, viene ora dato il nome di Eumenidi: esse dichiarano benevolenza nei confronti del popolo di Atene e, ispirate dalla dea, diventano custodi della giustizia della città.

La soluzione del grave dilemma morale di Oreste non è possibile in termini umani: Oreste ha commesso una grave colpa, che ovunque egli fugga conduce con sé. La tragica vicenda si conclude anche questa volta con l'intervento divino, giacché l'Areopago è istituzione divina. La decisione dei giudici ateniesi non ha dunque alcun carattere umano, poiché rappresenta una legge stabilita dagli dèi. Protagonista dell'intero dramma è dunque quella giustizia superiore, quell'ordine immutabile, quell'armonia prestabilita che deve a ogni costo ripristinarsi.

Nel contesto della tragedia il ruolo delle Erinni è fondamentale: inizialmente insopportabili, esse vengono gradatamente a perdere le loro più negative e odiose caratteristiche, affinché si comprenda che la loro missione proviene dagli dèi. Spettro, per Oreste, della atroce azione che egli ha compiuto, esse rappresentano invece nell'economia generale del dramma l'ordine della società, giacché hanno il compito di punire chi uccide i propri parenti. In questo è anche il motivo del contrasto tra loro e Apollo. Il dio è infatti convinto della superiorità del singolo rispetto alla stirpe e della sacralità del matrimonio.

Sono due concezioni inconciliabili sul piano umano: la prima, che è poi quella più propriamente eschilea, appare dura, ingiusta, incomprensibile agli occhi di noi moderni, profondamente convinti della responsabilità perso-

nale dell'individuo e della sua autonomia, ma rappresenta l'antica società ateniese; la seconda, quella di Apollo, riflette i cambiamenti intercorsi nell'Atene del V *secolo e la revisione in senso democratico delle leggi della città. La religiosità eschilea consentirà una riconciliazione dei due punti di vista, e, in sostanza, dell'uomo con dio.*

*Cronologicamente l'*Orestea *è l'ultima opera di Eschilo: la completa maturità dell'ispirazione è infatti oramai raggiunta; sono ravvisabili inoltre alcune innovazioni presenti per la prima volta nelle tragedie di Eschilo: l'introduzione del terzo attore, come già in Sofocle, l'uso del prologo recitato e, per quanto riguarda l'aspetto scenico, la raffigurazione della facciata di un palazzo con una porta centrale e due laterali che conducono direttamente al proscenio.*

Personaggi

Pizia
Oreste
Apollo
L'ombra di Clitemestra
Coro delle Eumenidi
Atena
Corteo delle sacerdotesse di Atena

PROLOGO

Nella prima parte della tragedia l'azione si svolge sulla sinistra del fronte scenico, dove è raffigurato il tempio di Apollo, a Delfi. Sulla destra, invece, è raffigurato il tempio di Atena sull'Acropoli di Atene; ma poiché questa parte della scena resta deserta, è come ignorata e non vista dagli spettatori.

PIZIA: La Terra anzi tutto, Gea, che fu la prima profetessa, con questa preghiera io adoro; e dopo lei Temide che seconda ebbe, com'è fama, il seggio profetico della madre; terza, adoro un'altra Titanide, che a Temide benevolmente successe, senza violenza, figlia anch'essa della Terra, Febe; e Febe trasmise il potere a Febo, come dono natale. Da Febe Febo ebbe nome. Lasciò egli Delo e il lago e le rupi del Cinto, approdò alle rive portuose di Pallade, e venne in questa terra e qui ebbe sua sede presso il monte Parnaso. Grande onore e corteggio gli fecero gli Ateniesi figli di Efesto, e gli aprirono la via sgomberando il terreno selvaggio. Devotamente mossero incontro al suo arrivo il popolo di Delfi e Delfo che di questa terra è il re. E a lui Zeus pose nel cuore la ispirazione profetica, e qui lo colloca, quarto profeta, sul trono. Interprete di Zeus suo padre è il Lossia Apollo. A queste divinità volli per prime innalzare le mie preghiere. Ma poi anche Pallade Pronaia voglio ricordare e venerare; e le ninfe dell'antro Coricio dove hanno asilo gli uccelli e dimora gli dèi. Né dimentico Bromio che tiene questi luoghi dal giorno che si mise a capo delle Baccanti, e diedero morte a Penteo come cani a una lepre. E invocando le acque del Plisto e la forza di Poseidone e l'altissimo Zeus che tutto compie, ecco che io, ultima profetessa, siedo sul tripode sacro. Mi concedano ora gli dèi più propizia delle altre questa entrata nel tempio. E se peregrini sono qui giunti dall'Ellade, vengano avanti seguendo ciascuno suo ordine segnato dalla sorte, com'è costume. I miei vaticinii sono quali mi suggerisce il dio. [*La Pizia apre la porta ed entra nel tempio. Subito dopo ne esce sgomenta e tremante.*] Oh, terribile cosa a dire, spettacolo orrendo a vedere! Indietro mi scaccia dalla casa del Lossia. Non ho più forza, non posso più reggermi in piedi. Carponi sono corsa via, come legate ho le gambe. Non è più niente, è peggio di un bimbo una vecchia che trema. Entro nel tempio, mi accosto al tripode incoronato di bende, e là, presso l'òmfalo vedo un uomo; un uomo macchiato di colpa. Sta quivi piegato in atto di supplice; le mani gli gocciano sangue; regge una spada che or ora ha ferito, e un lungo ramo di olivo; e il ramo è tutto ravvolto, come il rito vuole, di lana, di un candido vello di lana. E qui ascolta, ascolta. Davanti a quest'uomo c'è una strana torma di donne che dormono sopra i sedili. No, non donne, ma Gorgoni dico. No, nemmeno a forme di Gorgoni le posso rassomigliare. Già vidi un giorno, dipinte, quelle che a Fineo portavano via il mangiare. Ma sono senz'ali queste, e nere, e repugnanti alla vista. E russano, ed esalano fiati che ammorbano, e sgradevoli umori stillano dagli occhi. E indosso hanno guarnimenti che nessuno potrebbe portare dinanzi a simulacri di dèi o in case di uomini. Mai vidi compagnia come questa; nessuna terra potrebbe gloriarsi di avere allevato tal gente senza suo danno, senza doverne pagare la pena. E ora che cosa accadrà? Il signore del santuario, il potentissimo Lossia dovrà provvedere. Lui solo coi suoi oracoli può medicare e interpretare il prodigio, lui solo che anche le case degli altri può purificare.

[*La Pizia si allontana per la parodo destra. Dalla porta del tempio escono Oreste e Apollo.*]

APOLLO: Non ti tradirò. Fino alla fine veglierò su di te, da vicino e anche da lontano ; ai tuoi nemici non sarò benigno. Tu vedi ora queste Furie già dome; cadute nel sonno vedi le vergini maledette, queste vecchie vergini nate in un tempo remoto. Nessuno si congiunge con loro, né dio né uomo né bestia selvatica. Per il male esse nacquero, e nell'ombra maligna del Tartaro, giù sotto terra vivono, odio degli uomini e degli dèi di Olimpo. E tu fuggi, non lasciarti cogliere da debolezza. Ti inseguiranno costoro, per tutta la terra quanto è grande, e tu dovrai sempre andare e dovunque segnare le tue vestigia errabonde, anche di là dal mare, anche fra genti circondate dal mare. Non essere mai stanco di pascere questa tua pena. Ma giunto nella città di Pallade, allora chinati a terra e abbraccia l'antico simulacro. Là io troverò i giudici della contesa, e le parole della persuasione e il mezzo di liberarti per sempre da questo travaglio. Fui io, lo so, che ti indussi a colpire il seno di tua madre.

ORESTE: Apollo signore, tu conosci che cosa è giusto; e poiché lo conosci, sappi anche non dimenticarti di me. La tua potenza mi è guarentigia che mi sarai valido aiuto.

APOLLO: Ricordati, non ti vinca paura. [*Appare dal tempio, tacitamente chiamato da Apollo, il dio Ermes.*] E tu Erme, sangue fraterno, figlio di comune padre, veglia su lui. Come dice il tuo nome, siigli guida, proteggi questo mio supplice. La santità degli esuli anche Zeus vuole rispettata, e che una sorte propizia li accompagni per il mondo.

[*Ermes prende per mano Oreste e lo conduce seco per la parodo sinistra. Apollo rientra nel tempio. Di contro alla porta di questo, dalle scale caronie, aperte nel piano dell'orchestra, appare l'ombra di Clitemestra.*]

L'OMBRA DI CLITEMESTRA: Ah, voi dormite! Dormite pure. Che bisogno ho io di gente che dorme? E così anche tra i morti voi mi oltraggiate. Uccisi, è vero; e l'oltraggio dell'accusa neanche tra i morti mi lascia. E da tutti, vergognosamente, vo errando scacciata. I morti sono, questo vi dico, che più fieramente mi accusano. E io che dalla persona più cara ebbi a soffrire strazio così atroce, che fui da mano matricida sgozzata, nessun dio io ho che si sdegni per me. Guarda queste mie ferite. Dentro il tuo cuore le vedi. L'anima di chi dorme è tutta uno splendore di occhi che vedono, mentre di giorno ciechi sono per loro destino i mortali. E voi più volte mie libagioni avete lambito, libagioni di acqua e di miele a placarvi; e notturne cene di sacrifici vi offersi sul focolare acceso, in ora che non è comune agli altri dèi. E tutto questo voi lo calpestate. E quello è scampato, è fuggito via come un cerbiatto, così, con un agile salto fra mezzo le reti tese, e vi deride e sogghigna. Mi udite? Di me, della mia vita vi parlo. Ascoltatemi, divinità sotterranee. Fantasma di sogno sono io, Clitemestra sono che vi chiamo.

CORO: [*un mugolio.*]

CLITEMESTRA: Mugolate, mugolate pure... E lui se n'è andato, è fuggito lontano. Divinità protettrici ha la mia gente, non io.

CORO: [*un mugolio ancora.*]

CLITEMESTRA: Tu dormi, un sonno profondo tu dormi. Non hai pietà di questo che mi accade. L'uccisore mio, di me, di sua madre, è fuggito.

CORO: [*un gemito.*]

CLITEMESTRA: Tu gemi, tu dormi... E dunque levati su, presto... Che altro hai da fare tu se non male?

CORO: [*ancora un gemito.*]

CLITEMESTRA: Sonno e stanchezza, congiurati insieme, si sono impadroniti di te e l'impeto della feroce idra lo hanno fiaccato.

CORO [*un più lungo e acuto mugolio*]: Prendilo, prendilo, prendilo, prendilo, stai attenta!

CLITEMESTRA: In sogno tu insegui la bestia. Come un cane latri che mai cede all'affanno della fatica. Che fai? Levati su! Non ti vinca stanchezza! Non ignorare, stupidita dal sonno, lo scorno che hai subito. Non ti mordono il cuore giuste rampogne? Sono rimedio e stimolo ai saggi. Soffiagli contro a costui un tuo soffio di sangue; col tuo alito, col fuoco delle tue viscere, disseccalo, stagli dietro, consumalo, dagli addosso ancora una seconda volta!

[*L'ombra di Clitemestra scompare profondando nelle scale caronie. Sulla porta del tempio appare la Corifea.*]

PARODO

CORIFEA: Svegliati! E sveglia anche tu quest'altra, come io te. Ancora dormi? Levati. Dài un calcio al sonno. Vediamo se veramente la nostra prima caccia fu in vano.

[*Svegliate, le Erinni escono tumultuando dal tempio e invadono l'orchestra.*]

strofe

CORO: Ahimè ahimè, un guaio ci è capitato, compagne...

– Oh sì, guai su guai patimmo e vani...

– Tristissimo danno, ahimè, insopportabile danno! Fuori delle reti si è buttata la bestia, è fuggita.

– Il sonno ci ha vinte, la preda l'abbiamo perduta...

antistrofe

– Ah, figlio di Zeus, un predone tu sei...

– E noi, vecchie dee, tu giovane dio calpesti...

– ...per favorire il tuo supplice, uomo nemico agli dèi, funesto alla madre. Ce l'hai predato il matricida, tu dio.

– Dove, dimmi, dove è giustizia?

strofe

Contro di me si levò il rimbrotto dal sogno. Pareva un auriga; afferrò per il mezzo la sferza, mi colpì sotto il fianco, nel cuore. Pareva un pubblico flagellatore feroce; ancora sento fin dentro le ossa il brivido freddo dei colpi.

antistrofe

Questo sanno fare i novissimi dèi: governano il mondo trascurando giustizia, da un trono ch'è tutto, al sommo e in basso, maculato di strage. E qui puoi vedere insozzato di sangue l'òmfalo della terra, orrenda sozzura.

strofe

Del sangue di uccisi su focolare domestico Apollo profeta contaminò il suo santuario. Volle egli stesso far questo. Passò oltre le leggi divine per onorare un mortale, e violò le antichissime Moire.

antistrofe

E così anche a noi fece offesa. Ma non sarà salvo il supplice. Anche se fugga sotterra non sarà mai liberato. La sua colpa egli porta con sé. Dovunque egli vada, avrà sempre sul capo un altro vendicatore.

PRIMO EPISODIO

Esce improvvisamente dal tempio Apollo e avanza sull'orlo del palcoscenico con l'arco teso contro le Erinni che si agitano nell'orchestra.

APOLLO: Fuori di qui, obbedite! Fuori di queste case, presto. Sgomberate il tempio se non volete che io vi colpisca con un mio alato bianco serpe vibrato dall'aurea corda dell'arco; se non volete nel dolore vomitare a grumi, a fiotti di nera schiuma, il sangue che avete succhiato agli uomini uccisi. A voi non è lecito avvicinare questa dimora. Là dove tagliano teste, dove strappano occhi, dove sgozzano; là dove seme di fecondità distruggono e fiore di giovinezza avvizzisce; là dove si vedono mutilazioni e lapidazioni, dove si odono mugghi e gemiti di gente trafitta per la schiena e confitta in terra da pali, là è vostra sede. Mi udite? Queste sono le orge che vi deliziano, tutta la vostra figura lo dice; per questo gli dèi vi maledicono. Antri di leoni insaziati di strage voi dovete abitare, e non spargere su altri, in questo tempio fatidico, la vostra sozzura. Andate altrove a pascervi. Di tal mandra selvaggia nessun dio può essere pastore benigno.
[*Sotto le parole sferzanti e minacciose del dio le Erinni escono a gruppi da sinistra. Resta, ultima, la Corifea.*]

CORIFEA: Apollo re, anche noi ascolta. Del delitto di Oreste non basta dire che sei complice: tu solo ne fosti l'autore, tu solo ne sei il responsabile.

APOLLO: Come dici? A questo soltanto rispondi.

CORIFEA: Col tuo vaticinio ordinasti all'ospite di uccidere sua madre.

APOLLO: Col mio vaticinio gli dissi «Vai a vendicare tuo padre». E allora?

CORIFEA: E allora tu ti facesti autore e fautore del nuovo delitto.

APOLLO: E anche gli dissi di cercare in questa casa il suo rifugio di supplice.

CORIFEA: Noi lo scortammo fin qui, e noi tu offendi?

APOLLO: Perché in questa casa a voi non è lecito né venire né stare.

CORIFEA: A noi questo fu comandato.

APOLLO: Per quale compito? quale vantate così onorevole ufficio?

CORIFEA: Scacciare i matricidi dalle loro case.

APOLLO: E come? e la donna che uccise il suo sposo?

CORIFEA: Non versò ella, uccidendo, sangue di consanguinei.

APOLLO: Tu fai ben poco conto, assai poco rispetto tu hai dei patti di fedeltà della pronuba Era e di Zeus. E poi da questo tuo ragionare è come vilipesa e scacciata Cipride, benché da lei vengano agli uomini le gioie più care. Il talamo nuziale a cui il destino lega l'uomo e la donna, è vincolo assai più grave del giuramento, e giustizia lo protegge. Se dunque tu, quando l'uno dei due uccide l'altro, sei indulgente con l'uccisore e non lo punisci e nemmeno lo guardi con ira, io dico che tu ingiustamente perseguiti Oreste: perché vedo che della colpa di lui sei fortemente sdegnata, l'altra invece è palese a tutti che tu la giudichi con molto minore severità. Comunque, dove sia fra le due parti il diritto vedrà Pallade Atena.

CORIFEA: Non sarà mai che quel tuo uomo io me lo lasci sfuggire.

APOLLO: E tu inseguilo e prenditi pure altre fatiche ancora.

CORIFEA: Con queste parole tu distruggi ogni mio onore.

APOLLO: I tuoi onori io non li vorrei avere.

CORIFEA: Lo sappiamo tutti che grande rinomanza tu godi presso il trono di Zeus. Ma io – il sangue d'una madre m'incita – farò giustizia di lui, non cesserò di dargli, come cane, la caccia. [*Esce da sinistra.*]

APOLLO: E io darò aiuto al mio supplice, e difesa e salvezza. È terribile cosa fra uomini e dèi l'ira del supplice contro chi lo voglia tradire. [*Apollo rientra nel tempio, la cui porta si chiude. Dopo un breve intervallo a scena vuota, rientra, correndo, da destra Oreste, che dopo un breve giro nell'orchestra, sale sul palcoscenico e abbraccia prosternandosi il simulacro di Atena, posto a destra davanti al tempio della dea sull'acropoli di Atene. L'attenzione degli spettatori, attratta dalla spostata azione scenica, dimentica ora il tempio di Delfi raffigurato a sinistra.*]

ORESTE: Atena regina, per ordine del Lossia sono giunto qui; e tu accogli benigna l'uomo perseguitato dal demone della vendetta. Ma io più non sono macchiato di colpa, non ho più le mani impure. Ha perduta la punta oramai, si è corrosa la mia spada colpevole nelle case che ho visitato e tra gli uomini che ho incontrato nel mio cammino. Mari e terre ho percorso, fedele agli ordini profetici del Lossia. E ora sono qui davanti al tuo santuario, o dea; e qui abbracciato al tuo simulacro aspetto che giustizia si compia.

EPIPARODO

Entra nell'orchesta, dalla parodo destra, furiosamente cercando sulle tracce di Oreste, il Coro delle Erinni.

CORIFEA: Oh, bene! Ecco qui dell'uomo un chiaro segno. Segui le indicazioni di questa spia muta. Siamo come cani dietro un cerbiatto ferito. Pozze di sangue, gocce di sangue, sono la nostra pista. Molto affaticate siamo e stanche, e anelante il cuore. Tutta la terra abbiamo percorsa. Di là dal mare, con voli senz'ali, venimmo e inseguimmo. Nave non è più veloce. Qui deve essersi appiattato colui. È un riso per me questo odore di umano sangue.

CORO: Guarda, guarda ancora, cerca bene dappertutto, che non ci scappi impunito il matricida.

– Oh, eccolo là! Ancora una volta ha trovato aiuto. Si è abbracciato al simulacro della dea immortale. Della sua azione vuole avere giustizia.

– No, non è possibile! Sangue di madre caduto a terra non si raccatta, non si riscatta. Vivido sangue caduto a terra è perduto per sempre.

– Sei tu che dalle tue vene vive mi devi in cambio dar da succhiare il rosso libame. Da te io voglio di feroce bevanda pascere mia sete. Anche vivo, dopo averti prosciugato, ti trarrò laggiù dove pagherai la pena che ti spetta dello scempio materno.

– E laggiù vedrai altre genti che commisero sacrilegi, chi contro dèi chi contro ospiti chi contro genitori; e ciascuno ha da giustizia sua pena.

– Grande giustiziere degli uomini è laggiù sotto terra il dio Ade, che nel libro della memoria tutto ha scritto e tutto sorveglia.

ORESTE: Esperto di mali, più modi conosco di purificazione, e so quando è lecito parlare e quando tacere. In questa vicenda un maestro sapiente mi ordinò di fare udire la mia voce. Non è più vivo nella mia mano il sangue, s'è spento; del sangue di mia madre è lavata la macchia. Era ancor fresca quando sull'ara domestica di Febo il sacrificio di un verro la portò via, la purificò. Lungo sarebbe noverare quanti avvicinai, con quanti potei stare insieme senza loro danno. Tutto cancella il tempo che passa. E ora con pure labbra, senza empietà, posso invocare colei ch'è regina di questa terra, Atena, e pregarla di venire in mio soccorso. Senza battaglia la dea conquisterà me e la mia terra e tutto il popolo di Argo che le sarà lealmente fedele e alleato per sempre. Dovunque ella sia, soccorritrice dei suoi coperta o scoperta, o nei paesi di Libia presso le rive del natio Tritone, o nella pianura di Flegra prode in guerra a sorvegliare il nemico, qui venga – anche di lontano un dio ascolta – e me da queste persecutrici liberi e salvi.

CORIFEA: No, né Apollo né la forza di Atena ti salveranno. Tu perirai abbandonato da tutti. Nessuna gioia rallegrerà il tuo cuore. Dissanguata ombra, il tuo sangue noi disseterà. Neppure rispondi? E sputi sulle nostre parole? Per noi fosti nutrito, alle Erinni fosti consacrato. E così ancor vivo, senza neppure essere sgozzato sull'ara, sarai il nostro convito. E ora odi l'inno che sarà tuo incanto e tua catena.

PRIMO STASIMO

Le Erinni cantano e danzano nell'orchestra, mentre Oreste si tiene stretto al simulacro di Atena.

CORO: Una danza, una danza vogliamo danzare, un canto di orrore vogliamo cantare; e dire in che modo alle sorti degli uomini la nostra congrega dà ordine e legge. Giustizia che diritto colpisce, questo è il compito nostro. Contro chi pure distende le mani, nessuna di noi ira lo assale e immune trascorre sua vita. Ma chi colpa commise e, come quest'uomo, le mani nasconde insanguinate, contro costui ci leviamo in difesa del morto, e fino all'estremo testimoni presenti il debito suo di sangue gli facciamo pagare.

strofe

Notte a me madre, notte che mi generasti a vendetta dei vivi e dei morti, ascoltami. Il figlio di Latona mi tiene in dispregio; e mi ha tolto costui, cerbiatto che trema e si appiatta, unica offerta che sangue materno possa espiare.

efimnio

Vittima a noi sacra è Oreste; tale è il nostro canto su lui: canto che dissenna, canto che travolge e sconvolge la mente; inno delle Erinni che la mente incatena: inno senza lira che brucia e prosciuga i mortali.

antistrofe

Questa è la sorte che a me stabilmente filò la inesorabile Moira: chi dei mortali per sua follia precipita in colpe di sangue fraterno, seguire costui fino al giorno che scende sotterra; e anche morto rimane in nostro potere.

efimnio

Vittima a noi sacra è Oreste; tale è il nostro canto su lui: canto che dissenna, canto che travolge e sconvolge la mente; inno delle Erinni che la mente incatena: inno senza lira che brucia e prosciuga i mortali.

strofe

Questa sorte sul nascere a noi fu assegnata; né avere contatto con gli immortali; nessun dio ci può essere compagno di mensa; lungi da noi compagnie liete in letizia di candide vesti...

efimnio

Distruzioni di case eleggemmo, là dove alcuno, domestico Ares, un proprio congiunto uccida: e allora costui nella sua recente lordura di sangue è da noi inseguito e, se anche potente, ombra tra ombre annientato.

antistrofe

È nostra premura liberare altrui da questi pensieri, esonerare gli dèi dalle invocazioni a noi volte, né che debbano essi sostenere giudizi di morte: disdegna Zeus di raccogliere in suo cospetto tal genia esecranda e macchiata di sangue.

efimnio

Distruzioni di case eleggemmo, là dove alcuno, domestico Ares, un proprio congiunto uccida: e allora costui nella sua recente lordura di sangue è da noi inseguito e, se anche potente, ombra tra ombre annientato.

strofe

Oh le glorie degli uomini! Anche quelle che più solenni si levano al cielo, cadono senza onore e si spengono all'impeto delle nostre nere vesti e sotto il maleficio del nostro piede che danza e calpesta.

efimnio

Perché in alto saltando la forza del piede pesante in basso sferriamo; vacilla il fuggiasco in sua corsa veloce e cade, miseranda rovina.

antistrofe

Cade e non sa, da delirio accecato: tale su lui come tenebra la colpa svolazza e l'avvolge; e si odono grida, si odono voci che sopra la casa pende una buia tempesta.

efimnio

Perché in alto saltando la forza del piede pesante in basso sferriamo; vacilla il fuggiasco in sua corsa veloce e cade, miseranda rovina.

strofe

Immutabile è la Erinni. Abili e tenaci al compito nostro, memori delle colpe e sorde al pianto degli uomini, noi siamo le Venerande; e nostra sorte seguiamo indifferenti all'onore e al dispregio, e tenute dagli dèi in disparte, fra barlumi di tenebra, per un cammino orrido ed aspro a chi è senza occhi e a chi vede.

antistrofe

Chi c'è dunque tra gli uomini che non abbia reverenza e tremore di me udendo la legge che la Moira ha stabilito e gli dèi sanzionato? Privilegio antico è il mio. Ho anch'io qualche parte di onore, se pure costretta laggiù sottoterra in una notte perenne senza sole.

SECONDO EPISODIO

Esce a destra, dal suo tempio, Atena.

ATENA: Da lungi, dal lontano Scamandro, udii il richiamo di una voce. Prendevo possesso di una terra che a me del loro bottino avevano assegnato i capi e i guerrieri Achei; e ora quel pezzo di terra è tutto e totalmente mio, mio e dei discendenti di Teseo. Di là io venni; e venni rapidamente, senz'ali, fremendo e nitrendo i venti nel seno dell'egida come polledri giovani aggiogati al mio carro. E qui, a vedere così strana turba, il mio cuore non trema, ma gli occhi stupiscono. Chi siete voi? A tutti insieme io parlo: a questo forestiero abbracciato al mio simulacro e a voi... Ma voi a nessun essere generato somigliate, non foste mai viste dagli dèi tra le dee, e nemmeno avete aspetto di creature mortali... Non è bello, lo so, rinfacciare così una vostra deformità, non è giusto né equo.

CORIFEA: Tutto saprai brevemente, o vergine figlia di Zeus. Noi siamo le lugubri figlie della Notte. Maledizioni, è giù sotto la terra il nostro nome.

ATENA: Ora so chi siete e il vostro nome qual è.

CORIFEA: E subito anche saprai qual è il compito nostro.

ATENA: Parla e lo saprò.

CORIFEA: Scacciamo in bando gli omicidi dalle loro case.

ATENA: E dove il bando finisce?

CORIFEA: Dove più nessuna gioia esiste.

ATENA: Dunque a tale meta con le vostre grida voi inseguite quest'uomo?

CORIFEA: La madre sua uccise: questo egli osò.

ATENA: Forse glielo impose qualcuno di cui temeva la collera?

CORIFEA: E quale pungolo può avere tal forza da trarre uno a uccidere sua madre?

ATENA: Accusatore e accusato vedo qui presenti, ma di uno solo odo la voce.

CORIFEA: Perché costui né potrebbe accettare né vuole dare giuramento.

ATENA: Tu preferisci aver nome di persona giusta anziché praticare giustizia.

CORIFEA: E come? Dimmelo. Tu non manchi di questa abilità di saggezza.

ATENA: Io dico che non debbono valere giuramenti a far vincere una causa non giusta.

CORIFEA: Ebbene, esamina tu la causa, giudica tu direttamente.

ATENA: A me volete affidare la decisione della contesa?

CORIFEA: Così sia. Come tu meriti noi ti onoriamo.

ATENA [*a Oreste*]: Tu, ospite, che cosa hai da dire? Ma prima dimmi di che paese sei e di quale gente, e i tuoi casi. Dopo ti difenderai dall'accusa. Se hai fede nella giustizia e qui ti tieni stretto a questo simulacro presso al mio focolare, rispettato supplice come già Issione, bene, rispondi con chiarezza su tutto.

ORESTE: Atena regina, io voglio per prima cosa rimovere il grave dubbio che era nelle tue ultime parole. Io non sono un supplice macchiato di colpa. Non sono impure le mani che toccano il tuo simulacro. Ti darò prova sicura di questo. È norma che l'omicida rimanga in silenzio fino a che un sacerdote non gli abbia spruzzato sopra il sangue purificatore di un verro lattante immolato. Già da tempo presso altri focolari purificai la mia colpa con vittime espiatorie e con acque correnti. Togliti dunque dall'anima questo timore. Sappi ora piuttosto della mia gente. Io sono argivo. E il padre mio lo conosci bene, Agamennone, che fu capo delle navi e dell'esercito acheo, e lo avesti alleato quando della troiana Ilio facesti una città che città non è più. Appena ritornato mio padre a casa, in malo modo fu ucciso; mia madre lo uccise, donna di nero cuore. Lo ravviluppò in una rete insidiosa; e fu quella rete che diede a me testimonianza dell'eccidio del bagno. Ritornato poi io, dopo il lungo esilio, a casa, uccisi mia madre. Non nego questo: morte con morte, a vendetta del padre amato. Di ciò che feci fu mio complice il Lossia: pungoli erano al mio cuore le sue profezie che mi predicevano dolori atroci se non avessi eseguito i suoi ordini contro i colpevoli. Era giusto? Non era giusto? Tu giudica. Quale sia la mia sorte, nelle tue mani sono e l'accetterò.

ATENA: Se alcuno pensa che troppo grave sia per uomini mortali giudicare questa contesa, neanche a me conviene dare giudizio di una uccisione che suscita così acute collere vendicatrici. D'altra parte, poiché tu sei pur venuto qui supplice compiutamente purificato, senza danno per la mia dimora e anche senza biasimo alcuno che a te possa fare la mia città, io ti accolgo. Ma queste hanno un loro privilegio che non è facile rifiutare, e se non riescono nella causa a riportare vittoria, temo che dai loro precordi cadranno su questo paese i dardi avvelenati di un triste intollerabile flagello. Ora, che io le accolga costoro o che le respinga, sono cose ambedue difficili per me e cagione di dolore. E poiché la lite a questo punto è precipitata, io eleggerò giudici giurati e fonderò un istituto di giustizia che resterà saldo per sempre. Voi intanto [*si rivolge insieme alle Erinni e a Oreste*:] raccogliete prove e testimonianze, che sono, consacrate da giuramento, gli aiuti della giustizia. Io ritornerò appena eletti i migliori dei cittadini, i quali definiscano con verità la contesa e non vìolino, iniquamente, i giuramenti. [*Scompare.*]

SECONDO STASIMO

strofe

CORO: Vedrete voi ora a quali rovine porteranno le nuove leggi se la causa – il delitto! – di questo matricida dovrà prevalere. Agli uomini sarà facile ogni audacia. Dai propri figli i genitori ferite e morti si dovranno d'ora innanzi aspettare.

antistrofe

Nessuna vigilanza avranno più le Menadi sui mortali; nessuna collera punitrice inseguirà misfatti come questo. Ad ogni morte, libera strada. E quante pene per mano dei congiunti patite! Invano si chiederanno gli uomini l'un l'altro quale fine alle sventure trovare, quale tregua; e non troveranno, infelici, che vane blandizie di vani rimedi.

strofe

Né alcuno più, percosso da sventura, implori soccorso levando il grido «O Giustizia, o Troni delle Erinni!». Sarà forse un padre, sarà forse una madre or ora uccisa, che così gemeranno gemiti di pietà. Invano! La casa di Giustizia è crollata.

antistrofe

E bene talvolta il terrore. E bene che sul cuore degli uomini abbia il suo posto di guardia. Il dolore giova a saggezza. Chi mai, o città o uomo mortale, che nessun'ansia, finché vivo, abbia avuto nel cuore, potrà tuttavia venerare Giustizia?

strofe

Senza freno di leggi non lodare la vita, né senza libertà. Sempre il giusto mezzo prevalga. Questo volle il dio, che i casi diversi diversamente sorveglia e dirige. E sia qui ripetuto il detto: «Di Empietà verissima figlia è Tracotanza». Da equilibrio di mente nasce felicità a tutti cara, da tutti desiderata.

antistrofe

Anche ripeto, ed è legge suprema: «Rispetta l'altare di Giustizia. Non ti seduca guadagno a rovesciarlo con piede sacrilego, perché il castigo sopravverrà». Ogni azione ha suo termine fisso. Abbia ciascuno per i genitori la reverenza dovuta, e sia rispettoso degli ospiti che frequentano la sua casa.

strofe

Chi per suo volere, e non costretto da necessità, ama Giustizia, non sarà infelice né potrà mai perire del tutto. Ma chi per sua ribellione trasgredisce ogni norma, costui io dico che con tutta la sua nave, con tutto il suo carico di ricchezze contro giustizia accumulate, per forza un giorno dovrà precipitare nel mare quando il vento della tempesta gli prenda le vele e gli spezzi l'antenna.

antistrofe

Chiama egli al soccorso, ma nessuno lo ascolta in mezzo al turbine che lo travolge. Ride il demone su l'orgoglio dell'uomo, a vederlo così dal suo orgoglio caduto. E ora è come un fuscello tra gorghi di calamità senza scampo, né più si regge sul filo dell'onda. Con la sua lunga e felice opulenza di un tempo egli ha dato di cozzo nello scoglio di Giustizia, e quivi si è spento, nessuno lo piange, niente è più.

TERZO EPISODIO

Entrano dalla parodo destra gli Areopagiti, un banditore, servi e citta-

dini in gran numero. Quasi contemporaneamente riappaiono, uscendo dai templi rispettivi, Apollo da sinistra e Atena da destra. Gli inservienti degli Areopagiti hanno intanto disposto al centro del fronte scenico, fra i due templi, i seggi per i giudici e le urne per il voto. Al segno del banditore gli Areopagiti occupano i loro seggi. Apollo e Oreste si collocano a sinistra, Atena e la Corifea a destra; le Erinni restano in basso, sul piano dell'orchestra; dietro ad esse è la folla dei cittadini.

ATENA: Bandisci il bando, araldo, e contieni la folla. Empi del tuo fiato la tromba tirrenica che faccia udire al popolo il suo acuto squillo. [*Tre squilli di tromba.*] Radunato è il Consiglio. In silenzio deve la città tutta quanta e debbono costoro [*indicando le Erinni*] apprendere le leggi che qui per sempre io stabilisco. Con giustizia il giudizio ha da essere pronunciato. E tu, nume Apollo, esercita l'ufficio tuo. Esponi quale parte tu hai in questa contesa.

APOLLO: Qui io venni per fare testimonianza. Quest'uomo è supplice, com'è costume, del mio santuario, è ospite del mio focolare. Del sangue del matricidio fu già da me purificato. E venni per farne la difesa io stesso. Della uccisione di sua madre io sono responsabile. E tu [*ad Atena*:] apri il giudizio; segui saggezza e risolvi la causa.

ATENA [*alle Erinni*]: A voi la parola. Il giudizio è aperto. Parli per primo l'accusatore. E innanzi tutto ci informi esattamente come furono i fatti.

CORIFEA: In molte siamo, ma poche e brevi le nostre parole. E tu [*a Oreste*:] rispondi punto per punto alle mie domande. A questa, per prima: uccidesti tua madre?

ORESTE: La uccisi; non nego.

CORIFEA: Già uno intanto dei tre assalti l'ho vinto.

ORESTE: Ma ancora non sono a terra; non gloriarti troppo.

CORIFEA: Dimmi ora come la uccidesti.

ORESTE: Trassi la spada e le tagliai la gola.

CORIFEA: E chi ti consigliò, chi ti persuase?

ORESTE: Gli oracoli del Lossia. E il Lossia è qui, mio testimone.

CORIFEA: Lui fu, l'indovino, che ti guidò a uccidere la madre?

ORESTE: Né ho ragione, fin qui, di maledire la mia sorte.

CORIFEA: Ma se ti coglie voto di condanna, non dirai, credo, altrettanto.

ORESTE: Verrà su mio padre dalla tomba a recarmi soccorso. Ne ho fede certa.

CORIFEA: Abbi pur fede nei morti, tu che hai fatto morire tua madre.

ORESTE: La vergogna di due colpe ella aveva sopra di sé.

CORIFEA: Come? Chiarisci bene ai giudici questo.

ORESTE: Uccidendo il marito uccise mio padre.

CORIFEA: Ma tu vivi, e lei si liberò dalla colpa morendo.

ORESTE: E perché lei, quand'ancora era viva, tu non la perseguitasti?

CORIFEA: Non era dello stesso suo sangue l'uomo che uccise.

ORESTE: E sono io dello stesso sangue di mia madre?

CORIFEA: E come ti nutrì ella, sciagurato, dentro il suo ventre? Tu rinneghi il dolce sangue della madre?

ORESTE: Fammi tu ora, Apollo, testimonianza, dimmi tu se lei con diritto io la uccisi. Il fatto, qual è, non lo nego. Ma se giusta fu, a giudizio tuo, la uccisione o no, questo mi devi dire, ché io lo dica a costoro [*ai giudici, non alle Erinni*].

APOLLO: Parlerò io a voi, che siete il grande tribunale qui costituito da Atena. Giusta fu. Né io, profeta, posso mentire. Non mai, dal mio seggio profetico, su uomo o donna o città, pronunciai oracoli che non m'avesse Zeus comandato di pronunciare, il padre degli dèi d'Olimpo. Quale forza abbiano in loro giustizia questi comandi di Zeus vi invito a considerare, e a seguire i voleri del padre. Non c'è giuramento che valga più della parola di Zeus.

CORIFEA: Fu dunque Zeus, tu dici, che dettò a te quest'oracolo, e fu l'oracolo che intimò a Oreste di vendicare la morte del padre senza fare nessun conto del rispetto dovuto alla madre?

APOLLO: Oh, non è la medesima cosa la morte di un nobile eroe onorato da Zeus dello scettro regale! ed è anche peggio che questo eroe sia morto per mano di donna, e non in guerra colpito dall'arco di un'Amazzone veloce. Com'egli morì, udirete ora, tu Pallade e voi che qui siete seduti per definire col vostro voto questa contesa. Ritornava dalla guerra. La sua maggiore impresa l'aveva compiuta felicemente. Con lieto volto la sua donna l'accolse. Gli preparò un bagno. Poi, nella vasca, lo avvolse di un mantello, lo chiuse nell'artificio di un peplo, lo impigliò in una rete inestricabile, e lo colpì. Questa fu, questa che vi ho detto, la morte dell'eroe sopra tutti venerato, del duce che guidò a Ilio l'armata navale; e tale qual dissi la sua donna. Non si sentono i giudici mordere il cuore di collera e il popolo che qui è chiamato a fare giustizia?

CORIFEA: Secondo il tuo ragionare maggiore cura si prenderebbe Zeus della sorte dei padri. E non incatenò egli suo padre, il vecchio Crono? Come le metti d'accordo tu queste cose fra loro? Siatemi voi, giudici, testimoni di ciò ch'egli dice.

APOLLO: O mostri da tutti esecrati, abbominio dei numi! Ma si possono sciogliere le catene, c'è rimedio a questo, mezzi assai numerosi ci sono di liberazione. Ma una volta che il sangue di un uomo ucciso la polvere lo abbia succhiato, non c'è più risurrezione per lui. Non inventò per questo mio padre gli incantesimi, lui che tutto il mondo, e cielo e terra, e senza fatica né affanno, ordina e volge.

CORIFEA: Vedi come difendi costui dalla condanna. È il sangue delle sue stesse vene, è il sangue di sua madre che costui versò a terra; ed egli resterà in Argo ad abitare la casa di suo padre? A quali altari della sua gente potrà accostarsi? quale fratrìa lo potrà accogliere e dargli l'acqua lustrale?

APOLLO: Anche questo ti dirò; e tu vedi se rettamente io parlo. Non è la madre la generatrice di colui che si dice da lei generato, di suo figlio, bensì è la nutrice del feto appena in lei seminato. Generatore è chi getta il seme; e la madre è come ospite ad ospite, che accoglie e custodisce il germoglio, almeno finché ai due non rechi danno qualche iddio. Posso darvi la prova di ciò che dico. Padre, uno può essere anche senza madre. Qui stesso ne è testimone la figlia di Zeus olimpio, che non fu allevata nel buio di un grembo materno; ed è tale rampollo che nessuna dea avrebbe potuto generare. Per il resto, Pallade Atena, e per quanto è in me, io voglio far grande la tua città e la tua gente; come già mandando costui supplice al focolare del tuo santuario volli che ti fosse fedele per sempre e in lui tu acquistassi, o dea, un alleato ed alleati i suoi discendenti, e che quindi tra Ateniesi e i figli dei figli di Oreste un patto di fedeltà rimanesse stabilito in eterno.

ATENA: È tempo ormai che io inviti costoro a deporre nell'urna, secondo coscienza, il loro voto. Abbastanza fu detto.

CORIFEA: Sì, ogni dardo da noi fu scagliato. Non ci resta che udire come sarà giudicata la lite.

ATENA: Bene: ma come potrò fare per non essere da voi biasimata?

CORIFEA: Quello che c'era da udire, giudici, lo udiste. Portando il voto nell'urna, vi sia sacro nel cuore il giuramento.

ATENA: Ascoltatemi, o cittadini di Atene; udite che cosa è questo ordine da me qui istituito, voi che per primi siete chiamati a giudicare in una causa di sangue. Anche per l'avvenire resterà al popolo di Egeo, e sempre rinnovato, questo Consiglio di giudici. Il colle di Ares è questo: dove già le Amazzoni ebbero loro sedi e tende quando per odio a Teseo qui si accamparono in guerra e di fronte all'Acropoli antica questa città nuova munirono di alte torri; e qui fecero sacrifici ad Ares, ond'ebbero il nome di Ares la rupe ed il colle. Su questo colle Reverenza e Paura, che di Reverenza è cognata, impediranno ai cittadini di fare offesa a Giustizia, quando non vogliano essi stessi sovvertire le leggi: chi di correnti impure e di fango intorbida limpide acque non troverà più da bere. Né anarchia né dispotismo: questa è la regola che ai cittadini amanti della patria consiglio di osservare; e di non scacciare del tutto dalla città il timore perché senza timore nessuno dei mortali opera secondo giustizia. E se voi, come dovete, avete timore e reverenza della maestà di questo istituto, il vostro paese e la vostra città avranno un baluardo di sicurezza quale nessun'altra gente conosce, né fra gli Sciti né nella terra di Pelope. Incorruttibile al lucro io voglio questo Consiglio, e rispettoso del giusto; e inflessibile e pronto, vigile scolta che se anche gli altri dormono è desta. Questi sono gli avvertimenti che ai miei cittadini, pensando al futuro, mi sono indugiata a dare. E ora levatevi, o giudici, recate all'urna i vostri suffragi e, rispettando il giuramento, definite la causa. Non ho altro da dire.

[*I giudici si alzano e votano uno alla volta.*]

CORIFEA: Badate, la nostra presenza può essere funesta a questo paese. Non ci disprezzate. Ascoltate il nostro consiglio.

APOLLO: E io vi dico che gli oracoli miei sono anche gli oracoli di Zeus. Osservarli dovete, e temere che restino senza frutto.

CORIFEA: Ma di fatti di sangue a te non spetta occuparti; non più potrai altrimenti profetare oracoli puri.

APOLLO: Errò dunque nei suoi consigli il padre mio quando del primo delitto di sangue purificò il supplice Issione?

CORIFEA: Errò. E io e la mia torma, se non otteniamo giustizia, saremo ancora implacabili a questo paese.

APOLLO: Ma tu né fra le nuove divinità sei onorata né fra le antiche. Io vincerò la causa.

CORIFEA: Così facesti anche nella casa di Ferete persuadendo le Moire a rendere immortali i mortali.

APOLLO: E non è giusto, chi ci è devoto, beneficarlo? Tanto più se di noi ha bisogno.

CORIFEA: Tu sovvertisti i più antichi ordinamenti del mondo quando col vino ingannasti le vecchie dee.

APOLLO: Ma tu ben presto, perduta la causa, non avrai più da vomitare sui nemici i tuoi perniciosi veleni.

CORIFEA: Seguiti a calpestarmi, me vecchia, tu giovane. Aspetto di udire la sentenza, poi vedrò se ancora infierire su questa città oppure no.

ATENA: Tocca a me ora di dare per ultima il mio giudizio. [*Atena va a gettare il suo voto di assoluzione.*] Io voto in favore di Oreste. Madre che mi abbia generato io non l'ho. Il mio cuore, esclusi legami di nozze, è tutto per l'uomo. Io sono solamente del padre. E così il destino di una donna omicida del proprio sposo a me non m'importa: lo sposo m'importa, custode del focolare domestico. La vittoria sarà di Oreste anche se uguale il numero dei voti. Or via: traete fuori i voti dalle urne. A voi, dico, dei giudici che avete questo compito.

[*Alcuni giudici incaricati fanno lo spoglio e il computo dei voti.*]

ORESTE: Febo Apollo, quale sarà il giudizio?

CORIFEA: O nera Notte, madre mia, vedi tu quello che accade?

ORESTE: O un laccio di morte o ancora la luce!

CORIFEA: E noi, o scomparire per sempre o possedere ancora i nostri onori.

APOLLO: Esatto sia, ospiti, il calcolo dei voti; non ci sia frode nella divisione. Un voto che manca può essere grave danno. Basta un voto a raddrizzare una casa, o ad abbatterla.

[*I giudici presentano ad Atena il conto dei voti.*]

ATENA: Assolto è quest'uomo dall'accusa di matricidio. Il calcolo dei voti dà due numeri eguali.

ORESTE: Pallade Atena, tu hai salvato la mia casa. Me, bandito dalla terra dei padri, anche al mio focolare mi hai restituito. E tutti diranno per tutta l'Ellade: «Ecco, nuovamente quest'uomo è cittadino di Argo, nuovamente dei beni paterni ritorna padrone, per volere di Pallade, per volere del Lossia, e, terzo, per volere di Zeus Salvatore, che tutto compie». Zeus fu che la morte del padre mio pienamente commiserando, e vedendo costoro difendere la madre, mi diede salvezza. Ora io, sul punto di ritornare alla mia casa, a questa terra e alle sue genti fo giuramento che valga per tutta la pienezza dei tempi avvenire. Giuro che mai uomo argivo verrà qui a capitanare un esercito in guerra. Io sarò morto allora, ma contro chi osasse violare il giuramento anche dalla tomba insorgerò, e gli porrò innanzi difficoltà inestricabili, e invalicabili strade, e a ogni passo presagi di sventura finché quello disanimato e stanco dovrà mutare pensiero. Se invece i miei cittadini al giuramento resteranno fedeli e a questa città di Pallade faranno onore con alleanza di armi, io sarò a costoro benevolente. Salute a te, Atena, e a te, popolo di Atene. Invincibili siano ai nostri nemici le nostre battaglie; e a noi e a voi salvezza e vittoria.

[*Oreste esce di scena da sinistra; e intanto anche Apollo scompare.*]

ESODO

strofe

CORO: Ahi giovani dèi, voi siete che le leggi antiche avete calpeste e a me dalle mani la preda avete strappata! Umiliata, avvilita mi avete! Ahimè! ahimè! Ma collere gravi su questa terra cadranno! Veleno, veleno, a pagarmi il dolore patito, gocce di veleno che brucino ogni germe fecondo spremerò dal mio cuore. Sarà come una lebbra che a chiazze divoratrici salta e si spande sul suolo – giustizia giustizia! – e dissecca alle piante il fogliame, seme di figli inaridisce alle madri. Gemiti vani! Operare bisogna! Rovina e morte a questa città! Assai danni soffrimmo, ahimè, oltraggi e vergogne patimmo, ahimè, noi miserabili figlie della Notte!

ATENA: Datemi ascolto, cessate lamenti così dolorosi. Non foste vinte. Con voti uguali la sentenza uscì dalle urne, e con verità di giustizia, e senza disonore per voi. Chiari segni c'erano del volere di Zeus. E c'era testimone lo stesso dio dell'oracolo che non doveva Oreste del fatto avere castigo. E dunque voi non infierite col vostro corruccio, non vogliate infecondo questo suolo gettandovi sopra gocce letali che a modo di punte dal morso feroce corrodono ogni sementa. Io vi prometto, o dee, e terrò fede alla promessa, che in questa terra devota a giustizia avrete la vostra sede, avrete il vostro adito sacro, e quivi sedute presso gli altari su lucidi seggi, da tutti i cittadini avrete devozione e onori.

antistrofe

CORO: Ahi giovani dèi, voi siete che le leggi antiche avete calpeste e a me dalle mani la preda avete strappata! Umiliata, avvilita mi avete! Ahimè! ahimè! Ma collere gravi su questa terra cadranno! Veleno, veleno, a pagarmi il dolore patito, gocce di veleno che brucino ogni germe fecondo spremerò dal mio cuore. Sarà come una lebbra che a chiazze divoratrici salta e si spande sul suolo – vendetta vendetta! – e dissecca alle piante il fogliame, seme di figli inaridisce alle madri. Gemiti vani! Operare bisogna! Rovina e morte a questa città! Assai danni soffrimmo, ahimè, oltraggi e vergogne patimmo, ahimè, noi miserabili figlie della Notte.

ATENA: Dei vostri diritti non foste prive. Non vogliate, o dee, perché troppo adirate con gli uomini, che questo suolo diventi insensibile ai loro richiami. Io ho fiducia in Zeus. E anche conosco – che giova dirlo? io sola degli dèi conosco le chiavi della stanza dove il fulmine di Zeus sta suggellato. Ma non c'è bisogno del fulmine. Lasciati persuadere. Dalla tua bocca furente non gettare maledizioni che su ogni frutto della terra portino sterilità e morte. Placa la veemenza di questa tua nera onda di odio. Sii anche tu qui venerata e sacra e qui rimani ad abitare con me. Da questo copioso paese avrai anche tu primizie sacrificali, offerte di nascite e offerte di nozze; e allora e sempre loderai il mio consiglio.

strofe

CORO: Io patire quest'onta? Io, dea di antica saggezza, dei giovani dèi odio e abbominio, abitare con te questa terra? Oh no! Furore e collera, nessun altro respiro è in me. Ahi, terra, quale dolore acuto mi penetra il fianco, mi lacera il cuore! Ascoltami, o Notte madre, ascolta! I miei privilegi di un tempo perfidia di giovani dèi vittoriosi me li tolse, nel nulla sono caduti.

ATENA: Compatisco alle tue collere. Tu sei più vecchia di me. E certo sei anche più saggia, benché diede anche a me Zeus qualche saggezza. E se andrete presso altre genti, in altro paese, vi prenderà desiderio di questo. Udite ora ciò che vi predìco. Scorrendo gli anni gli uni su gli altri, sempre più onorata e gloriosa sarà questa mia città. E tu dalla gloriosa tua sede presso la dimora di Eretteo vedrai processioni di uomini, processioni di donne, venirti a offrire onori e doni quanti da altre genti non potrai mai avere. Tu dunque su questa mia terra non spargere coti insanguinate che affilino armi e cuori di giovani a contese e ruine furenti, e il furore è un'ebbrezza senza vino; e i miei cittadini non aizzarli, come si aizzano i galli, a guerre civili, a violenze di fratelli contro fratelli. Con nemici di fuori sia, se ha da essere, la guerra, che allora non è penosa, e un nobile amore di gloria muove i guerrieri; non è una zuffa di uccelli domestici dentro la gabbia. Questo puoi scegliere e avere da me: benefattrice ed insieme beneficata; e benedetta e onorata in un paese che sopra tutti gli altri è devoto agli dèi.

antistrofe

CORO: Io patire quest'onta? Io, dea di antica saggezza, dei giovani dèi odio e abbominio, abitare con te questa terra? Oh no! Furore e collera, nessun altro respiro è in me. Ahi, terra, quale dolore acuto mi penetra il fianco, mi lacera il cuore! Ascoltami, o Notte madre, ascolta! I miei privilegi d'un tempo perfidia di giovani dèi vittoriosi me li tolse, nel nulla sono caduti.

ATENA: Non mi stancherò di ripetere che cosa è il meglio per te. Mai tu dovrai poter dire che da me giovane dea e dai cittadini di questa città una dea vetusta sia stata senza onore scacciata e bandita come in esilio. Se a te è sacra la maestà di Peito, di colei che alle mie parole aggiunge dolcezza e incanto, ebbene, tu devi restare. Se rifiuti, sarebbe iniquo tu volessi rovesciare sulla mia città ira e odio, e su tutta la mia gente rovina e morte: tu che al possesso di questa terra hai diritto e di essere qui onorata in eterno.

CORIFEA: Atena regina, quale tu dici sarà qui la mia dimora?

ATENA: Immune da ogni molestia. Accettala dunque.

CORIFEA: L'accetto. E quali onori mi saranno dovuti?

ATENA: Nessuna casa potrà avere floridezza senza di te.

CORIFEA: E tu farai questo, che io abbia così grande potere?

ATENA: Perché solo a chi ti onora noi in alto dirigeremo fortuna.

CORIFEA: E di ciò mi darai tu garanzia per sempre?

ATENA: Nessuno mi sforza a promettere ciò che io non potrei mantenere.

CORIFEA: L'incanto di Peito mi sembra tu usi con me. La mia ira è caduta.

ATENA: Restando in questa terra avrai amici fedeli.

CORIFEA: Dimmi dunque, quale inno di grazia tu vuoi che per questa terra io canti?

ATENA: L'inno che apre le vie alla più bella vittoria. Che tutte le brezze che vengono su dalla terra e dal rorido mare e dal cielo, spirando nell'aria serena, trascorrano sul nostro paese; che tutte le messi dei campi e i parti delle greggi non cessino mai in perenne vicenda di dare ai cittadini floridezza abbondante; che sempre sia sana e feconda la procreazione di esseri umani. Ma le male erbe degli empi sii tu sollecita a sradicarle dal suolo; la pianta del giusto non deve aver danno dalla sterpaglia; così adopera il buon giardiniere. Questo è il tuo compito. Per le gesta insigni dei valorosi in guerra, sempre sia riconosciuto tra gli uomini l'onore della mia città vittoriosa; e a questo io provvederò.

CANTO COMMATICO FINALE

strofe

CORO: Mi è cara questa comunità con Pallade Atena. Amo questa città che anche il potentissimo Zeus e Ares vollero asilo dei numi e che dei numi di Grecia protegge gli altari col suo diadema di torri. Per lei io prego, e siano le preghiere vaticinii propizi: rampollino su dalla terra, con impulsi fecondi, le sue letizie vitali alla luce raggiante del sole.

ATENA: A beneficio di questa città provvidi che così grandi e inesorabili dee avessero qui la loro dimora. Esse sono che ebbero in sorte il governo di tutte le cose umane. Chi non sperimentò le loro collere ignora donde provengono certe ferite che affliggono la vita. Sono anche le colpe dei padri che traggono i figli dinanzi al loro giudizio. Vanta taluno a gran voce se stesso, e una silenziosa morte ferocemente lo annienta.

antistrofe

CORO: Sarà mia grazia che venti maligni non rechino danno alle piante; che il soffio dell'arsura non bruci alle viti e agli ulivi le gemme e si arresti alle soglie del nostro paese; che non serpeggi tra le messi il triste morbo che fa morire le spighe; che le floride greggi nutrite dai prati partoriscano al tempo dovuto i loro parti gemelli; e che le ricchezze scavate dalla terra, dono di Ermes, sempre dimostrino agli dèi riconoscenza del dono.

ATENA: Udite, cittadini dell'Areopago, presidio di Atene, quali benefici costoro vi apprestano? Grande è delle venerande Erinni il potere, presso gli dèi d'Olimpo e presso gli dèi di sotterra; e per gli uomini sono le Erinni che manifestamente e compiutamente distribuiscono agli uni gioia di canti e ad altri una vita offuscata di pianto.

strofe

CORO: Lungi di qui le morti che troppo giovani vite recidono! E a vergini amabili vita di nozze felici concedano gli dèi, e voi Moire sorelle che regolate giustizia, che in ogni casa abitate, che in ogni momento col vostro peso di giustizia accorrete, che in ogni luogo siete di tutti gli dèi le più venerate.

ATENA: Tutto questo benignamente le Erinni apprestano a questa mia terra; e io ne gioisco. E grata sono a Peito che mi guidò con lo sguardo le labbra a vincere il loro così ostinato rifiuto. E alla fine prevalse Zeus, il dio della parola, e nella nostra contesa vittorioso fu il bene per sempre.

antistrofe

CORO: Anche fo voti che mai nella nostra città si odano fremiti di discordia civile, insaziata di mali. Né mai la polvere delle nostre strade si abbeveri di nero sangue di cittadini per strappare alle case, in collere vendicatrici di morti, altri morti. E scambio ci sia di gioie nella comune concordia; e unanime odio ai nemici: delle molte calamità unica medicina è questa ai mortali.

ATENA: Non sono dunque costoro che vi aprono vie di lieti auspici? Pauroso hanno il volto, ma grandi beni io vedo che da loro discendono sopra di voi. Alle dee benigne siate anche voi sempre benigni; con magnificenza onoratele; e la vostra terra e la vostra città, da voi guidate e innalzate, risplenderanno nel mondo.

strofe

CORO: Salute a voi nel possesso delle vostre ricchezze! Salute a voi, cittadini di questa città che vostra sede avete presso la vergine figlia di Zeus! Ricambiate con amore il suo amore, rispondete alla sua saggezza esercitando saggezza. Chi è al riparo delle ali di Pallade, al padre di Pallade è sacro.

ATENA: E anche a voi [*alle Erinni*] salute! Io devo per prima avanzare e indicarvi la vostra dimora alla pia luce di questo corteggio. Andate e con queste vittime sacre discendete sotto la terra. Tenete lungi di qui il male che accieca, mandateci il bene per il trionfo della città. E voi, signori di Atene, nipoti di Cranao queste abitatrici nuove accogliete e guidate. Propositi buoni di buone opere abbiano sempre i miei cittadini.

[*Durante il canto si viene preparando la processione sacra.*]

antistrofe

CORO: E ancora a voi tutti ripeto il mio saluto, a voi tutti di questa città, mortali e immortali. Sacra a Pallade Atena è la città di Atene. Le nuove ospiti proteggete e onorate della vostra cittadinanza, e non avrete da maledire la fortuna e la vita.

ATENA: Mi piacciono le vostre parole, i vostri voti mi allietano; e alla luce di fiaccole sfavillanti io voglio accompagnarvi fino giù sotto terra alla vostra sede. Saranno meco le ancelle che custodiscono il mio simulacro. E meco verrà l'occhio di tutto il paese di Teseo, nobile schiera di vergini, di spose, di anziane. [*Alle Sacerdotesse che escono dal tempio di Atena:*] Seguitemi: avvolgetevi nei vostri mantelli di porpora e alle dee Benigne, alle Eumenidi, fate corteggio di onore. In alto scatti e fiammeggi la luce delle fiaccole! Propizia sia a questa terra la loro presenza, sì che ne splenda nei secoli fortuna gloriosa di eroi.

[*Si forma e si avvia lentamente il Corteo: precedono tibicini; poi Atena; seguono le sue Sacerdotesse; poi gli Areopagiti; intorno, portatori e portatrici di fiaccole che hanno in mezzo le Eumenidi; quindi, il popolo di Atene.*]

strofe

CORTEO: Seguite vostro cammino, o potenti, o venerabili dee, vergini figlie della Notte, al passo di questa processione amica. E voi dite parole di augurio, popolo tutto di Atene.

[*Acclamazioni del popolo.*]

antistrofe

Seguite vostro cammino fino giù nell'adito Ogigio e ne avrete onori e sacrifici solenni. E voi dite parole di augurio, o popolo tutto di Atene.

[*Acclamazioni del popolo.*]

strofe

Benigne siate e a questa terra propizie, o dee venerande; e lungo il cammino vi diano allegrezza le torce divorate dal fuoco. E voi levate il grido di giubilo che al nostro canto si intoni.

[*Alte grida del popolo.*]

antistrofe

Siano libagioni di pace, e sia perenne felicità su tutti i focolari per tutti i cittadini della città di Pallade. E così pace siano e concordia fra Zeus che tutto vede e la Moira. E voi levate il grido di giubilo che al nostro canto si intoni.

[*Ancora alte grida di giubilo, mentre il Corteo finisce di sfilare ed esce dall'orchestra.*]

Indice

Grandi Tascabili Economici, sezione dei Paperbacks
Pubblicazione settimanale, 9 marzo 1994
Direttore responsabile: G.A. Cibotto
Registrazione del Tribunale di Roma n. 16024 del 27 agosto 1975
Stampato per conto della Newton Compton editori s.r.l., Roma
presso la Legatoria del Sud s.r.l., Ariccia (Roma)
Fotocomposizione: L. Chiovini s.r.l., Roma
Distribuzione nazionale per le edicole: A. Pieroni s.r.l.
Viale Vittorio Veneto 28 - 20124 Milano - telefono 02-29000221
telex 332379 PIERON I - telefax 02-6597865
Consulenza diffusionale: Eagle Press s.r.l., Roma

Teatro greco completo

In cinque volumi

Eschilo, *Tutte le tragedie*

I Persiani (trad. di Enzo Mandruzzato); *I Sette a Tebe* (trad. di Leone Traverso); *Le supplici* (trad. di Enzo Mandruzzato); *Prometeo incatenato* (trad. di Enzo Mandruzzato); *Agamennone* (trad. di Manara Valgimigli); *Le Coefore* (trad. di Manara Valgimigli); *Le Eumenidi* (trad. di Manara Valgimigli)

Sofocle, *Tutte le tragedie*

Cura e traduzione di Filippo Maria Pontani

Antigone, Aiace, Èdipo re, Elettra, Filottete, Le Trachinie, Èdipo a Colono, I segugi

Euripide, *Tutte le tragedie, vol.* I

Cura e traduzione di Filippo Maria Pontani

Alcesti, Medea, Ippolito, Gli Eraclidi, Ecuba, Andromaca, Le supplici, Eracle, Le troiane, Elettra, Elena

Euripide, *Tutte le tragedie, vol.* II

Cura e traduzione di Filippo Maria Pontani

Ifigenia Taurica, Ione, Le fenicie, Oreste, Ifigenia in Aulide, Le Baccanti, Reso, Il Ciclope

Aristofane, *Tutte le commedie*

Introduzione di Guido Paduano

Gli Acarnesi (trad. di Guido Paduano); *I Cavalieri* (trad. di Francesco Ballotto); *Le nuvole* (trad. di Guido Paduano); *Le vespe* (trad. di Guido Paduano); *La pace* (trad. di Francesco Ballotto); *Gli uccelli* (trad. di Guido Paduano); *Lisistrata* (trad. di Valentino De Carlo); *Le Tesmoforiazuse* (trad. di Francesco Ballotto); *Le rane* (trad. di Francesco Ballotto); *Le donne a Parlamento* (trad. di Francesco Ballotto); *Pluto* (trad. di Francesco Ballotto)

Grandi Tascabili Economici

1. **Sigmund Freud**, *L'interpretazione dei sogni*
2. **Pablo Neruda**, *Poesie d'amore*
3. **Mohandas Karamchand Gandhi**, *La mia vita per la libertà*
4. **Albert Einstein**, *Come io vedo il mondo – La teoria della relatività*
5. **Rabindranath Tagore**, *Poesie. Gitanjali – Il Giardiniere*
6. **David Herbert Lawrence**, *L'amante di Lady Chatterley*
7. **Erich Fromm**, *Psicoanalisi dell'amore*
8. **Edgar Lee Masters**, *Antologia di Spoon River*
9. **Herman Hesse**, *Leggende e fiabe*
10. **Friedrich Wilhelm Nietzsche**, *Così parlò Zarathustra*
11. **Jacques Prévert**, *Poesie*
12. **Italo Svevo**, *La coscienza di Zeno*
13. **Sigmund Freud**, *Psicopatologia della vita quotidiana*
14. **Federico García Lorca**, *Poesie. Libro de Poemas*
15. **Giovanni Verga**, *I Malavoglia – Mastro-don Gesualdo*
16. **Hermann Hesse**, *Romanzi. Peter Camenzind, Gertrud, Rosshalde, Demian*
17. **William Shakespeare**, *I sonetti*
18. **Friedrich Wilhelm Nietzsche**, *Al di là del bene e del male*
19. **Albert Soboul**, *La Rivoluzione francese*
20. **Charles Baudelaire**, *I fiori del male e tutte le poesie*
21. **Franz Kafka**, *Tutti i racconti*
22. **Sigmund Freud**, *Sessualità e vita amorosa*
23. **Hermann Hesse**, *Poesie d'amore*
24. **James Joyce**, *Gente di Dublino – Ritratto dell'artista da giovane*
25. **Bertrand Russell**, *Introduzione alla filosofia matematica*
26. **Arthur Rimbaud**, *Tutte le poesie*
27. **Francis Scott Fitzgerald**, *Il grande Gatsby*
28. **Charles Darwin**, *L'origine delle specie*
29. **Guillaume Apollinaire**, *Poesie*
30. **Ernest Hemingway**, *Fiesta – Il sole sorge ancora*
31. **Sigmund Freud**, *La psicoanalisi*
32. **Rabindranath Tagore**, *Poesie d'amore*
33. **Italo Svevo**, *Una vita*
34. **Carl Gustav Jung**, *La psicologia dell'inconscio*
35. **Paul Verlaine**, *Poesie*
36. **Edgar Allan Poe**, *Tutti i racconti del mistero, dell'incubo e del terrore*
37. **Friedrich Wilhelm Nietzsche**, *L'Anticristo – Crepuscolo degli idoli – Ecce homo – La volontà di potenza*
38. **Gibran Kahlil Gibran**, *Il profeta – Il Giardino del Profeta*
39. **Alessandro Manzoni**, *I promessi sposi*
40. **Jean Piaget**, *Cos'è la psicologia*
41. **Giacomo Leopardi**, *Canti*
42. **Hermann Hesse**, *Viaggio in India – Racconti indiani*
43. **Bertrand Russell**, *I princìpi della matematica*
44. **Evgenij Evtušenko**, *Poesie d'amore*
45. **Franz Kafka**, *Il processo*
46. **Erich Fromm**, *Personalità, libertà, amore – La missione di Sigmund Freud*
47. **Pellegrino Artusi**, *La scienza in cucina e l'arte di mangiar bene*
48. **Hermann Hesse**, *Racconti*
49. **Charles Darwin**, *L'origine dell'uomo*
50. **Boris Pasternak**, *Poesie d'amore*
51. **Michail Bulgakov**, *Il maestro e Margherita*
52. **Sigmund Freud**, *La psicoanalisi infantile*
53. **Juan Ramón Jiménez**, *Poesie d'amore*
54. **Thomas Mann**, *Romanzi brevi. Tristano, Tonio Kröger, La morte a Venezia, Cane e padrone*
55. **Édouard Schuré**, *I grandi iniziati*
56. **David Herbert Lawrence**, *Poesie d'amore*

57. **Joseph Conrad**, *Romanzi del mare. Il negro del Narciso, Tifone, Un colpo di fortuna, Freya delle Sette Isole*
58. **Sigmund Freud**, *Totem e tabù e altri saggi di antropologia*
59. **Stéphane Mallarmé**, *Tutte le poesie*
60. **Italo Svevo**, *Senilità*
61. **Friedrich Wilhelm Nietzsche**, *Aurora. Pensieri sui pregiudizi morali*
62. **Paul Éluard**, *Poesie*
63. **Michail Bulgakov**, *Romanzi e racconti. Cuore di cane, Romanzo teatrale, Diavoleide, Le uova fatali, I racconti di un giovane medico e altri racconti*
64. **Friedrich Wilhelm Nietzsche**, *Umano, troppo umano. Un libro per spiriti liberi*
65. **Edgar Lee Masters**, *Il nuovo Spoon River*
66. **Hermann Hesse**, *Romanzi brevi. Sotto la ruota, Knulp, L'ultima estate di Klingsor, Klein e Wagner*
67. **Sigmund Freud**, *Sulla cocaina*
68. **Edgar Allan Poe**, *Tutte le poesie*
69. **Franz Kafka**, *Il Castello*
    Marcel Proust, *Alla ricerca del tempo perduto*
70. **Marcel Proust**, *Dalla parte di Swann*
71. **Marcel Proust**, *All'ombra delle fanciulle in fiore*
72. **Marcel Proust**, *I Guermantes*
73. **Marcel Proust**, *Sodoma e Gomorra*
74. **Marcel Proust**, *La Prigioniera*
75. **Marcel Proust**, *Albertine scomparsa*
76. **Marcel Proust**, *Il Tempo ritrovato*
77. *Proust e la critica italiana*. A cura di Paolo Pinto e Giuseppe Grasso.
    Gli otto volumi di *Alla ricerca del tempo perduto* e l'antologia critica di Marcel Proust sono disponibili anche in cofanetto.
78. **Ambrogio Donini**, *Breve storia delle religioni*
79. **Oscar Wilde**, *Poesie e «Ballata del carcere di Reading»*
80. **André Gide**, *I sotterranei del Vaticano*
81. **William Shakesperare**, *Tutto il teatro, vol.* I. *La tempesta, I due gentiluomini di Verona, Le allegre comari di Windsor, Misura per misura, La commedia degli errori, Molto rumore per nulla, Pene d'amor perdute*
82. **William Shakespeare**, *Tutto il teatro, vol.* II. *Sogno di una notte di mezza estate, Il mercante di Venezia, Come vi piace, La bisbetica domata, Tutto è bene quel che finisce bene, La dodicesima notte, Il racconto d'inverno*
83. **William Shakespeare**, *Tutto il teatro, vol.* III. *Re Giovanni, Riccardo* II, *Enrico* IV, *Enrico* VI, *Riccardo* III, *Enrico* VIII
84. **William Shakespeare**, *Tutto il teatro, vol.* IV. *Troilo e Cressida, Coriolano, Tito Andronico, Romeo e Giulietta, Timone d'Atene, Giulio Cesare*
85. **William Shakespeare**, *Tutto il teatro, vol.* V. *Macbeth, Amleto, Re Lear, Otello, Antonio e Cleopatra, Cimbelino, Pericle*
    I cinque volumi di *Tutto il teatro* di W. Shakespeare sono disponibili anche in cofanetto.
86. **Salvatore Di Giacomo**, *Tutte le novelle*
87. **Salvatore Di Giacomo**, *Tutte le poesie*
88. **Salvatore Di Giacomo**, *Tutto il teatro*
    I tre volumi di Salvatore Di Giacomo sono disponibili anche in cofanetto.
89. **Mohandas Karamchand Gandhi**, *La voce della verità*
90. **James Joyce**, *Poesie*
91. **Robert Musil**, *Il giovane Törless – Congiungimenti*
92. **Sigmund Freud**, *Il sogno – Scritti su ipnosi e suggestione*
93. **William Blake**, *Poesie*
94. **Franz Kafka**, *America*
95. **Carl Gustav Jung**, *Psicologia dei fenomeni occulti*
96. **Omar Khayyàm**, *Quartine. Rubaiyyàt*
97. **Joseph Conrad**, *Lord Jim*
98. **Maurice Maeterlinck**, *La vita delle api – La vita delle termiti – La vita delle formiche*
99. **Hermann Hesse**, *Dall'Italia e Racconti Italiani*
100. **Francesco De Sanctis**, *Storia della letteratura italiana*
101. **Friedrich Wilhelm Nietzsche**, *Verità e menzogna – La nascita della tragedia – La filosofia nell'età tragica dei Greci*
102. **Guillaume Apollinaire**, *Poesie d'amore*
103. **Donatien-Alphonse-François de Sade**, *Le 120 giornate di Sodoma*

104. **Sigmund Freud**, *Psicoanalisi della società moderna*
105. **Saffo**, *Poesie*
106. **David Herbert Lawrence**, *Il peccatore*
107. **Voltaire**, *Dizionario filosofico*
108. **John Keats**, *Poesie*
109. **Hermann Hesse**, *Racconti brevi*
110. **Henri Pirenne**, *Storia d'Europa dalle invasioni al* XVI *secolo*
111. **Percy Bysshe Shelley**, *Poesie*
112. **Conan Doyle**, *Tutto Sherlock Holmes, vol.* I. *Uno studio in rosso, Il segno dei quattro, Le avventure di Sherlock Holmes*
113. **Conan Doyle**, *Tutto Sherlock Holmes, vol.* II. *Le memorie di Sherlock Holmes, Il mastimo dei Baskerville*
114. **Conan Doyle**, *Tutto Sherlock Holmes, vol.* III. *Il ritorno di Sherlock Holmes, La valle della paura*
115. **Conan Doyle**, *Tutto Sherlock Holmes, vol.* IV. *L'ultimo saluto di Sherlock Holmes, Il taccuino di Sherlock Holmes*
I quattro volumi di *Tutto Sherlock Holmes* di Conan Doyle sono disponibili anche in cofanetto.
116. **Eschilo**, *Tutte le tragedie. I Persiani, I Sette a Tebe, Le supplici, Prometeo incatenato, Agamennone, Le coefore, Le Eumenidi*
117. **Sofocle**, *Tutte le tragedie. Antigone, Aiace, Edipo re, Elettra, Filottete, Le Trachinie, Edipo a Colono, I segugi*
118. **Euripide**, *Tutte le tragedie, vol.* I. *Alcesti, Medea, Ippolito, Gli Eraclidi, Ecuba, Andromaca, Le supplici, Eracle, Le troiane, Elettra, Elena*
119. **Euripide**, *Tutte le tragedie, vol.* II. *Ifigenia Taurica, Ione, Le fenicie, Oreste, Ifigenia in Aulide, Le Baccanti, Reso, Il Ciclope*
120. **Aristofane**, *Tutte le commedie. Gli Acarnesi, I Cavalieri, Le nuvole, Le vespe, La pace, Gli uccelli, Lisistrata, Le Tesmoforiazuse, Le rane, Le donne a Parlamento, Pluto*
I cinque volumi del *Teatro greco* completo sono disponibili anche in cofanetto.
121. **Joseph Conrad**, *Romanzi della Malesia*
La follia di Almayer, Il reietto delle isole, La linea d'ombra
122. **Sigmund Freud**, *Il motto di spirito e la sua relazione con l'inconscio*
123. **Emily Dickinson**, *Poesie*
124. **Sherwood Anderson**, *I racconti dell'Ohio*
125. **Carl Gustav Jung**, *Freud e la psicoanalisi*
126. **Hermann Hesse**, *Poesie romantiche*
127. **Thomas Mann**, *I Buddenbrook. Decadenza di una famiglia*
128. **Catullo**, *Le poesie. Carmina*
129. **Mohandas Karamchand Gandhi**, *Il mio credo, il mio pensiero*
130. **Trilussa**, *Poesie*
131. **David Herbert Lawrence**, *Donne innamorate*
132. **Johan Huizinga**, *L'autunno del Medioevo*
133. **Giuseppe Ungaretti**, *Poesie*
134. **Jack Kerouac**, *La città e la metropoli*
135. **Plauto**, *Tutte le commedie, vol.* I. *Amphitruo, Asinaria, Aulularia, Bacchides*
136. **Plauto**, *Tutte le commedie, vol.* II. *Captivi, Casina, Cistellaria, Curculio, Epidicus*
137. **Plauto**, *Tutte le commedie, vol.* III. *Menaechmi, Mercator, Miles gloriosus, Mostellaria*
138. **Plauto**, *Tutte le commedie, vol.* IV. *Persa, Poenulus, Pseudolus*
139. **Plauto**, *Tutte le commedie, vol.* V. *Rudens, Stichus, Trinummus, Truculentus, Vidularia*
I cinque volumi di *Tutte le commedie* di Plauto sono disponibili anche in cofanetto.
140. **Sigmund Freud**, *Psicologia e metapsicologia*
141. **Salvatore Quasimodo**, *Poesie*
142. **Donatien-Alphonse-François de Sade**, *La nuova Justine*
143. **Petronio**, *Satyricon*
144. **Sigmund Freud**, *Ossessioni, fobie e paranoia*
145. **Gibran Kahlil Gibran**, *Sabbia e Spuma* e *Il Vagabondo*
146. **Joseph Conrad**, *Romanzi e racconti d'avventura di terra e di mare. Cuore di tenebra, La laguna, Gli idioti, Un avamposto del progresso, Karain: un ricordoIl ritorno, Domani, Amy Foster, Il compagno segreto*
147. **William H. Prescott**, *La conquista del Messico*
148. **William H. Prescott**, *La conquista del Perú*
I due volumi di W. H. Prescott sono disponibili anche in cofanetto.
149. **Alfred Adler**, *La psicologia individuale*
150. *Poesie Zen*. A cura di Lucien Strik e Takaschi Ikemoto

151. **Donatien-Alphonse-François de Sade**, *Le sventure della virtù*
152. **Sigmund Freud**, *Psicoanalisi dell'isteria e dell'angoscia*
153. **Heinrich Heine**, *Poesie d'amore*
154. **Thomas Mann**, *Racconti*
155. **Orazio**, *Tutte le opere. Odi, Epodi, Carme secolare, Satire, Epistole, Arte poetica*
156. **Carlo Goldoni**, *I capolavori, vol.* I. *La donna di garbo, Il servitore di due padroni, La vedova scaltra, La putta onorata, La buona moglie, La famiglia dell'antiquario*
157. **Carlo Goldoni**, *I capolavori, vol.* II. *Il teatro comico, La bottega del caffè, Il bugiardo, La serva amorosa, La locandiera, Le donne curiose*
158. **Carlo Goldoni**, *I capolavori, vol.* III. *Le massere, Le donne de casa soa, Il campiello, Le morbinose, L'apatista, Gl'innamorati*
159. **Carlo Goldoni**, *I capolavori, vol.* IV. *L'impresario delle Smirne, I rusteghi, Un curioso accidente, La casa nova, Le smanie per la villeggiatura, Le avventure della villeggiatura, Il ritorno dalla villeggiatura*
160. **Carlo Goldoni**, *I capolavori, vol.* V. *Sior Todero Brontolon, Le baruffe chiozzotte, Una delle ultime sere di Carnovale, Il ventaglio, Il burbero benefico*
I cinque volumi de *I capolavori* di Goldoni sono disponibili anche in cofanetto
161. **Molière**, *Tutto il teatro, vol.* I. *La gelosia del Barboullié, Il medico volante, Lo stordito, Dispetto d'amore, Le preziose ridicole, Sganarello, Don Garcia di Navarra, La Scuola dei mariti, I Seccatori, La Scuola delle mogli, La critica alla Scuola delle mogli, L'improvvisazione di Versailles, Il matrimonio per forza, La principessa d'Elide*
162. **Molière**, *Tutto il teatro, vol.* II. *Tartufo, Don Giovanni, L'amore medico, Il Misantropo, Il medico per forza, Melicerta, Pastorale comica, Il Siciliano, Anfitrione, La grande festa reale di Versailles, George Dandin*
163. **Molière**, *Tutto il teatro, vol.* III. *L'avaro, Il signor di Pourceaugnac, I favolosi amanti, Il borghese gentiluomo, Psiche, Le furberie di Scapino, La Contessa d'Escarbagnas, Le donne intellettuali, Il malato immaginario*
I tre volumi di *Tutto il teatro* di Molière sono disponibili anche in cofanetto.
164. **Vladimir Propp**, *Morfologia della fiaba – Le radici storiche dei racconti di magia*
165. **Bob Dylan**, *Blues, ballate e canzoni*
166. **Virginia Woolf**, *La signora Dalloway*
167. **Jack London**, *vol.* I. *I racconti del Grande Nord e della corsa all'oro*
168. **Jack London**, *vol.* II. *I racconti del Pacifico e dei Mari del Sud*
169. **Jack London**, *vol.* III. *Il richiamo della foresta – Zanna Bianca e altre storie di cani*
170. **Jack London**, *vol.* IV. *Avventure di mare e di costa – Il lupo dei mari – I racconti della pattuglia guardiapesca*
I quattro volumi di Jack London sono disponibili anche in cofanetto.
171. **Hans Christian Andersern**, *Le fiabe*
172. **Luigi Capuana**, *Tutte le fiabe. C'era una volta, Il raccontafiabe, Chi vuol fiabe, chi vuole? Si conta e si racconta..., Le ultime fiabe*
173. **Carlo Collodi**, *Fiabe e racconti. Racconti delle fate, Pinocchio, Storie allegre*
174. **I fratelli Grimm**, *Tutte le fiabe*
175. **Emma Perodi**, *Le novelle della nonna. Fiabe fantastiche*
I cinque volumi delle fiabe sono disponibili anche in cofanetto.
176. **Eduardo Scarpetta**, *Tutto il teatro, vol.* I. *Persicone mio figlio, Gelusia ovvero Ammore, spusalizio e gelusia, 'Na Commedia 'e tre atte, Quinnice solde so'cchiù assaje de seimila lire, È buscìa o verità, Felice maestro di calligrafia ovvero Lu Curaggio de nu pumpiere napulitano, La Collana d'oro o i cinque talismani, Tetillo, Mettiteve a fà l'ammore cu me!, Duje marite 'mbrugliune, Il non plus ultra della disperazione ovvero La Bottiglieria del Rigoletto, Lu Pagnottino, Lo Scarfalietto, Tetillo 'nzurato*
177. **Eduardo Scarpetta**, *Tutto il teatro, vol.* II. *Tre pecore viziose, L'Amico 'e papà, 'No pasticcio, Il Romanzo di un farmacista povero, Nun la trovo a mmaretà, La Nutriccia, 'Nu Frungillo cecato, Amore e polenta: 'Na paglia 'e Firenze, 'Nu brutto difetto, 'Na matassa 'mbrugliata, 'Na società 'e marite*
178. **Eduardo Scarpetta**, *Tutto il teatro, vol.* III. *Li Nepute de lu sinneco, Lu Marito de Nannina, Miseria e nobiltà, 'Nu turco napolitano, 'Na Santarella, Pazzie di Carnevale, Lu Cafè chantant, 'Nu Ministro mmiezo a li guaje, Tre cazune furtunate, 'Na Bona guagliona*
179. **Eduardo Scarpetta**, *Tutto il teatro, vol.* IV. *La Casa vecchia, La Bohéme, L'Albergo del Silenzio, Nina Boné, La Pupa movibile, 'A Cammarera nova, Duje chiapparielle, 'Na Figliola romantica, 'A Nanassa, Cane e gatte, Il Debutto di Gemma, Madama Sangenella*
180. **Eduardo Scarpetta**, *Tutto il teatro, vol.* V. *'O Balcone 'e Rusinella, Il Processo Fiaschella, Il Figlio di Iorio, 'Na Mugliera zetella, 'O Miedeco d'e pazze, Tre epoche, L'ommo che vola!, La statua*

di zi' Giacomo, Feliciello scarparo, Pulcinella se venne la mogliera pe mezza lira, Vaco a Roma pe n'affare, Gli spiriti dell'aria, Il cinematografo e il teatro
I cinque volumi di *Tutto il teatro* di Eduardo Scarpetta sono disponibili anche in cofanetto.
181. **Friedrich Wilhelm Nietzsche**, *Genealogia della morale*
182. **Gibran Kahlil Gibran**, *Gesù figlio dell'uomo*
183. **Virginia Woolf**, *Le onde*
184. **Luigi Pirandello**, *Tutti i romanzi, vol.* I. *L'esclusa, Suo marito*
185. **Luigi Pirandello**, *Tutti i romanzi, vol.* II. *Il turno, Il fu Mattia Pascal*
186. **Luigi Pirandello**, *Tutti i romanzi, vol.* III. *I vecchi e i giovani*
187. **Luigi Pirandello,** *Tutti i romanzi, vol.* IV. *Uno, nessuno e centomila, Quaderni di Serafino Gubbio operatore*
I quattro volumi di *Tutti i romanzi* di Luigi Pirandello sono disponibili anche in cofanetto.
188. **Luigi Pirandello,** *Novelle per un anno, vol.* I. *Scialle nero, La vita nuda, La rallegrata*
189. **Luigi Pirandello**, *Novelle per un anno, vol.* II. *L'uomo solo, La mosca, In silenzio*
190. **Luigi Pirandello**, *Novelle per un anno, vol.* III. *Tutt'e tre, Dal naso al cielo, Donna Mimma*
191. **Luigi Pirandello**, *Novelle per un anno, vol.* IV. *Il vecchio Dio, La giara, Il viaggio, Candelora*
192. **Luigi Pirandello**, *Novelle per un anno, vol.* V. *Berecche e la guerra, Una giornata, Appendice*
I cinque volumi delle *Novelle per un anno* di Luigi pirandello sono disponibili anche in cofanetto.
193. **Luigi Pirandello**, *Maschere nude, vol.* I. *Sei personaggi in cerca d'autore, Ciascuno a suo modo, Questa sera si recita a soggetto, Enrico IV, Diana e la Tuda, La vita che ti diedi, L'uomo dal fiore in bocca, Il giuoco delle parti, Il piacere dell'onestà, L'imbecille*
194. **Luigi Pirandello**, *Maschere nude, vol.* II. *L'uomo, la bestia e la virtù, Come prima, meglio di prima, Vestire gli ignudi, Come tu mi vuoi, Così è (se vi pare), Tutto per bene, La ragione degli altri, L'innesto, Sogno (ma forse no), L'amica delle mogli*
195. **Luigi Pirandello**, *Maschere nude, vol.* III. *La morsa, La signora Morli, una e due, Pensaci, Giacomino!, Lumie di Sicilia, Il berretto a sonagli, La giara, Cecè, Il dovere del medico, Sagra del Signore della Nave, Ma non è una cosa seria, Bellavita, La patente, L'altro figlio, Liolà*
196. **Luigi Pirandello**, *Maschere nude, vol.* IV. *O di uno o di nessuno, Non si sa come, Trovarsi, Quando si è qualcuno, All'uscita, La nuova colonia, Lazzaro, La favola del figlio cambiato, I giganti della montagna*
I cinque volumi di *Maschere nude* di Luigi Pirandello sono disponibili anche in cofanetto.
197. **Bram Stoker**, *Dracula*
198. **Carl Gustav Jung**, *Tipi psicologici*
199. **Rabindranath Tagore**, *Canti e poesie*
200. **Thomas Mann**, *Altezza Reale*
201. **Blaise Pascal**, *Pensieri*
202. **Guido Gozzano**, *Tutte le poesie. La via del rifugio, I colloqui, Le farfalle, Poesie sparse*
203. **Virginia Woolf**, *Gita al Faro*
204. **Ettore Petrolini**, *Il teatro. Macchiette, Venite a sentire, Nerone, Amori de notte, Romani de Roma, Acqua salata, Gastone, Il padiglione delle meraviglie, Benedetto tra le donne, Chicchignola, Il metropolitano*
205. **Ettore Petrolini**, *Facezie, autobiografie e memorie. Ti à piaciato?, Abbasso Petrolini, Io e il film sonoro, Modestia a parte..., Un po' per celia un po' per non morir...*
I due volumi di Petrolini sono disponibili anche in cofanetto.
206. **Alfred Adler**, *La Psicologia Individuale nella scuola – Psicologia dell'educazione – Psicologia del bambino difficile*
207. **Gibran Kahlil Gibran**, *Il folle – Poesie in prosa – Il diverbio*
208. **Edward Morgan Forster**, *Casa Howard*
209. **Federico García Lorca**, *Tutte le poesie, vol.* I. *Libro de poemas, Suites*
210. **Federico García Lorca**, *Tutte le poesie, vol.* II. *Poema del Cante jondo, Canzoni, Romancero gitano, Odi, Poeta a New York, Lamento per Ignacio Sánchez Mejías, Sei poesie galizie, Diván del Tamarit, Sonetti, Poesie sparse, Canti popolari*
211. **Federico García Lorca**, *Tutto il teatro. Il maleficio della farfalla, La fanciulla e il principe, Lola, Le marionette, Mariana Pineda, Dialoghi, La calzolaia prodigiosa, Amore di don Perlimplín con Belisa, Di qui a cinque anni, Il pubblico, Retablillo di don Cristóbal, Nozze di sangue, Yerma, Donna Rosita nubile, La casa di Bernarda Alba, Commedia senza titolo, I sogni di mia cugina Aurelia*
I tre volumi di García Lorca sono disponibili anche in cofanetto.
212. **Henri Pirenne**, *Maometto e Carlomagno*
213. *Le più belle poesie d'amore della letteratura italiana*. A cura di Ferruccio Ulivi e Marta Savini.
214. **David Herbert Lawrence**, *Il pavone bianco*

215. **Marziale,** *Gli epigrammi*
216. **Claudio Rendina**, *I papi. Storia e segreti*
217. **Claudio Rendina**, *I dogi. Storia e segreti*
218. **Michael Grant**, *Gli imperatori romani. Storia e segreti*
I tre volumi *I papi, I dogi, Gli imperatori romani* sono disponibili anche in cofanetto.
219. **Bertrand Russell**, *Matrimonio, sesso e morale*
220. **Jack Kerouac**, *Mexico City Blues*
221. **Joseph Conrad**, *Nostromo*
222. **Victor W. von Hagen**, *L'impero degli Inca*
223. **Victor W. von Hagen**, *Il mondo dei Maya*
224. **Victor W. von Hagen**, *Gli Aztechi, civiltà e splendore*
225. **Victor W. von Hagen**, *Gli imperi del deserto nel Perú precolombiano*
I quattro volumi di von Hagen sono disponibili anche in cofanetto.
226. **Sigmund Freud**, *Psicoanalisi dell'arte e della letteratura*
227. *Il fiore della libertà*. A cura di Elena Clementelli e Walter Mauro.
228. **Edith Wharton**, *L'età dell'innocenza*
229. **Carl Gustav Jung**, *La libido, simboli e trasformazioni*
230. **George Byron**, *Satire. Beppo, racconto veneziano, Visione di un giudizio*
231. **David Herbert Lawrence**, *Figli e amanti*
232. **Sigmund Freud**, *Casi clinici*
233. **Francesco Petrarca**, *Poesie d'amore*
234. **Virginia Woolf**, *Orlando*
235. **Henrik Ibsen**, *Tutto il teatro, vol.* I. *Catilina, La tomba del guerriero, La notte di San Giovanni, Donna Inger di Östraat, Festa a Solhaug, Olaf Liljekrans, Guerrieri a Helgeland, La commedia dell'amore, I pretendenti alla corona*
236. **Henrik Ibsen**, *Tutto il teatro, vol.* II. *Brand, Peer Gynt, La lega dei giovani, Cesare e Galileo: 1. L'apostasia di Cesare, 2. Giuliano imperatore*
237. **Henrik Ibsen**, *Tutto il teatro, vol.* III. *I pilastri della società, Casa di bambola, Spettri, Un nemico del popolo, L'anitra selvatica, La casa dei Rosmer*
238. **Henrik Ibsen**, *Tutto il teatro, vol.* IV. *La donna del mare, Hedda Gabler, Il costruttore Solness, Il piccolo Eyolf, John Gabriel Borkman, Quando noi morti ci destiamo*
I quattro volumi di *Tutto il teatro* di Henrik Ibsen sono disponibili anche in cofanetto.
239. **Howard Phillips Lovecraft**, *Tutti i romanzi e i racconti, vol.* I. *L'incubo,* I
240. **Howard Phillips Lovecraft**, *Tutti i romanzi e i racconti, vol.* II. *L'incubo,* II
241. **Howard Phillips Lovecraft**, *Tutti i romanzi e i racconti, vol.* III. *Il sogno*
242. **Howard Phillips Lovecraft**, *Tutti i romanzi e i racconti, vol.* IV. *Il mito,* I
243. **Howard Phillips Lovecraft**, *Tutti i romanzi e i racconti, vol.* V. *Il mito,* II
I cinque volumi di *Tutti i romanzi e i racconti* di H. P. Lovecraft sono disponibili anche in cofanetto.
244. **Omero**, *Iliade* nella versione di Vincenzo Monti.
245. **Omero**, *Odissea* nella versione di Ippolito Pindemonte.
I due volumi di *Iliade* e *Odissea* di Omero sono disponibili anche in cofanetto.
246. **Donatien-Alphonse-François de Sade**, *Le sventure della virtù, Justine ovvero le disgrazie della virtù* (*Opere complete, vol.* I)
247. **Donatien-Alphonse-François de Sade**, *Aline e Valcour* (*Opere complete, vol.* II)
248. **Donatien-Alphonse-François de Sade**, *La filosofia nel boudoir, Teatro e opuscoli* (*Opere complete, vol.* III)
249. **Donatien-Alphonse-François de Sade**, *La nuova Justine ovvero le sciagure della virtù* (*Opere complete, vol.* IV)
250. **Donatien-Alphonse-François de Sade**, *Juliette ovvero le prosperità del vizio,* I (*Opere complete, vol.* V)
251. **Donatien-Alphonse-François de Sade**, *Juliette ovvero le prosperità del vizio,* II (*Opere complete, vol.* VI)
252. **Donatien-Alphonse-François de Sade**, *I crimini dell'amore, L'autore a Villeterque* (*Opere complete, vol.* VII)
253. **Donatien-Alphonse-François de Sade**, *La marchesa di Gange, Adelaide di Brunswick, Isabella di Baviera* (*Opere complete, vol.* VIII)
254. **Donatien-Alphonse-François de Sade**, *Le 120 giornate di Sodoma, Storielle e racconti* (*Opere complete, vol.* IX)
255. **Donatien-Alphonse-François de Sade**, *Viaggio in Italia, Viaggio in Olanda* (*Opere complete, vol.* X)
I dieci volumi di Sade sono disponibili anche in cofanetto.
256. **Bertrand Russell**, *L'analisi della mente*

257. **Vladimir Vladimirovič Majakovskij**, *Poesie*
258. **Virginia Woolf**, *Gli anni*
259. **Alfred Adler**, *La conoscenza dell'uomo nella psicologia individuale*
260. *I futuristi*. A cura di Francesco Grisi
261. **Joseph Conrad**, *Vittoria*

I Mammut

1. **Italo Svevo**, *Tutti i romanzi e i racconti*
   Una vita, Senilità, La coscienza di Zeno, I racconti
2. *Le mille e una notte*
3. **Franz Kafka**, *Tutti i romanzi e i racconti*
   America, Il processo, Il Castello, I racconti
4. **Giorgio Vasari**, *Le vite dei più eccellenti pittori, scultori e architetti*
5. **Giovanni Verga**, *I grandi romanzi e tutte le novelle*
   I Malavoglia, Mastro-don Gesualdo, Cavalleria rusticana e altre novelle, Racconti milanesi, Giochi d'amore e marionette parlanti
6. **James J. Frazer**, *Il ramo d'oro. Studio sulla magia e la religione*
7. **Edgar Allan Poe**, *Tutti i racconti, le poesie e le Avventure di Gordon Pym*
8. **Hermann Hesse**, *Romanzi e racconti*
9. **Sigmund Freud**, *Opere 1886/1905*
10. **Sigmund Freud**, *Opere 1905/1921*
11. **Dante**, *Tutte le opere*
    Divina Commedia, Vita Nuova, Rime, Convivio, De vulgari eloquentia, Monarchia, Egloghe, Epistole, Quaestio de aqua et de terra
12. **Grazia Deledda**, *I grandi romanzi*
    Il vecchio della montagna, Elias Portolu, Cenere, L'edera, Colombi e sparvieri, Canne al vento, Marianna Sirca, La madre, Annalena Bilsini, Cosima
13. **Kahlil Gibran**, *Tutte le poesie e i racconti*
    Il Folle, Il Precursore, Il Profeta, Sabbia e Spuma, Gesù figlio dell'uomo, Gli dèi della Terra, Il Vagabondo, Il Giardino del Profeta, Poesie in prosa, Una lacrima e un sorriso, Segreti del cuore, Spiriti ribelli, Le ali spezzate, Il diverbio, Massime spirituali, Un autoritratto, La voce del Maestro, Pensieri e meditazioni, Specchi dell'anima
14. *I grandi romanzi gotici* (A cura di Riccardo Reim)
    Horace Walpole, *Il castello di Otranto*; **Matthew J. Lewis,** *Il monaco*; **Ann Radcliffe**, *L'italiano o Il confessionale dei Penitenti Neri*; **Mary Shelley**, *Frankenstein*; **Charles R. Maturin**, *Melmoth l'uomo errante*
15. **Alexandre Dumas**, *I tre moschettieri* e *Vent'anni dopo*
16. **Alexandre Dumas**, *Il visconte di Bragelonne*
17. *Otto secoli di poesia italiana da S. Francesco d'Assisi a Pasolini*
    A cura di Giacinto Spagnoletti
18. **Friedrich Wilhelm Nietzsche**, *Opere 1870/1881*
19. **Friedrich Wilhelm Nietzsche**, *Opere 1882/1895*